बुरे मौसम में

बुरे मौसम में

ख़ालिद जावेद

अनुवाद

नजमा रहमानी

वाणी प्रकाशन

प्रकाशन के उत्कृष्टतम 62 वर्ष

सजिल्द पहला संस्करण : 2010
सजिल्द दूसरा संस्करण : 2025

vaniprakashan.com

वाणी प्रकाशन
4695, 21-ए, दरियागंज, नयी दिल्ली-110 002
फ़ोन : + 91 11 23273167, 23275710
शाखाएँ
अशोक राजपथ, पटना-800 004, बिहार
कॉफ़ी हाउस कैम्पस, महात्मा गांधी मार्ग, प्रयागराज-211 001, उत्तर प्रदेश
महात्मा गांधी अन्तरराष्ट्रीय हिन्दी विश्वविद्यालय, वर्धा-442 001, महाराष्ट्र
sales@vaniprakashan.in
vaniprakashan@gmail.com

Bure Mausam Mein
by Khalid Javed
Translated by Najama Rahmani
ISBN : 978-93-5000-189-9
Collection of Short Stories

मूल्य : ₹ 350

जी.एस. ऑफ़सेट, दिल्ली-110 095 में मुद्रित
वाणी प्रकाशन का लोगो मक़बूल फ़िदा हुसैन की कूची से

खोए हुओं के नाम,
जिनके साये मेरे वजूद में शामिल हैं

भूमिका

उर्दू में कहानी की उम्र लगभग सौ बरस है। इस पूरे काल में कहानी ने समाज और साहित्य के बहुत से उतार-चढ़ाव देखे और स्वीकार किए। छायावाद से प्रगतिशील और आधुनिकतावाद तक का सफ़र तय करती हुई कहानी आज जिस जगह खड़ी है वहाँ पहुँचने के लिए उसे विषय से भाषा तक समय की बदलती माँगों का साथ देने के लिए अपना रंग रूप बदलना पड़ा। प्रगतिशील आंदोलनों के स्वर्ण काल में जिन कहानीकारों ने साहित्य के मैदान में अपने पाँव जमाए उनमें बेदी, मण्टो, कृश्न चंदर, इस्मत चुग़ताई जैसे बड़े नामों के साथ लिखने वालों की एक आकाश गंगा थी जिसने उर्दू कहानी के विषयों को वह रंगा-रंगी दी और कृयम चंदर नयापन दिया जिससे छायावादी साहित्य वंचित था। उसी काल में यथार्थवादी दृष्टिकोण से प्रभावित प्रेमचन्द ने अपनी कहानियों द्वारा उर्दू में उस परम्परा की नींव मज़बूत की जो आगे चल कर प्रगतिशील लेखकों की पहचान बनी। यथार्थवाद को सबसे पहले प्रेमचन्द ने अपनी कहानियों की धुरी बनाया। उन्होंने व्यावहारिक रूप से अपनी कहानियों में उस बदलाव को पेश किया जिसकी ओर प्रगतिशील लेखक संघ के अभिभाषण में संकेत किया था। उनकी बाद वाली पीढ़ी ने प्रेमचन्द के इसी यथार्थवाद को अपनी कहानियों का मूलरंग बनाया। कहानीकारों की इस पीढ़ी ने राजनीतिक, आर्थिक और सामाजिक विषयों पर उर्दू को ज़िन्दा रहने वाली कहानियाँ दीं। यह विषय समय की माँग भी थे, हर तरह के अत्याचार और नाइन्साफ़ी के विरुद्ध एक भरपूर आवाज़ भी, और 'सौन्दर्य का नया मानदण्ड' भी। विभाजन के साथ सपनों के टूटने की जो प्रक्रिया शुरू हुई उसने उर्दू लेखकों को सबसे अधिक प्रभावित किया। उस समय लिखी गयीं सर्वश्रेष्ठ कहानियाँ देश के विभाजन और उससे उत्पन्न परिस्थितियों के आस-पास घूमती हैं। इस सिलसिले में मण्टों की कहानी 'टोबा टेक सिंह' इतिहास के अत्याचार और राजनीति के जुनून का वह प्रतिबिम्ब है जिसका उदाहरण शायद पूरे भारतीय साहित्य में न मिल सके। लाजवन्ती (बेदी), खोल दो (मण्टो), परमेशर सिंह (अहमद नदीम कासमी) पेशावर एक्सप्रेस (कृश्न चंदर) ने इस ऐतिहासिक त्रासदी को बड़े दर्द और भावपूर्ण ढंग से अपनी कहानियों में पेश किया।

1955 के आस-पास दंगों की आँधी रुक जाने और विभाजन की धूल बैठ जाने

के साथ समाजवाद का जादू टूटने की जो प्रक्रिया 1947 में शुरू हुई थी वह अपनी चरमसीमा पर पहुँची और यह आन्दोलन समय की बिसात पर अपना तमाशा दिखा कर विदा हुआ। अब उर्दू कहानी एक बिल्कुल नए मोड़ पर खड़ी थी। जहाँ लिखने वाले के पास न सुनहरे भविष्य के सपने थे, न पाने के लिए कोई मंजिल, न संघर्ष के लिए कोई उद्देश्य। बस एक असीम मैदान था जहाँ दूर तक धूल उड़ती थी। 1960 के बाद की कहानी उसी अप्राप्ति की धूल से अटी हुई है। यह आधुनिकता का समय है जो प्रगतिशील लेखकों से अलग अपनी एक पहचान चाहता है और इस पहचान को कायम रखने के लिए बहिर्जगत के बजाए अंतर्जगत पर ज़ोर देता है। कुछ तो हालात की माँग और कुछ प्रगतिशीलता की जिद, दोनों ने मिलकर, प्रतीकवादी कहानी के लिए राह बनायी। प्रतीकवादी कहानीकारों में अधिकतर वे थे जो इससे पहले वामपक्ष दृष्टिकोण के समर्थक थे, अनवर सज्जाद, बलराज मेनरा, सुरेन्द्र प्रकाश, अहमद हमीश आदि इस नयी लहर के प्रतिनिधि कहानीकार हैं। आधुनिकता की इस लहर के तहत लिखी जाने वाली कहानी (अकहानी) ने न केवल आस-पास की दुनिया को मानने से इनकार बल्कि अपने पढ़ने वाले को भी नकार दिया। यह बात काफ़ी हद तक ठीक है कि आधुनिकता ने उर्दू कहानी के कहानीसन को धुँधला किया लेकिन इसके साथ ही उर्दू-कहानी को 'बिजूका' बाज़गोई (सुरेन्द्र प्रकाश), मक्खी (अहमद हमीश) और सवारी (ख़ालिदा असग़र) जैसी सुन्दर कहानियाँ भी दीं। इन्हीं में वे कहानीकार भी शामिल हैं जिन्होंने प्रतीक को उस सीमा में रहते हुए प्रयोग किया कि पाठक उसे समझ सकें, इन कहानीकारों में, जोगिन्दरपाल, इकबाल मजीद, आबिद सुहेल आदि के नाम याद रखे जाने काबिल हैं। इन कहानीकारों ने तकनीक में अनोखे और ख़ूबसूरत तजुरबे किए। खास तौर पर इंतिजार हुसैन की कहानियों में जातक कथाओं, दास्तानों, और देवमाला आदि का प्रयोग करके जो कहानियाँ लिखी गयीं उनमें 'आखरी आदमी', 'शहर-ए-अफ़सोस', 'जर्द कुत्ता' आदि शामिल हैं। इस तकनीक को उनके बाद वाली पीढ़ी ने भी इस्तेमाल किया। भाषा के स्तर पर इस दौर में खूब तजुरबे हुए और सादा कहानी से जटिल और दास्तानी स्टाइल तक कई रंग कहानी का हिस्सा बने जिनमें फारसी, संस्कृत भाषाओं से बहुत फ़ायदा उठाया गया।

1980 के बाद उर्दू कहानी एक बार फिर अपना स्वरूप बदलती है और यह कहानीपन जो प्रतीकवाद की लहर में दब कर रह गया फिर उभरने लगता है। इस दौर में जहाँ एक ओर सादा कहानी लिखने की ओर कहानीकारों का झुकाव बढ़ा वहीं लेखकों की वह पीढ़ी भी सामने आयी जिसने प्रेमचन्द से सुरेन्द्र प्रकाश तक कहानी के सारे तजुरबों, तकनीकों और परम्पराओं की अपनी कहानी में समोने की कोशिश करते हुए उर्दू कहानी को एक नया मोड़ दिया।

उर्दू कहानी के इस थोड़े से जिक्र के बाद अपनी पहली बात की ओर वापस लौटते हैं कि इस सफ़र में कहानी ने विषय, भाषा तकनीक हर स्तर पर बहुत से रंगों को समेटा। कहानी की पहले से जानी हुई इस परम्परा को दोहराना इसलिए भी ज़रूरी था कि नयी पीढ़ी के पास अगर कुछ पुराना है तो यही परम्परा और उस से प्राप्त वह मानसिक शिक्षण है, जो बनते मिटते तजुरबों ने उसे दिया है। आज की पीढ़ी में लिखने वालों की एक बहुत बड़ी संख्या है जिसने 'प्रगतिशीलता' बहिर्जगत और 'आधुनिकता' के अतंर्जगत के तालमेल से अपने लिए एक नया साँचा बनाया है।

खालिद जावेद उसी नयी पीढ़ी का जगमगाता नाम है जिन्होंने अपनी कहानी को भूत और वर्तमान के रंगों से सजा कर एक नया रूप दिया है। वह खास रूप जो उनका अपना है। उनकी कहानियाँ यूँ तो समाज के सामूहिक मुद्दों से कटे हुए एक ऐसे व्यक्ति की कहानियाँ हैं जो केवल अपने अन्दर सफ़र करता है। लेकिन अगर व्यक्ति समाज का हिस्सा है तो कहानियाँ उस समाज के अतंर्जगत के अँधेरे रास्तों का सफ़र हैं जिनमें बाहरी परत पर जीवन की हलचल दिखाई नहीं देती लेकिन अत्याचार की बहुत सी शक्लें इसकी अन्दर की परतों में छिपी हैं जो पहली बार पाठक की नज़रों से ओझल रहती हैं लेकिन फिर धीरे-धीरे दिमाग के परदे पर रोशन होने लगती हैं। यह कहानियाँ पढ़ने वालों से एक खास प्रकार की गंभीरता की माँग करती हैं। भाषा के घनेपन और अनोखी तकनीक के एतबार से यह बने बनाये रास्तों से अलग अपनी एक राह बनाती हैं। बहुत धीरे-धीरे आगे बढ़ते हुए यह पाठकों से भी उसी धीरेपन की आशा रखती हैं।

'**बुरे मौसम में**' की कहानियों का केन्द्र घटना के बजाय वह मनोवृत्ति है जिसके द्वारा हम व्यक्ति की मानसिक पस्थितियों तक पहुँच सकते हैं। इन कहानियों में एक अनकहा एहसास है जो आम इन्सानों के अन्दर घुटता है। कहानीकार उसे कहानी का शरीर देकर बाहर की हवा में ले आता है। अगर साहित्य का एक उद्देश्य कैथार्सिस भी है तो ख़ालिद जावेद की कहानियाँ इस कैथार्सिस का काम भली भाँति करती हैं।

इन कहानियों के पात्र यूँही ग़ैर-ज़रूरी नज़र आते हैं और उनके जीवन, उस जीवन में घटने वाली घटनाएँ भी उन्ही तरहीं की ग़ैर-जरूरी! लेकिन कहानीकार उन ग़ैर जरूरी घटनाओं से पढ़ने वाले के दिमाग के सोए हुए स्थानों पर चोट करता है। वह हमारी आँखों को अँधेरे में देखने पर मजबूर करता है। पात्रों के बीच वार्तालाप का सिलसिला भी बहुत ही कम है लेकिन कहानीकार का वर्णन पात्रों के व्यवहार से उसकी आंतरिक अवस्था को पाठक के सामने पेश करता है। फिर इन पात्रों के सोचने की प्रक्रिया और शारीरिक प्रक्रिया के मुकाबले अधिक तेज़ है। यह पात्र कमज़ोर हैं और अपनी कमज़ोरी का एहसास भी रखते हैं। कमज़ोरी की यह चेतना दुख की हद से जा मिलती है। दुख जो सृष्टि के आरम्भ से इन्सान की मिट्टी में शामिल है

और उसकी आँख से ओझल है। ख़ालिद जावेद की कहानियाँ मिट्टी की तहों में छिपे दुख के इसी खजाने को बहुत धीरे-धीरे, बहुत नर्मी से कुरेदते हुए हमारी आँखों के सामने ले आती हैं। इस तरह कि कहानी के पात्र और पाठक का एहसास दोनों किसी एक जगह जाकर एक हो जाते हैं। आम तौर पर कहानी में जिस केन्द्रीकरण और एकत्व की बात की जाती है, वह ख़ालिद जावेद के केन्द्रीकरण और एकत्व के दायरे को तोड़ कर अपने लिए एक नयी सृष्टि की रचना करती है। उदय प्रकाश के अनुसार "इन कहानियों में सबसे महत्त्वपूर्ण इन का Narration है जिसमें आज का समय मौजूद है। यह वह समय है जो किसी भय की तरह हमारे चारों ओर फैला हुआ है। इस वर्णन द्वारा हम अपने समय को एक Pathos के रूप में देखते हैं।"

इसीलिए नये लिखने वालों में वह अपनी एक अलग ही पहचान बनाते हैं, जो खुद उर्दू कहानी को एक नयी पहचान देती नज़र आती है। उर्दू कहानी की पूरी परम्परा में ख़ालिद जावेद की कहानियाँ एक नये आयाम का संकेत हैं।

आशा है कि हिन्दी के पाठकों के लिए 'बुरे मौसम में' की कहानियाँ एक नया और अनोखा तजुरबा होंगी।

मैं आभारी हूँ उदय प्रकाश जी की, जिन्होंने इस पुस्तक के प्रकाशन में निजी दिलचस्पी लेकर इसके प्रकाशन को सम्भव बनाया। सारे मित्रों ख़ासकर 3 आभार अपने दोस्त और कहानीकार खुशीर्द अकरम का जिन्होंने अपने मशविरों से भूमिका लिखने में महत्वपूर्ण भूमिका अदा की, और उन सारे मित्रों का भी जिन्होंने समय-समय पर अपना सहयोग दिया।

नजमा रहमानी

अनुक्रम

बुरे मौसम में

अक्स-ए-नाआफ़रीदा[1]

बस स्टैण्ड पर अँधेरा उतर रहा था। अभी-अभी आखिरी बस उसे यहाँ छोड़कर वापस चली गयी थी। उसकी कॉलोनी सामने ही थी। अभी यह इलाक़ा पूरी तरह आबाद नहीं हुआ था। कुछ साल पहले यह जगह शायद सारे शहर का कूड़ा-घर थी, अभी तक यहाँ न तो बिजली आयी थी और न ही सड़कें तामीर हो सकी थीं। लेकिन काम चल रहा था।

उसने काँधे पर लटके थैले को एहतियात से उतारकर हाथ में ले लिया और घर की तरफ़ बढ़ने लगा। उसका एक हाथ पतलून की जेब में था जिससे वो बस के टिकट को मसलता जाता था। अच्छी-ख़ासी सर्दी होने के बावजूद उसके पैरों में पसीना आ रहा था और उसके मोज़े जूतों के अन्दर चिपककर रह गये थे, उसकी टाँगें कँपकँपा रही थीं और वो बेहद थक गया था। सामने मज़दूरों के खेमों में आग रोशन हो गयी थी। आस-पास फैली हुई तारीकी में उस रोशनी का दम ग़नीमत था। ठीक उसी वक़्त जब वह उन रोशनियों के करीब से गुज़र रहा था, एक बेहद जानी-पहचानी और भूख को बढ़ाने वाली खुशबू उसके नथुनों को महकाने लगी, वह रुक गया, कहीं चावल उबाले जा रहे थे, मज़दूरों ने उसको देखकर बातें करना बन्द कर दीं, वह वहीं खड़ा होकर कमीज़ की ऊपरी जेब से सिगरेट का पैकेट निकालने लगा। एक सिगरेट को होठों में दबाते हुए उसने बस के मुड़े-तुड़े टिकट को पतलून की जेब से निकाला और एक चूल्हे में रोशन आग पर झुकते हुए उसे जला लिया। अपना सिगरेट सुलगाते हुए वह फिर आगे बढ़ने लगा। जिस वक़्त वह चूल्हे पर झुका था उबलते हुए चावलों की ख़ुशबू उसके पूरे वजूद को सैराब कर गयी थी। मगर अब वह आहिस्ता-आहिस्ता फ़िज़ा से ग़ायब होती जा रही थी। थोड़ा आगे बढ़ कर उसने सिगरेट फेंक दिया...आस-पास ख़ामोशी थी लेकिन कहीं दूर मज़दूरों के किसी ख़ेमे में ट्रांज़िस्टर पर कोई बोसीदा सा फ़िल्मी गीत बज रहा था!

उस कॉलोनी का कुछ हिस्सा एक बड़े तालाब को पाट कर बनाया गया था जिसकी वजह से उसके मकान के सामने दलदल-सी बन गयी थी। अपने घर की

---

1. अजन्मा प्रतिबिम्ब

जानिब बढ़ते हुए उसके कदम दलदल में धँसने लगे। उसके क़दमों के नीचे कीचड़ में लिथड़े हुए जंगली फूल और पके हुए गूलर कुचले जा रहे थे। गूलर का एक पेड़ उसके घर में ही लगा था जिसकी आधी से ज़्यादा शाख़ें दीवार के ऊपर से बाहर की तरफ़ झुक आयी थीं। वह दरवाज़े पर आकर रुक गया। घर के अन्दर ख़ामोशी थी, उसके पीछे किसी मकान की ऊपरी मंज़िल पर कैरोसीन लैम्प जल रहा था, जिसकी धुँधली रोशनी में उसने अपना कमज़ोर साया घर के दरवाज़े पर कँपकँपाता हुआ पाया!

उसने आहिस्ता से दस्तक दी। एक बन्दर दीवार की दूसरी तरफ़ कूद गया। इस पूरे इलाक़े में बन्दरों की बहुतायत थी।

चपर-चपर करती वह घिसटती हुई चली आ रही थी। आज भी शायद उसने मेरी ही चप्पलें पहन रखी हैं, उसने सोचा। उसे महसूस हुआ वह ठीक से चल भी नहीं पा रही है, लेकिन हो सकता है कि वह सिर्फ़, दिखावे को ही इस तरह घिसटती हुई चली आ रही हो।

दरवाज़ा खुल गया, वह हाथ में मिट्टी के तेल का लैम्प लिये खड़ी थी। दरवाज़ा खुलने के साथ तेज़ हवा का एक झोंका चला आया और वह लैम्प को बुझने से बचाने के लिए चिमनी को हाथ से ढँकने लगी।

"आज फिर तुमने बहुत देर कर दी", वह कराहते हुए बोली।

वो बग़ैर कोई जवाब दिये अन्दर आ गया। वो चाहता तो जवाब में कुछ कह सकता था लेकिन उसकी यह कराहती हुई आवाज़ बेहद बनावटी महसूस हुई...कमरे में पहुँचकर काँधे पर लटका थैला उसने फ़र्श पर बे-दिली से डाल दिया और ख़ुद पलँग पर बैठ गया। पीछे-पीछे वो भी आ गयी!

"इतनी देर कर देते हो लौटने में, मुझे डर लगता है।" उसने कहा, वह ग़ौर से उसकी तरफ़ देखने लगा, उसने सुर्ख़ रंग का सूती गाउन पहन रखा था। इस ढीले-ढाले गाउन में उसका फूला हुआ पेट काफ़ी नुमायाँ था और चारों तरफ़ से गोल-मटोल हो रही थी, जिसकी वजह से उसका अच्छा-ख़ासा लम्बा क़द ठिगना नज़र आ रहा था!

वह उसके पास आकर बैठ गयी, उसके सर के बालों से नारियल के तेल की महक आ रही थी। उसका जी मतलाने लगा।

"तुमने आज फिर नारियल का तेल लगाया है।"

वह हँसने लगी।

"कल सुबह ही सर धो लूँगी, मैं जानती हूँ तुम्हें इसकी महक किस क़दर नागवार लगती है।"

वह बालों को हाथों से ठीक करने लगी लेकिन वह जानता था कि वह बालों को ठीक करने के बहाने दरअसल सर खुजाना चाहती है। जहाँ कुछ अरसे से जुँएँ पड़ गयी हैं।

"कल से जल्दी आ जाया करो," वह बालों की एक लट उँगली में लपेटते हुए बोली।

"कैसे जल्दी आ जाया करूँ। पाँच बजे फ़ैक्ट्री से छुट्टी होती है और ये इलाक़ा शहर से कितनी दूर है, ये तो तुम्हें पता ही है और इस रूट पर एक ही बस है दूसरी कोई बस भी नहीं!"

"तुम्हें भी कहीं और रहने को घर न मिला," वह कड़वाहट से बोली।

"शुक्र करो कि मिल गया वरना इतनी मामूली-सी नौकरी में इस शहर में सर छिपाने को भी जगह नहीं मिलती। कल को यही जगह एक भरे-पूरे इलाक़े में बदल जाएगी?"

"पता नहीं कब बदलेगी, दिन भर कमबख़्त बन्दर छत पर कूदते रहते हैं। दरवाज़ा खोल कर बाहर देखने पर सिवाय मज़दूरों के गुलगपाड़े, धूल-गुबार और कौवों के, कुछ दिखायी ही नहीं देता।"

"दरवाज़ा खोल कर देखने की ज़रूरत ही क्या है?"

"अच्छा...पड़े-पड़े बौला जाती हूँ। आपको पता है यहाँ तो कोई पड़ोसी भी नहीं," वह तेज़ी से बोली।

"ख़ैर! ख़ैर! ज़रा हटो, मुझे जूते-मोज़े उतार लेने दो," उसने बे-दिली से कहा, पैरों से मोज़े निकालते ही एक नागवार क़िस्म की बदबू कमरे में फैल गयी।

"ओफ़्फ़ोह तुम्हारे पैर तो बहुत पसीजते हैं अब इन्हें साबुन से धोकर आना वरना सारे कम्बल में बदबू हो जाएगी," उसने नाक पर हाथ रख लिया। वह उठ गया और फ़र्श पर नंगे पैर खड़ा हो कर अपनी चप्पलें ढूँढ़ने लगा। कमरे की धीमी रोशनी में उसे अपने पैर बेहद काले और भद्दे नज़र आये।

"मेरी चप्पलें," वह बड़बड़ाया।

"ये लो अपनी चप्पलें, मैं पहने हुई थी।"

"आख़िर तुम अपनी क्यों नहीं पहनती हो," वह कड़वे लहज़े में बोला।

"देख रहे हो पैरों में कितनी सूजन है," वो उसकी चप्पलें पैरों से निकालते हुए मुस्कुरायी।

"आठवाँ महीना चल रहा है। इस महीने में पैर बहुत सूज जाते हैं। मेरी तो कोई चप्पल पाँव में आती ही नहीं, तुम्हारा पैर बड़ा है इसलिए तुम्हारी पहन लेती हूँ।"

वह नंगे पैर फ़र्श पर खड़ी थी।

"इधर देखो टख़ने तो बिल्कुल छुपकर ही रह गये हैं," उसने गाउन को टख़नों के ऊपर उठा दिया!

"मगर मेरे पैर बहुत ख़ूबसूरत हो गये हैं!"

वह इठलायी। उसने देखा, वाकई उसके पैर बहुत ख़ूबसूरत लग रहे थे। सूजन की वजह से भरे-भरे और गोरे-गोरे। जिन पर मामूली सी सुर्ख़ी भी नुमायाँ थी। वो

उसके पैरों से नज़रें उठाकर चेहरे की तरफ़ देखने लगा। चेहरा बिल्कुल सूखा हुआ था। उस पर किसी क़िस्म की रौनक़ का नामोनिशान भी न था! तेल लगाकर सख़्ती से चोटी बाँध लेने के बाद चेहरा कुछ-कुछ काला सा होकर कमज़ोर सा दिखाई देता था। वैसे भी उसके जिस्म की सारी खाल ही सूखी और खुरदरी थी। इस जिस्म और इस चेहरे पर भरे-भरे ये ख़ूबसूरत पाँव उसे बेहद अजनबी महसूस हुए।

"तुम चाय लाओ," वह बे-दिली से बोला!

"लाती हूँ, तब तक तुम पैर धो लो," वह उसकी तरफ़ देखकर मुस्कुरायी, लेकिन इस मुस्कुराहट के बावजूद उसके चेहरे की बदरौनक़ी एक पल को भी कम न हो सकी।

काई और ज़ंग लगे हैण्ड पम्प के नीचे अपने पैरों को रगड़-रगड़कर साफ़ करते हुए उसने सोचा...अवश्य ही इसके पेट में लड़का है। कहते हैं जब औरत के पेट में लड़का होता है तो उसके चेहरे की रौनक़ बिल्कुल ही ग़ायब हो जाती है और मुँह बिल्कुल सूख कर रह जाता है। इसका चेहरा रोज़-ब-रोज़ बदरौनक़ होता जा रहा है।

लड़का होने की सम्भवना ने उसे परेशान कर दिया। तब उसने झुककर अपने पैरों को सूँघा!

"अब तो नहीं आ रही है बू! खुद उसके नारियल के तेल लगे बालों से कैसी सड़ाँध आती है। तकिया कैसा तेल से चिकट गया है।"

पैर धोकर वह कमरे में वापस आ गया। इतनी देर में वह चाय का क़प ला कर स्टूल पर रख चुकी थी। वह कुर्सी पर बैठ गया और चाय के घूँट लेने लगा।

"इस थैले को ख़ाली कर दो," उसने फ़र्श पर पड़े थैले की ओर इशारा किया!

"क्या-क्या ले आये।"

"कुछ नहीं, सुबह की सब्ज़ी, तुम्हारे लिए विटामिन-बी के कैप्सूल, और आयरन वाले टॉनिक हैं।"

"सेब और नारियल आज भी नहीं लाये," वह शिकायती लहजे में बोली।

"कल लेता आऊँगा," उसकी आवाज़ कमज़ोर पड़ गयी।

थैले में से सामान निकालने के लिए वह फ़र्श पर कराहते हुए बैठ गयी।

"अब तो आसानी से उठा-बैठा भी नहीं जाता", उसने गहरी साँस लेते हुए कहा। इस ढंग से बैठने में उसका दम फूल रहा था।

लेकिन वह सिर्फ़ सेब और नारियल के बारे में सोच रहा था।

शायद दूसरा महीना चल रहा था जब वह उसे डॉक्टर के यहाँ लेकर गया था। डॉक्टर ने तमाम हिदायत और नुस्ख़ों के साथ सेब और नारियल का ख़ूब इस्तेमाल करने का मशविरा दिया था। आम ख़याल है कि सेब और नारियल अधिक खाने से पेट में पल रहे बच्चे का रंग गोरा हो जाता है। वह और उसकी बीवी दोनों ही रंग के साँवले थे। उसकी बीवी चाहती थी कि बच्चा ख़ूब साफ़ रंग का पैदा हो। लेकिन

इस तमाम अरसे में उसने मुश्किल से एक-दो बार ही उसे सेब और नारियल ला कर दिये थे। दरअसल वह ख़ुद ये नहीं चाहता था कि उसका बच्चा गोरे रंग का हो, वह ख़ुद अपने आप भी एक बेहद मामूली शक्ल-सूरत का शख़्स था। आँखें बेहद छोटी और अन्दर धँसी हुई थीं। नाक बिल्कुल बैठी हुई थी और सर के बाल आधे से ज़्यादा साफ़ हो चुके थे। कुछ बीमारियों के बाद से उसके जिस्म पर ज़्यादातर हड्डियाँ ही दिखायी पड़ती थीं।

उसकी बीवी एक डकार लेती हुई फ़र्श पर से उठ गयी।

"मैं खाना तैयार करती हूँ, तुम तब तक आराम करो।"

"ये तुम आजकल इस तरह की डकारें क्यों लेती रहती हो, तुम्हें गन्दा नहीं लगता?"

"पता नहीं क्या हो गया है? पेट हर वक़्त फूला रहता है और गैस-सी बनती रहती है।" उसने फिर डकार ली।

"आज क्या पकाया है?" उसने ख़ुश्क होठों पर ज़बान फेरते हुए पूछा।

"दाल, सब्ज़ी और रायता।"

"चावल?"

"थोड़े से पकाये हैं। अपने लिए।"

"मैं तो चावलों की ख़ुशबू को तरस गया," वह झुँझलाकर बोला। लेकिन बीवी कमरे से बाहर जा चुकी थी।

पूरे सात माह से उसने चावल नहीं खाये थे। वह चावलों का बचपन ही से बहुत शौक़ीन था। उसकी माँ उसके बाप से नज़रें बचा-बचा कर उसके लिए चावल पकाकर रखा करती थी। मगर अब चावल उसके लिए बेहद हानिकारक हो गये थे। उसे नयी तरह की बीमारियाँ लग गयी थीं। गुर्दे में पथरी हो गयी थी, और उस पर सूजन रहती थी। रोज़ाना शौच में काफ़ी ख़ून आता था, और वह बिन जल मछली की तरह तड़पता था। पेशाब में शक्कर आने लगी थी। अब वह सिर्फ़ परहेज़ का रूखा, फीका खाना खा सकता था, चावल और दूसरी बादी की चीज़ें उसे खाना से मना थीं।

कमरे से लगे रसोई में स्टोव जल रहा था। घर में फैले हुए सन्नाटे में उसे उसकी आवाज़ बेहद पुरानी और कटी-फटी सी लगी। ध्यान बँटाने के लिए कमरे में जलते हुए लैम्प की धीमी रोशनी में उसने आस-पास का जायज़ा लिया। पलँग की चादर बेहद मैली हो रही थी। तकिये के सफ़ेद कवर मैल से बिल्कुल काले हो गये थे! बीवी की सिंगार मेज़ पर उसकी लिपस्टिक और क्रीम की शीशियाँ बेतरतीबी से बिखरी पड़ी हुई थीं। पलँग के सिरहाने उसकी बीवी का गन्दा सा कंघा रखा हुआ था, जिसमें उसके बालों के लम्बे-लम्बे गुच्छे फँसे हुए थे। उसके क़रीब ही दाद मिटाने के मरहम की एक शीशी आधी खुली पड़ी थी। सामने दीवार पर ख़िड़की

के ऊपर एक गोल-मटोल और ख़ूबसूरत बच्चे की तस्वीर लटकी थी। एक पल को उसकी निगाहें तस्वीर में अटक गयीं।

"नहीं, ये मेरा बच्चा नहीं है," उसने सोचा और उकताकर कमरे के दरवाज़े की तरफ़ देखने लगा।

किवाड़ में लगी एक कील में बीवी के हरे रंग की एक मैली-सी सलवार लटक रही थी, जिसके पाँयचों में सुनहरे रंग की कढ़ाई की हुई थी। उसे याद आया शादी के शुरू के दिनों में उसे ये सलवार बहुत पसन्द थी लेकिन इस वक़्त इस मैली और गँदली सलवार पर उसे बेइख़्तियार घिन आ गयी।

तब वह यही सलवार पहने हुई थी और इसी रंग का फ्रॉक़!

शादी को सिर्फ़ एक महीना हुआ था। उसकी छुट्टियाँ ख़त्म नहीं हुई थीं और वह अपनी माँ के साथ अपने पूर्वजों के मकान में रहता था। वह दोनों एक दोस्त के यहाँ दावत में आये थे। रास्ते में रुक कर उसने हलवाई की दुकान से रबड़ी ख़रीदी थी। घर में आते ही उसने बीवी को अपने बाज़ुओं में जकड़ लिया था।

"आज बहुत अच्छी लग रही हो," उसने गर्म-गर्म साँसों के दरमियान कहा था। "अच्छा हटिये तो" उस जमाने में वह उसे आप कहकर पुकारा करती थी लेकिन उसने अपने बाज़ुओं की पकड़ और मज़बूत कर दी।

"रबड़ी खाओगी," उसने बीवी के कान में अरमान भरी सरगोशी की।

"हटिये पहले मुझे कपड़े तो बदलने दीजिए।" बीवी ने प्यार से उसके गाल पर थपकी दी। उस रात जब टीन की छत पर टप-टप बूँदें गिर रही थीं। बीवी की गोद में सर रखे-रखे वह बेहद बेख़ुद हो गया था। इसी बेख़ुदी में अचानक लाड़ में आकर उसने ये सवाल कर दिया था।

"अच्छा...ये बताओ, तुम्हें शादी से पहले भी कोई मर्द अच्छा लगा था!" सवाल के साथ ही उसे अपने लहजे के बचकानेपन पर अफ़सोस भी हुआ था। बीवी की आँखें न जाने कहाँ डूब गयीं! उसका चेहरा जैसे हर क़िस्म के जज़्बात से ख़ाली हो गया था। उसने सोचा, शायद वह बन रही है और अभी ज़ोर से हँस पड़ेगी। मगर जब काफ़ी देर गुज़र जाने के बाद भी उसके रवैये में कोई तब्दीली न हुई, तो उसका दिल धक् से हो गया। उसने अपना सर बीवी की गोद से हटाकर उसके सीने से लगा दिया। और एक हाथ से उसका कान आहिस्ता-आहिस्ता सहलाने लगा। जब वह इस तरह उसका कान सहलाता था तो बीवी की साँसें गर्म होने लगतीं और वो खिलखिलाकर हँस पड़ती थी।

"बताओ?" इस बार उसकी आवाज़ काँप गयी। टीन की छत पर एक बार बूँदें बहुत तेज़ी से गिरीं।

"क्या?" बीवी के लहजे का अजनबीपन उसकी रूह में उतरने लगा। उसे ये आवाज़ वक़्त के न जाने कितने टीलों के पीछे से आती हुई महसूस हुई। शादी के

इतने दिनों में उसने पहली बार अपनी बीवी की ये आवाज़ सुनी थी। उसके दिल को एक अनजाने ख़तरे ने घेर लिया। वह उठकर बैठ गया।

"तुम्हें मेरी कसम, बताओ," शदीद बेचैनी की हालत में भी उसके अन्दर एक मक्कार मर्द ने सर उभारा।

"आप सच सुन सकेंगे ना...नाराज़ तो नहीं होंगे...मुझे डर लगता है," बीवी ने मुस्कुराने की नाकाम कोशिश की, जिसकी वजह से उसका चेहरा और बिगड़ गया।

"नहीं...बिल्कुल नहीं, असल में हम दोनों की ज़िन्दगी आपस में एक खुली किताब की तरह होनी चाहिए"...उसने अपने अन्दर एक झूठी नैतिक हिम्मत पैदा करने की कोशिश करते हुए एक रटा-रटाया-सा जुमला दोहराया।

एक साया-सा आकर बीवी के चेहरे पर रेंगने लगा। उसके चेहरे का रंग बिल्कुल ही बदल गया।

"हाँ! कॉलेज में एक प्रोफ़ेसर थे," उसने बेहद उदासी से कहा।

"तुम्हें बहुत अच्छे लगते थे?" उसने बीवी का कान छोड़ दिया।

"हाँ, बहुत ज़्यादा। वह थे भी बहुत खूबसूरत सुर्ख व सफ़ेद रंग, घुँघराले बाल, स्मार्ट और बेहद समझदार," उसके चेहरे पर ऐसी मुस्कुराहट फैल गयी जैसे वह कोई ख़्वाब देख रही थी।

"तुम्हारे और उनके ताल्लुक़ात किस प्रकार के थे?" उसने बहुत नरमी से सवाल किया। शायद वह इस सवाल को बहुत गरजकर पूछना चाहता था!

"मैं उन्हें दिल ही दिल चाहती थी" लेकिन शायद ये उसके सवाल का जवाब नहीं था और वह सिर्फ़ अपने बीते समय को दोहराना चाहती थी, उसके होंठों पर अभी भी वही ख़ौफनाक मुस्कुराहट रोशन थी।

वह यूँ ही उसे देखता रहा, वह सिर्फ़ छत को ख़ाली-ख़ाली नज़रों से ताके जा रही थी। वह जैसे कहीं डूबने सा लगा।

फिर उसने कुछ इस तरह आँखें मलीं जैसे गहरी नींद से उठा हो।

"ख़ैर, अब तो तुम सिर्फ़ मुझे चाहती हो ना?"

ये जुमला कहते वक़्त वह मुस्कुराना चाहता था लेकिन इसके बजाय उसकी बाँहें फैलकर रह गयीं और चूहे की तरह सफ़ेद और छोटे-छोटे दाँत बाहर झाँकने लगे...शायद ये उसका कमतरीन और तुच्छ पोज़ था और एक हास्यास्पद क़िस्म के अहसास-ए-कमतरी से मालामाल भी।

उसकी बीवी ने उसकी तरफ़ रहम और तरस के साथ देखा।

"हाँ, आपको सिर्फ़ आपको," उसने मज़बूत लहजे में जवाब देते हुए उसका सर अपने सीने में भींच लिया और उसके बालों में उँगलियाँ फेरने लगी। वह महसूस कर रहा था कि उसकी बीवी के सीने का उतार-चढ़ाव आज ग़ैर मामूली था तब ही

उसे लगा जैसे उसकी उँगलियाँ उसके सर में सिर्फ़ भटक-सी रही हैं। जैसे वह वहाँ किसी किये हिस्से को तलाश रही हों। उसके सर में घने बाल नहीं थे और दरमियान से सर गंजा होता जा रहा था लेकिन ये उँगलियाँ तो घुँघराले बालों के किसी गुच्छे में उलझ जाने को बेचैन थीं। टीन की छत पर बारिश की टप-टप अब बहुत हल्की हो गयी थी। उसे महसूस हुआ जैसे कोई सड़े हुए जोहड़ में कंकड़ियाँ फेंक रहा है।

कोई छछूँदर सोफ़े के नीचे खड़बड़ कर रही थी। दीवार पर लगी घड़ी की टिक-टिक अचानक तेज हो गयी। पलँग के सिरहाने रखे रबड़ी के प्याले को देख कर उसका जी मतलाने लगा।

वह काफ़ी देर तक ऐसे ही लेटे रहे, फिर उसके सर से ढलक गयी, वह शायद सो गयी थी। उसने आहिस्ता से बीवी के सीने से सर हटाया और उसका चेहरा ग़ौर से देखने लगा...ठीक उसी वक़्त शायद पहली बार उसे महसूस हुआ कि उसके चेहरे के भावों से एक न कही जा सकने वाली क़िस्म की उदासी फूटती रहती है। और नींद में ये और भी ज़ाहिर हो जाती है। अब उसे अपने आस-पास तनहाई का अहसास हुआ...ये तनहाई जैसे घर के हर कोने से निकलकर उनके बिस्तर पर सरसरा रही थी।

बाहर बारिश तेज़ हो गयी थी और आँगन में लगा पान का पौधा झक्कड़ से लहरा रहा था। वह रात तो बीत गयी थी। उसकी बेहद तनहाई शायद कभी न जाने के लिए वहीं ठहर गयी थी...। अब उसे अक्सर महसूस होता था जैसे वह हमेशा उदास रहती थी और बात करते-करते अचानक कहीं गुम हो कर शून्य में तकने लगती...ज़िस्मानी नज़दीकी और हमबिस्तरी के पलों में भी ये उदासी क़ायम रहती। उसके मुँह से जो आनन्दमय सिसकारियाँ बाहर आतीं, तो उसे ऐसे महसूस होता, जैसे वह दर्दनाक आवाज़ में किसी का नाम लेकर बड़बड़ा रही हो। बहरहाल उसने अपने कान लगाकर उस बड़बड़ाहट को बहुत ध्यान से सुनना चाहा मगर हाँफ़ती-फूलती साँसों के दरमियान वह कभी उसे साफ़-साफ़ सुन पाने में कामयाब न हो सका...। यूँ तो वह उस रात के बाद ही से अपनी बीवी के साथ जिस्मी ताल्लुक़ात क़ायम करने में ख़ौफ़-सा महसूस करने लगा था। लेकिन अब तो आहिस्ता-आहिस्ता इस काम से नफ़रत-सी होती जा रही थी। मगर शायद एक-दूसरे की तनहाई को यक़ीनी बनाने के लिए यह ज़रूरी था।

फिर एक दिन उसने बताया कि वह माँ बनने वाली है। ये बताते वक़्त खुशी उसके चेहरे से फूटी पड़ती थी। वो ख़ामोशी से उसकी शक्ल देखता रहा।

“देखो, क्या होता है, लड़का या लड़की” वह बेख़्याली में बोली।

“सुनिये, आप मुझे ख़ूबसूरत बच्चों वाली तस्वीरें ला दीजिए। ख़ूबसूरत चेहरों को देखने से बच्चे के चेहरे का आकार दिलकश बनने लगता है...मैं तो आजकल हर वक़्त ख़ूबसूरती के बारे में सोचती रहती हूँ।”

उसका दिल बेइख़्तियार घबराने लगा, ये कौन से ख़ूबसूरत चेहरों के बारे में सोचती होगी...उसका दिल चाहा वह उसे सत्यम् शिवम् सुन्दरम् के दर्शन के बारे में समझाये और बताये कि देखो सौन्दर्य दरअसल वही है जो सच्चाई या नेकी है और ये दुनियावी सौन्दर्य तो सिर्फ़ दृष्टिकोण की बात है और जो—ब्रह्म—नहीं एक तरह का भरम है। लेकिन तभी उसे ख़याल आया कि एक मामूली घरेलू औरत को ये सब बताना तो अपने आप में और भी ज़्यादा भोंडी और हास्यास्पद बात होगी।

तब अचानक उसके दिल में ये ख़्वाहिश अपनी पूरी शिद्दत के साथ उभरी...काश उसके पेट में लड़की हो। लड़का न हो! या ख़ुदा लड़का न हो। लड़की अपनी स्त्री बनावट के आधार पर उसका कुछ भरम रख लेगी। लेकिन लड़का अगर हू-ब-हू उसकी तरह न हुआ तो उसकी ज़िन्दगी कितनी भयानक हो जाएगी। न जाने क्यों उसे महसूस हो रहा था कि बीवी के पेट में पलने वाला ये बच्चा केवल उसी का नहीं है। ये बच्चा ख़ालिस उसका नहीं है बल्कि उसमें बीवी की तमाम नाकाम आरज़ुएँ और ख़्वाहिशात भी शामिल हैं। उसे लग रहा था उस बच्चे में उसके अंश के अलावा भी कुछ है। कुछ ऐसा जिसके ख़याल से ही उसे वहशत होने लगी थी। उसने दिल ही दिल में गिड़गिड़ाकर दुआ माँगी, "काश ये होने वाला काला पैदा हो, काला और बदसूरत, मेरी तरह बिल्कुल मेरी तरह।" सामने दीवार पर एक बेहद ख़ूबसूरत और गोरे-चिट्टे बच्चे की तस्वीर वाला कैलेण्डर हवा के झोंके के साथ डोलने लगा था।

"नहीं ये मेरा बच्चा नहीं है," उसने सोचा।

इस ख़याल के साथ ही अब उसे एक नया सूत्र हाथ आ गया था।

वह दिन-दिन भर छुट्टी ले कर घर में पड़ा रहता और बार-बार बीवी के सामने आता रहता। बात करते वक़्त वह हास्यास्पद तरीके से अपने चेहरे को उसकी आँखों के सामने ले आता। अकसर जब उसकी बीवी करवट से लेटी होती तो वह उसका शाना पकड़कर अपनी तरफ़ कर लेता और उसकी आँखों में झाँकता हुआ इध ार-उधर की बातें करने लगता...। इन दिनों बीवी बहुत सुस्त और काहिल हो गयी थी। उसकी आँखों में हर वक़्त नीद-सी भरी होती। वह उसकी नींद भरी आँखों के सामने अपने चेहरे को ले आता और वह कभी-कभी झुंझलाकर कहती, "सोने भी नहीं देते...बहुत ज़ोर की नींद आ रही है।"

इन दिनों सोते वक़्त उसके होठ आपस में कुछ इस तरह जुड़ जाते जिससे उसके चेहरे पर एक फीकी-सी मुस्कान का गुमान होता। लेकिन उसके चेहरे की रौनक़ दिन-ब-दिन कम होती जा रही थी।

"ये तुम्हारा चेहरा कितना सुत गया है," एक दिन उसने पूछा था।

"ये तो अच्छी बात है, लड़का होगा," उसके जवाब में गर्व था।

"क्या बेकार-सी बातें करती हो। इस बात से लड़का होने का क्या सम्बन्ध! क्या तुम खुदा का घर देख आयी हो?"

"बड़े-बूढ़े कहते आये हैं," बीवी ने साफ़ दिली से समझाने वाले लहजे में कहना शुरू किया।

"कहते हैं अगर पेट में लड़की हो तो चेहरे पर रौनक़ आ जाती है और पेट की गोलाई बहुत ख़ूबसूरत होती है जबकि लड़के में चेहरा बिल्कुल कमज़ोर हो जाता है और उस पर कोई रौनक़ नहीं होती। पेट कुछ बेढंगेपन से गोल हो जाता है और लड़के की पैदाइश माँ पर बहुत सख़्त गुज़रती है।"

"सुनो...ख़्वाबों की ताबीरें क्या वा असली होती हैं?" वह ख़ामोश हो गयी और शून्य में घूरने लगी।

"हाँ कहते तो यही हैं," वह लापरवाही से बोला।

"दो-तीन दिन से लगातार रात के पिछले पहर में एक ख़्वाब देख रही हूँ।"

"कैसा ख़्वाब?"

वह उसके क़रीब आ गयी। उसकी आवाज़ काँप रही थी।

"मैं देखती हूँ कि मेरे लड़का पैदा हुआ है। अम्मा ने लाकर उसे मेरी गोद में डाल दिया है मगर वह बच्चा बेहद भयानक है और बहुत भारी-भरकम। उसके सारे जिस्म पर कपड़े के बनाये हुए भारी-भारी तावीज़ लटक रहे हैं। इन तावीज़ों में उसका सारा जिस्म ढँक गया है। उसके चेहरे पर बुज़ुर्गों जैसी सफ़ेद दाढ़ी है जो उसकी नाक तक आती है और सर पर एक भी बाल नहीं है। एक मोटे से फ्रेम का चश्मा लगाये वह नवजात बच्चा एक घिनौनी बुरी आत्मा मालूम दे रहा है। फिर अम्मा ज़ोर से चिल्लाती हैं...हटा दे, इसे फेंक दे, मेरा कहना है इसे कहीं फेंक दे। बस इसके बाद मेरी आँख खुल जाती है।" उसकी आवाज़ और भी ज़्यादा काँपने लगी।

उसे भी यह ख़्वाब सुन कर वहशत-सी होने लगी, वह धीरे से खँखारा।

"ख़्वाबों की ताबीरें हमेशा उलटी होती हैं ये सिर्फ़ तुम्हारा ज़हनी बिखराव है और कुछ नहीं," उसने उसे दिलासा दिया।

"हाँ, यही मेरा भी ख़याल है" उसने बेख़याली में जवाब दिया, फिर अचानक वह इस तरह हँस पड़ी जैसे उसके, किसी ने गुदगुदी की हो।

"क्या हुआ?" वह चौंक कर उसकी तरफ़ देखने लगा।

उसने अपनी कमीज़ पेट के ऊपर तक उठा दी और बोली, कभी तैरता हुआ इधर जाता है कभी उधर, ऐसा लगता है जैसे पेट के अन्दर किसी चूहे ने हल्के से कुतरा हो, ओह देखो फिर हुई कुतर-कुतर...बड़ा अच्छा लगता है", फिर वह मुस्कुराते हुए अपने पेट पर हाथ फेरने लगी। अचानक उसकी आवाज़ में तमाम जहाँ की ममता सिमट आयी।

"मेरा बच्चा!" उसने लगभग तुतलाकर कहा।

"ये सौ फीसदी लड़का है...लड़के बहुत चंचल होते हैं पेट में घूमते रहते हैं।"

उसे याद आया शादी के बाद जब गोद भराई की रस्म में इस्तेमाल होने वाला नारियल तोड़ा गया था तो अन्दर से कैसा भरा-भरा निकला था, इस मौक़े पर मौजूद औरतों ने भविष्यवाणी की थी कि माशाअल्ला लड़का होगा। "झण्डीला क्या भरा-भरा निकला है।"

"मगर लड़की भी हो सकती है," उसने थोड़ा सा ठहरकर कहा।

उसके फूले सफ़ेद पेट पर नाभि से शुरू हो कर काले रंग की एक पतली-सी लकीर बनती जा रही थी।

वह उस लकीर पर उँगली फेरने लगा।

"ये लकीर कैसी है?"

"बन जाती है। इसे बिल्कुल सीधा होना चाहिए वरना कहते हैं कि एक जहरीला साँप बन कर पेट को जकड़ लेती है और बच्चे को डस लेती है...देखना बिल्कुल सीधी बन रही है न!"

वह घुटने फैलाते हुए बोली!

"हाँ, बिल्कुल सीधी बन रही है," वह आहिस्ता से बोला और उसके पेट को कमीज़ से ढाँक दिया...तब उसकी बीवी का शायद छठा महीना चल रहा था जब उसे तबादले के सिलसिले में अपना छोटा-सा क़स्बा छोड़कर इस बड़े शहर में आना पड़ा, जब वह दोनों अपने घर से विदा हो रहे थे तो उसकी माँ ने कहा था।

"बेटा परदेस में दुल्हन का ख़याल रखना और कोई भी बात हो तो फ़ौरन मुझे ख़बर करना" लेकिन हक़ीक़त ये थी कि बीवी का रोज़-ब-रोज़ बढ़ता हुआ पेट उसे शिद्दत से भयभीत करता जा रहा था...अब वह उसे बिल्कुल अच्छी नहीं लगती थी। उसकी सारी कशिश न जाने कहाँ चली गयी थी, अब वह उसे गन्दी नज़र आती। अक़्सर उसे बीवी के स्पर्श से घृणा-सी महसूस होती। ये तो बहरहाल हक़ीक़त थी कि वह कुछ फ़ूहड़-सी हो गयी थी। और सलीक़ा बिल्कुल भूलती जा रही थी। उसके खाने-पीने के अन्दाज़ से भी सफ़ाई ग़ायब हो गयी थी। अक़्सर वो प्लेट में बड़े-बड़े निवाले तोड़ती और उसका मुँह उन निवालों से भर कर बहुत भद्दे अन्दाज़ में फूल जाया करता। खाना खाते वक़्त वह बेख़्याली में तेल से चिकटे बालों को खुजाती जाती और उसके मुँह से तरह-तरह की आवाज़ें निकलतीं। अक़्सर उसके मुँह से लुआब के साथ मिलकर कुचले हुए निवालों के छोटे-छोटे कण बड़ी बेतरतीबी के साथ बाँहों पर चिपक जाया करते। उसके मैले से कमीज़ के ऊपरी बटन ज़्यादातर खुले रहते जिसकी वजह से उसकी रोज़-ब-रोज़ भारी होती हुई छातियों का ऊपरी हिस्सा झाँकता रहता और ऊपर गले में पड़ा हुआ काले रंग का एक मैला तावीज़ डोलता रहता, उसे ये सब बहुत बुरा लगता था। वह ख़ुद को इस माहौल और इस सूरत-ए-हाल से कहीं भी जुड़ा हुआ महसूस नहीं कर पाता था। बीवी से बातें करने में भी उसे उकताहट-सी महसूस होती थी, लेकिन आज भी अहमक़ों की तरह वह

बीवी के सामने ज़्यादा से ज़्यादा रहने की कोशिश किया करता, और उसकी आँखों में अपनी तस्वीर तलाशा करता था, उसकी सब से बड़ी कोशिश यही होती कि बीवी का ध्यान उसके अलावा कहीं और न लग पाये। उसका यह विपरीत ख़याल उसे शदीद क़िस्म के मानसिक तनाव के घेरे में लेता जा रहा था।

"आओ खाना ले आयी।"

वह चौंक पड़ा। वह हाथ में एक बड़ी-सी ट्रे लिये हुए कमरे में दाख़िल हो रही थी, वह कुर्सी से उठकर बिस्तर पर आ गया। वह दोनों पलँग पर बिस्तर लगाकर ही खाना खाते थे।

"आजकल मुझे बहुत कब्ज़ होने लगा है," अचानक खाने के दरमियान वह बोल उठी। सुबह टॉयलेट में पसीना-पसीना हो गयी, इतनी तकलीफ़ हुई कि क्या बताऊँ, उसको उबकाई-सी आने लगी मगर वह बरदाश्त कर गया। वह कहे जा रही थी।

डॉक्टर को बताया है भई। पेशाब में जलन होती है, कल तो तमाम दिन पेशाब ही नहीं आया, और रात को आया भी तो बिल्कुल पीला और जैसे जला हुआ सा।

"कम से कम खाना खाते तो ऐसी बातें न करो," उसने झुँझलाकर निवाला रख दिया।

"कैसी बातें?" बीवी की त्योरी पर भी बल पड़ गये।

"मैं ख़ूब समझती हूँ। तुम मुझसे उकता रहे हो। इन बातों से घिन आ रही है तो फिर शादी क्यों की थी? ये वक़्त तो सबके लिए आता है कल को बच्चे का पेशाब-पाख़ाना कैसे बरदाश्त करोगे!"

"मेरा मतलब ये नहीं है! मेरा मतलब है कि खाना खाने के दरमियान तुम क़ब्ज़ वगैरा का ज़िक्र लेकर बैठ गयीं। तबीयत को अच्छा-सा नहीं लगा।"

शायद आगे भी वह कुछ कहता लेकिन अचानक उसने महसूस किया था कि वह उसे कुछ अजीब नज़रों से देख रही है। इन नज़रों में उसे अपने लिए सख़्त क़िस्म की हिक़ारत और उपहास नज़र आया...। वह खामोश होकर दीवार की तरफ़ देखने लगा जहाँ खाना खाने के अन्दाज़ में पालथी मार कर बैठी हुई उसकी परछाईं उसे बेहद भद्दी और घिनौनी सी नज़र आ रही थी। उसी रात सोने से पहले उसने अपने आपको आईने में देखा।

तनहाई मुकरुह और स्याह चेहरा, बढ़ी हुई दाढ़ी के बीच में बेजान सफ़ेद बाल, पीप भरी फुंसियों की तरह झाँक रहे थे, वह इस वक़्त बेहद उदास था। लेकिन ये उदासी उसके चेहरे को कोई रूमानी या नर्म पहलू बख़्शने में नाकाम थी। न जाने क्यों उसे अपना चेहरा एक ऐसे उम्र रसीदा गुना हगार का-सा नज़र आया जिसके बीते समय के सारे गुनाह रेंग-रेंग कर उसके चेहरे पर चिपक गये हों। उसने सोचा था कल शेव ज़रूर करेगा।

"सुनो," उसकी बीवी उससे कह रही थी।

वह ख़ामोशी से उसके पास आकर बैठ गया।

"मुझे घर छोड़ आओ। मुझे सातवें महीने में पैर बदलने मैके जाना चाहिए था मगर तुमने भेजा ही नहीं।" उसके लहज़े में शिकायत थी।

"पता है, औरत के लिए यह वक़्त कैसा होता है" वह वीरान नज़रों से छत की कड़ियों को घूरते हुए कह रही थी। कड़ियों में मकड़ी के बड़े-बड़े जाले लटक रहे थे। "बच्चे की पैदाइश के वक़्त फ़रिश्ते औरत के पलँग के चारों पाये थामे खड़े रहते हैं, ये बहुत नाज़ुक वक़्त होता है। अगर मुझे कुछ हो गया तो तुम मेरे बच्चे का ख़याल रखोगे ना?" उसका गला रुँधने लगा।

"तुम कैसी बातें कर रही हो?" वह कमज़ोर से लहज़े में बोला और बीवी के माथे पर अपना खुरदरा हाथ रख दिया।

"मुझे यहाँ इस कॉलोनी में बहुत डर लगता है...शाम के झुटपुटे में कॉलोनी में लगे हुए ये बग़ैर तारों के बिजली के खम्भे मुझे बहुत डराते हैं जैसे कोई दीवारों के ऊपर से घर के अन्दर झाँक रहा हो। तुम बहुत देर से आते हो। आज भी तुम ने आने में बहुत देर कर दी," बीवी ने उसके हाथ को अपने हाथ में सख़्ती से दबा लिया और न जाने क्यों सिसक पड़ी।

"अब जल्दी आ जाया करूँगा। तुम सो जाओ।"

"चन्द दिनों से मुझे वह ख़्वाब फिर से दिखायी देने लगा है, दिन में भी जब कभी मेरी आँख जग जाती है तो जाने कहाँ से वही डरावना ख़्वाब चला आता है। वही भयानक-सा बच्चा...भारी-भारी ताबीज़ों से ढँका हुआ।..."

"चुप हो जाओ बार-बार ख़्वाब नहीं दोहराते हैं," उसने झुककर बीवी के माथे को चूम लिया।

बीवी के होठों पर एक उजली-सी मुस्कुराहट फैल गयी और उसकी आँखें दोबारा भर आयीं।

"आज तुमने कितने दिनों बाद मुझे प्यार किया है।" उसने सरगोशी की। "वरना तुम हमेशा मुझे कुछ इस तरह देखते रहते हो जैसे मैं हर वक़्त तुम्हारी कोई चोरी कर रही हूँ...तुम्हारे हाथ जल रहे हैं शायद तुम्हें बुख़ार है।"

"हो सकता है, मैं आज बहुत थक गया हूँ," वह आहिस्ता से बोला।

"बाहर कुछ उल्टा-सीधा तो नहीं खाते ना? देखो चावल का परहेज़ मत तोड़ना। इतनी कम उम्र में तुम्हें ऐसी बीमारियाँ लग गयी हैं। पता नहीं ख़ुदा को क्या मंज़ूर है। मैं दुआ करती हूँ कि मेरा बच्चा ख़ैरियत के साथ पैदा हो और तमाम बीमारियों से दूर रहे। मुझे बीमारियों से बहुत डर लगता है।" वह कुछ देर तक उसे ऐसे ही देखती रही, फिर उसकी पलकें बोझिल होने लगीं। उसे शायद नींद आ रही थी। वह बिस्तर से उठ गया और खिड़की का पट खोल कर बाहर तारीकी में घूरने लगा। दूर एक राजमार्ग पर रोशनियों के धब्बे दिखाई दे रहे थे, बाहर से कहीं काई लगे पानी की बदबू आ रही थी।

"फ़रिश्ते पलँग के चारों पाये थामे खड़े हैं," किसी ने उसके अन्दर सरगोशी की। उसे अचानक अपनी ज़िन्दगी बिल्कुल बेमानी नज़र आने लगी...जिस्म बीमारियों की पोट बना पड़ा था...और रूह भी घुन लग गलती जा रही थी। कहीं पर कुछ न था। उसने अपने आपको बाहर फैले हुए उस असीम सन्नाटे का हिस्सा महसूस किया। न जाने कहाँ से एक सदियों पुरानी थकान आकर उस पर हावी होने लगी, जैसे वह बिल्कुल बूढ़ा हो गया हो। उसके पैर कँपकँपाने लगे। वो अकेला था, बिल्कुल अकेला।

बाहर एक झींगुर लगातार बोले जा रहा था। अपनी जल्द ही आने वाली मौत के एहसास से बिल्कुल ख़ाली झींगुर की ये आवाज़ उसे बेहद बेतुकी महसूस हुई। बहुत लाचारी की हालत उस का दिल चाहा कि वो दोबारा पैदा हो जाये, कहीं भी, किसी भी रूप में; किसी भी शक्ल लेकर और कोई भी रंगत लिये हुए, खिड़की खोल लेने पर बाहर का सन्नाटा अन्दर आकर कमरे के फ़र्श पर लोटने लगा था।

"उधर उस तरफ़ पके हुए गूलर अब भी दलदल पर गिर रहे होंगे, उसने सोचा. ..दूर राजमार्ग पर अब बिल्कुल अँधेरा था, उसने खिड़की बन्द कर दी।"

उसने देखा उसकी बीवी बेख़बर सो रही थी, शायद वो भी बिल्कुल अकेली है और बिल्कुल बेकुसूर भी...कुसूर इस आस-पास फैली हुई ज़िन्दगी का है। ज़िन्दा इंसानों को उनके गुनाहों के लिए माफ़ करना पड़ेगा। उसने सोचा।

हल्की-हल्की रोशनी में उसे अपनी बीवी का चेहरा बेहद पवित्र नज़र आया। एक ऐसे मासूम बच्चे के चेहरे की तरह, जो अपना खिलौना हाथ में लिये-लिये सो गया हो। उसने देखा उसके गालों पर दो आँसू बहकर जम से गये थे।

पहली बार उसे अपनी बीवी के फूले हुए पेट की गोलाई बहुत हसीन और सुहावनी नज़र आयी। यहीं से वो दोबारा जन्म लेगा। उसने सोचा।

और अब इस बात से कोई फ़र्क़ नहीं पड़ता कि किस रूप में और कितना ख़ालिस और कितना अस्ल। सब कुछ नश्वर है और किसी भी ख़्वाहिश या आरज़ू के अर्थ ही क्या हैं? हम सिर्फ़ अपने गुनाहों का इक़रार कर सकते हैं और कुछ भी नहीं।

एक पल के लिए वो ये सोचकर उदास हो गया कि उसके पेट में चैन की नींद सोने वाला जब बाहर आयेगा तो ज़िन्दगी अपनी तमाम हस्यास्पदताओं और कठोरताओं समेत उसके स्वागत को तैयार खड़ी होंगी। "लेकिन कौन नहीं जानता है। ये भी कौन जानता है?" शदीद क़िस्म की उदासी के साथ उसने सोचा। फिर वो आहिस्ता से पलंग पर बैठ गया और झुक कर बीवी के उभरे हुए पेट पर अपने होंठ रख दिये। दूर राजमार्ग पर किसी ट्रक के गुज़रने की आवाज़ पश्चिम से आने वाली हवाओं के साथ मिलकर और भी लम्बी होती जा रही थी इसी तरह होंठ रखे-रखे उसने अपने कान पेट में होने वाली तमाम आहटों पर लगा दिये।

बाहर सन्नाटे में किसी भूले-भटके राही के क़दमों की चाप उभरी फिर ग़ायब हो गयी।

उकताया हुआ आदमी

सुनसान सड़कें थीं, अक्टूबर की शाम थी, जब आसमान से ख़ालीपन उतर-उतर ज़मीन पर आने लगता है और दिन छपाक से ग़ायब हो जाता है। और यूँ तो लोग चले जा रहे थे, रिक्शा, साइकिल, और स्कूटर भी गुज़र रहे थे मगर जैसे ख़्वाबों में। वह बे-दिली से, अपने दोस्त के घर से वापस आ रहा था। दोस्त अपना काम करते हुए बेख़्याली में उसे हूँ-हाँ में जवाब देता रहा था और दोस्त की बीवी अपने नवजात बच्चे के झूले को पेंगें देने में मसरूफ़ थी। उसका ख़याल था कि हमेशा की तरह वह दोनों कम से कम चाय के लिए ज़रूर कहेंगे और वह थोड़ी देर बैठ लेगा। मगर उस की उम्मीद के ख़िलाफ़ आज इन दोनों ने उसकी तरफ़ ध्यान ही नहीं दिया।

"अच्छा भई," वह कहते हुए उठा और उसे अपना वज़न ज़्यादा महसूस हुआ। एक काहिली-सी उसे घेर रही थी। उसका दिल चाह रहा था कि वह दोबारा कुर्सी पर बैठ जाये। वह ढीले से अन्दाज़ में खड़ा होकर अपने दोस्त की तरफ़ देखने लगा।

"अच्छा तो चल दिये? मैं ज़रा ये निपटा लूँ तो नहाऊँगा।"

"हाँ यार, मुझे भी आज बहुत ज़्यादा काम है," उसने अपने जिस्म के हाव-भाव से जल्दी और मसरूफ़ियत दिखाने की नाकाम कोशिश की और ज़ीने की तारीकी पर क़दम रखता हुआ उतरने लगा।

और अब सामने ख़ाली सड़कें थीं। उसे ख़याल आया अक्टूबर की ऐसी शामों और रातों में मूँगफली के ठेले वाले कसरत से निकल आते हैं और उनके ठेले पर रखी हुई गैस-लालटेन आने वाली सर्द और तारीक रातों का स्वागत करती हैं। मौसम का बदलना कितनी बड़ी और अजीब बात है। लोग इसको इतने हल्के अन्दाज़ में क्यों सोचते हैं, जैसे ये कोई मामूली वारदात हो। अक्टूबर और मार्च दोनों एक मोड़ हैं और ये दोनों मोड़ उसके लिए हमेशा मुश्किल साबित होते हैं। उसे याद आता था कि किस तरह बचपन में बस या मोटर का सफ़र करते वक़्त किसी तेज़ रफ़्तार मोड़ पर वह आँखें बन्द कर लिया करता था और जब वह दोबारा आँखें खोलता था तो सामने सीधी सड़क होती थी। वह पैदल चलता रहा।

"चलो यार मूँगफली ले लें" उसके अन्दर किसी ने हुमककर कहा। उसके क़दम पल भर को रुके मगर फिर उसे महसूस हुआ जैसे ये एक सी बात होगी। रास्ते में

जान-पहचान वाले बहुत से लोग मिलते हैं। उसे इस तरह हाथ में लिफ़ाफ़ा लिये हुए मूँगफली के छिलके सड़क पर फेंकते और मुँह चलाते हुए देखकर पता नहीं क्या सोचेंगे। "टालो" उसने सोचा और आगे बढ़ गया। चलते-चलते अब उसे एक हल्की-सी गर्मी का एहसास भी हुआ वह एक सिगरेट-पान वाले की दुकान पर रुक गया। दुकान में लगे आईने में अपने आपको देखते हुए उसने एक सिगरेट तलब किया। वह आईने में देख रहा था कि उसके जिस्म पर चरबी की ख़ासी मोटी तह जम गयी थी, थोड़ा पेट भी आगे निकल आया था। लेकिन इसमें कोई शक नहीं कि अब वह एक ऊँचे ओहदे का आदमी लगता था। उसने सिगरेट होठों में दबाते हुए आत्म प्रशंसा की नज़रों से अपना जायज़ा लिया। जिस्म पर उम्दा क़िस्म की पैण्ट और कमीज़, आँखों पर सुनहरी फ्रेम का चश्मा, सिगरेट के पैसे अदा करते हुए उसे शर्म महसूस हुई कि ऐसे मौके पर उसके पास बटुआ ज़रूर होना चाहिए था। इस तरह दोनों जेबें टटोल-टटोलकर सिक्के देते वक़्त सिगरेट फ़रोश ने उसके बारे में क्या राय क़ायम की होगी वह यह सोचता हुआ आगे बढ़ने लगा।

वह सिगरेट सुलगाना भूल गया था। रुककर उसने सिगरेट सुलगाया और फिर चलने लगा। सिगरेट का धुआँ अजीब नागवार सा ज़ायक़ा दे रहा था। पेट में से उबकाइयाँ सर उभारने लगीं। उसने थूक दिया।

"क्या मुसीबत है," वह बड़बड़ाया। क्या मैं किसी भी चीज़ पर एक लम्हे के लिए भी अपनी आँखें केन्द्रित नहीं कर सकता। क्या ख़ालीपन है। वह सोच रहा था। सब कुछ जैसे हाथों की पकड़ से निकल गया हो। उसने सिगरेट की तरफ़ घिन से देखा और सड़क के किनारे फेंक दिया। उसने अपने हाथों का जायज़ा लिया उँगलियाँ उसे मुर्दा छिपकलियाँ नज़र आयीं जो हाथों के किनारों पर बेजान अन्दाज़ में लटकी हुई थीं। उसे ख़याल आया, कहीं इसलिए तो आज वह वाक़या पेश नहीं आया। हमेशा की तरह उसने चाय लेते वक़्त परवीन का हाथ छूना चाहा था और उसने जल्दी से झटक दिया था।

"देखो, देखो परवीन वह ख़रगोश बैठा है," उसने दीवार पर लगी पोर्ट्रेट की तरफ़ इशारा करते हुए उसे चुमकारा।

मगर परवीन की आँखों में उकताहट थी। वह उदास हो गया था। यह तो वह काफ़ी अरसे से महसूस कर रहा था कि हर एक बात करते वक़्त उकताहटों की परतें दरमियान में उभरने लगतीं। या तो वह सबसे उकता गया था या दूसरे उस से उकता गये थे। और उसका हावभाव, उसका अन्दाज़-ए-गुफ़्तगू...उसका बातों का विषय सब कुछ बहुत ही सड़ा और पुराना हो चला था। कटा-फटा सा...जिसे या तो नज़रअन्दाज़ किया जा सकता था या जिससे उकताया जा सकता है। मगर कहीं ऐसा तो नहीं कि परवीन को उसके हाथों की उँगलियाँ मरी हुई छिपकलियाँ नज़र

आती हों और उसे घिन आ गयी हो। वरना ख़रगोश के हवाले के बाद भी वह इस तरह अजनबी-सी बनी न खड़ी रहती। वह दोनों बचपन से ख़रगोश से खेलते आये थे। गुड्डों और गुड़ियों की तरह उन्होंने ख़रगोशों के ब्याह रचाये थे। बचपन की ये बातें और ये खेल अब ख़त्म हो गये थे। मगर ख़रगोश का नाम उनकी मोहब्बत की ज़मानत था वह कई दिन तक आपस में रूठे रहते थे। मगर फिर कोई कह देता—

"देखो...वह देखो ख़रगोश" और दूसरा सब कुछ भूल कर मुस्कुराने लगता।

वह देर तक परवीन को देखता रहा जो घर के काम में मशरूफ़ थी और उसके चेहरे पर ख़ुशी, शर्म और प्यार का वह मिला-जुला रंग नहीं था जो हमेशा उसकी मौजूदगी में हुआ करता था।

"मेरा वजूद बेकार जा रहा है।" उसने मायूसी से सोचा।

"सुनो, बस दो-तीन महीने की बात है, कॉलेज में, प्रोफ़ेसर की एक असामी है जो बहरहाल मुझे मिल जाएगी।" उसने खँखार कर झूठ बोला। परवीन ने अफ़सोस और रहम की नज़रों से उसकी तरफ़ देखा। वह इन नज़रों की ताब न ला सका और फ़र्श पर देखने लगा। काफ़ी देर तक वहाँ कोई भी उससे नहीं बोला। सब अपनी-अपनी बातों में लगे रहे। अब उसे उठते हुए भी शर्म आ रही थी। उसे लग रहा था कुर्सी से उठकर दरवाज़े तक जाने में सब उसके सरापे का जायज़ा लेंगे और उसके मोटेपन पर रिमार्क कसेंगे।

"ये कुछ कर नहीं पायेंगे, बस बाप की कमाई पर यूँ ही फूलते रहेंगे।" मगर फिर उठना तो था ही...वहाँ से आकर वह और ख़ाली-सा हो गया था।

"मेरा वजूद बेकार जा रहा है, मैं ख़त्म हो रहा हूँ," उसने फिर मायूसी से सोचा।

उसने अपने हाथों की उँगलियों को फिर ग़ौर से देखा। उसे याद आया कल अख़बार के लिए एक सस्ती-सी रूमानी कहानी लिखते वक़्त कितनी बुरी तरह दर्द करने लगा था। कलम उँगलियों से पकड़ा ही न जाता था। मगर फिर उसे हँसी आ गयी। मेरी आँखों को अब किसी और नम्बर के चश्मे की ज़रूरत है। अच्छी-ख़ासी उँगलियाँ भी मुझे छिपकलियाँ लग रही हैं और रही बात सिगरेट की तो ये लोग ख़राब और सड़ी हुई तम्बाकू भर देते हैं। वह इतना सोचकर सन्तुष्ट हो गया। घड़ी की तरफ़ देखा, आठ बज रहे थे। सामने वाली गली में उसके शायद दोस्त का मकान था जो अक्सर उससे मिला करता था और शायरी पर बात किया करता था। अचानक उसका दिल शायर से मिलने को चाहा। शायर एक सभ्य इंसान था। चाय और सिगरेट के बग़ैर कभी उसने किसी को अपने घर से रुख़सत न होने दिया था मगर आज चाय और सिगरेट तो दूसरी ज़रूरतें थीं, बुनियादी ज़रूरत थी किसी से ढेर सारी बातें करने की...ढेर-सी बातें, उसके क़दम अपने शायर दोस्त की तरफ़ बढ़ गये।

"आओ भई, ऊपर आओ," वह इत्तेफ़ाक से छत पर खड़ा था।

वह मुस्कुराता हुआ सीढ़ियाँ चढ़ने लगा।

शायर ने कमरे का दरवाज़ा खोला। चारों तरफ़ अलमारियों में किताबों के ढेर थे। वह एक कुर्सी पर ढेर हो गया।

"इस वक़्त कहाँ निकल पड़े?" शायर ने सिगरेट सुलगाते हुए कहा!

"ऐसे ही ज़रा इधर से गुज़र रहा था।"

"लो सिगरेट।"

"नहीं यार खिंच नहीं रहा है।"

फिर दोनों एक-दूसरे को ख़ामोशी से देखते रहे। शायर रूसी अदब का शौक़ीन था। उसने सोचा, आज वह शायर से 'पुश्किन' पर बात करेगा। मगर काफ़ी देर तक ग़ौर करने के बाद भी वह कोई ऐसा जुमला सोचने में कामयाब न हो सका, जहाँ से अपनी बात शुरू करे। शायर उठा और छोटे भाई को आवाज़ दी।

"मौखी, चाय लाओ यार।"

"हाँ, तुम सुनाओ क्या लिखा इस अरसे में?"

"कुछ भी नहीं," उसने जवाब दिया।

"तो क्या करते रहे?" शायर ने सवाल किया।

"सोता रहा," उसने फ़िक्रमन्द लहजे में कहा।

"सोते में ख़्वाब भी आते होंगे?" शायर ने मुस्कुराते हुए पूछा।

"हाँ, मगर तुम मनोविश्लेषण न कर सकोगे क्योंकि ख़्वाब मुझे बिल्कुल याद नहीं रहते।"

"ये तो उम्दा बात है। फिर नींद से जाग कर बड़ी शान्ति मिलती होगी?"

"कहाँ यार! वह कोई सत्‌ चित्‌, आनन्द वाली कैफ़ियत थोड़ी ही होती है। बार-बार सोने को दिल चाहता है।"

"तम्सगन तुम्हारी फ़ितरत पर हावी होता जा रहा है।" शायर ने हँसकर कहा। इतने में उसका छोटा भाई चाय लेकर आ गया। शायर ने एक कप उसकी तरफ़ बढ़ाते हुए दूसरा कप अपने हाथ में ले लिया। उसने चाय का घूँट लिया, वही तेज़ पत्ती और कम से कम दूध की चाय। उसका दिल चाह रहा था कि आज वह ख़ालिस दूध में बनी इलायचीदार चाय पीता। आख़िर उसने कह ही दिया।

"यार अब इस क़िस्म की चाय भी मुझसे नहीं चलती।"

"क्यों?"

"क्या फ़ायदा? हर मानसिक पहलू के लिए कोई न कोई संकेत तलाश करते रहना। आदमी की अपनी आज़ादी भी इस हद तक ख़त्म न हो जाये कि वह मनपसन्द चाय भी न पी सके।"

"तुम शायद इस क़िस्म की चाय से उकता गये हो," शायर ने दूसरा सिगरेट सुलगाते हुए कहा।

"पता नहीं...मगर ज़िन्दगी बड़ी लिजलिजी सी लगती है...छेदों से भरे पिचके

हुए गुब्बारे जैसी, बार-बार मुँह से फुलाते रहो और फ़ेफड़े फूल जायें तो बेबसी से इस लिजलिजेपन को अपने ऊपर पर हावी होते देखो" उसने कहा।

"ज़िन्दगी में कुछ नयापन होना चाहिए" शायर ने कहा, "तुम शादी कर लो। मेरा तजुर्बा है कि आदमी को सिर्फ़ अपनी बीवी से मोहब्बत करके ही मुकम्मल होने का एहसास होता है।"

मगर शायद वह नहीं सुन रहा था। उसे अब तक की गयी बातें भी बेमानी और फिज़ूल सी लग रही थीं। वह ज़बरदस्ती चेहरे पर मुस्कुराहट लाता हुआ खड़ा हो गया।

"अच्छा चलूँगा।"

"कल दुपहर में आओ आज बीवी मैके जा रही है। कल मेरा ऑफ़ है क्यों न आराम से वी.सी.आर. पर कोई फ़िल्म देखें", शायर ने उठते हुए कहा।

"फ़िल्म..." वो चौंका...कुछ देर तक सोचता रहा। फिर उसकी आँखों में एक चमक-सी पैदा हो गयी।

"यार कोई ऐसा कैसेट लाना जिसमें विज्ञापनों की भरमार हो यानी कहीं कोई कार्टून चिड़िया फुदकती हुई स्क्रीन के एक सिरे से दूसरे सिरे तक जाये और किसी नहाने के साबुन को इस्तेमाल करने का मशविरा दे या कोई शेर छलाँग लगा कर अण्डरवियर-बनियान के किसी ख़ास ब्राण्ड से अपनी दिलचस्पी का इज़हार करे।"

शायर ने कहकहा लगाया, "हाँ साले कैसेट में इतने एडवर्टाइज़मेंट भर देते हैं कि कभी-कभी तो आधी तस्वीर ढँक जाती है और जज़्बाती सीन का कबाड़ा हो कर रह जाता है।"

मगर उसने शायद ये बात किसी फ़रमाइशी क़हक़हे के लिए नहीं कही थी। वह संज़ीदगी से शायर की तरफ़ देखता रहा, फिर बोला—

"अपना-अपना ख़याल है...मुझे तो ये कार्टूननुमा परिन्दे और जानवर बेहद मासूम और अच्छे लगते हैं। मैं वी.सी.आर. पर सिर्फ़ इनको देखने के लिए ही फ़िल्म देखता हूँ। इनकी अपनी कहानी चलती है। स्क्रीन के निचले हिस्से पर जज़्बात की सतह मुख़्तलिफ़ हो सकती है।"

शायर ने फिर हँसना चाहा मगर कुछ सोचकर ख़ामोश हो गया। उसने मुसाफ़ेह के लिए हाथ बढ़ा दिया।

सड़क और वीरान हो गयी थी। वह चलता रहा। वह अपने चलने के अन्दाज़ में कुछ घटियापन महसूस कर रहा था। पता नहीं क्यों उसे ये अन्दाज़ गुण्डों का-सा लग रहा था। पतलून की एक जेब में हाथ डाले गर्दन झुकी होने के बावजूद जैसे अकड़ी-सी। सड़क पर दूर-दूर तक कोई न था सिर्फ़ लैम्प पोस्ट की रोशनियाँ थीं मगर मुश्किल से एक फ़र्लांग चलने के बाद वह मोड़ आता था जहाँ रिक्शे वालों का स्टैण्ड था। चाय की दुकानें थीं और रात गये तक अच्छी-ख़ासी चहल-पहल रहती थी। वह सड़क के एक किनारे रुक गया। बेइख़्तियार उसका दिल चाहा कि बजाय

पैरों के चलने के वह पेट के बल रेंगता हुआ चले...किसी गन्दे और परेशान रेंगने वाले कीड़े की तरह, मगर देर तक खड़ा रहने के बावजूद जब वह अपने इस ख़याल को अमली जामा नहीं पहना सका तो मायूसी से क़दम बढ़ाना शुरू कर दिया। जल्द ही वह मोड़ आ गया। यहाँ रौनक़ थी, चाय की दुकानों पर फ़िल्मी गीत बज रहे थे। तेज़ और मद्धिम रोशनियों से रास्ता बिल्कुल रोशन था। बायीं तरफ़ एक गन्दा सा पेशाबख़ाना था। उसे कुछ ज़रूरत महसूस हुई और वह पेशाबख़ाने में दाखिल हो गया। यहाँ मुद्दतों की सड़ाँध और सीलन भरी हुई बदबू ने ख़ैर मक़दम किया। अगर कोई और वक़्त होता तो वह ऐसे मौक़े पर नाक पर रूमाल रखना न भूलता। मगर पता नहीं क्यों उसे ये सड़ाँध और बदबू बेहद मानूस और जानी-पहचानी महसूस हुई। उसे लगा जैसे वह अपनी उम्र से छोटा होता जा रहा है...हल्का-फुल्का और नर्म सा। उसने अपने आपको अन्दर से मोम की तरह पिघलता देखा और तब उसे याद आया कि ये सड़ाँध और बदबू उसके प्राइमरी स्कूल के पेशाबख़ानों से आती थी जहाँ वह बचपन में पढ़ा करता था। लेकिन ये ख़याल आते ही उसे घबराहट होने लगी। वह तय कर चुका था कि अपनी जड़ों की तरफ़ नहीं देखेगा। वह हर हाल में इस वापसी से बचना चाहता था। वह बग़ैर पेशाब किये ही पेशाबख़ाने से बाहर आ गया। थोड़ी देर तक वह खड़ा सोचता रहा कि ज़िन्दगी ने हर रंग को अलविदा क्यों कह दिया है। कोई महान ख़ुशी या महान ग़म कुछ तो चाहिए, ज़िन्दगी को रोक के रखने के लिए। ज़िन्दगी के इस तरह औसत दरजे से चलते रहने के बाद वह उकताहट महसूस कर रहा था। मैं ज़ाया हो रहा हूँ। उसने फिर उदासी से सोचा।

"घर वापस चलो यार" उसके अन्दर किसी ने प्यार से कहा और वह तेज़ी से अपने घर की तरफ़ जाने वाले रास्ते पर चलने लगा। पता नहीं कैसे उसके ज़ेहन में बहुत-सी पुरानी यादें सर उभारने लगी थीं। मगर ये यादें उसके वजूद पर छा जाने में नाकाम थीं, बहुत से मनाजिर...बहुत सी तक़रीबें...ग़म के मौक़े सब उसे याद आ रहे थे। मगर वह उनसे सिर्फ़ उकता ही सकता था उसके बस में इतना भी न था कि इन यादों से एक पल के लिए उदास ही हो जाये। वह तेज़ी से चलता रहा। घर के ख़याल से दो मज़ेदार ख़याल इस वक़्त उसकी चाल में तेज़ी ला रहे थे। पहला ख़याल खाने का था और दूसरा गर्म-गर्म रजाई और बिस्तर का।

"काश आज खाने में चावल ज़रूर पकाये गये हों।" उसने नदीदेपन से सोचा। इस जगह उसे ख़याल आया कि ज़ायकेदार खाने ज़िन्दगी को बहरहाल कुछ न कुछ अर्थ ज़रूर दे देते हैं। उसने और तेज़ी से क़दम बढ़ाना शुरू कर दिये। दिल ही दिल में उन मोड़ों को दोहराता हुआ जो यहाँ उसके घर के दरमियान में पड़ते थे। करीब दस मिनट तक लगातार एक अनजानी-सी लगन के तहत चलते रहने के बाद उसने अपने आपको घर के सामने खड़ा पाया। उसने इतमीनान की साँस ली और घर के अन्दर दाखिल हो गया।

"आख़्ख़ा...आज लाट साहब जल्दी तशरीफ़ ले आये।" एक बुजुर्ग का व्यंग से भरा जुमला उसके कान में पड़ा, जिसे नज़रअन्दाज़ करता हुआ वह सीधा अपने कमरे में चला गया। एक कुर्सी पर बैठ कर वह अपने चमड़े के बूटों के तस्में खोलने लगा कि दरवाज़े पर आहट हुई, सामने उसकी माँ खड़ी थी।

"तुम आखिर इतनी रात तक बाहर क्या करते रहते हो?"

"ये बताओ पकाया क्या है?"

"जो भी है खा लो मगर चावल नहीं है," माँ ने बे-दिली से जवाब दिया।

"क्यों, चावल क्या इस घर में पकना मना है?" उसने कड़वाहट से सवाल किया।

"बातें मत बनाओ मैं खाना ले आती हूँ। जल्दी से खा लो। मैं तुम्हारे खाने के इन्तज़ार में बैठी थी।" माँ यह कहकर वापस चली गयी। मगर वह फिर ख़ाली सा हो गया। अपने ज़िस्म पर एक बेवजह-सी थकान होती महसूस कर रहा था। थोड़ी देर में उसकी माँ खाने की ट्रे लिये कमरे में दाखिल हुई। ट्रे मेज पर रखकर वह उसकी तरफ़ मुड़ी।

"अभी तक तुमने कपड़े तब्दील नहीं किये?"

"सुनो, तुम मुझे अभी चावल पका कर दो, कूकर में क्या देर लगती है।" उसने माँ से हुमककर कहा।

"क्या पागल हो गया है...गैस भी आज ख़त्म हो गयी है और टी.वी. पर फ़िल्म शुरू हो चुकी है, मैं तो जा रही हूँ...खाना खा कर तू भी टी.वी. देखने आ जाना।"

"नहीं," उसने कमरे से बाहर जाती हुई माँ का आँचल पकड़ा लेकिन वह बड़बड़ाती हुई जा चुकी थी। वह मायूस हो गया। मैं बिला वजह ही इतनी तेज़ी से और इतनी जल्दी घर आया उसने सोचा और फिर बे-दिली से कपड़े बदलने लगा। उसकी बिल्कुल भूख ग़ायब हो चुकी थी। कपड़े बदल कर मेज़ पर रखे खाने को उसने एक अख़बार से ढँक दिया। अचानक खाने के ख़याल से ही उसे उबकाई आने लगी। उसने दीवार पर लगे क्लॉक की तरफ़ देखा। साढ़े ग्यारह बज रहे थे। अब क्या करूँ, काश जल्दी से नींद आ जाये। उसने सोचा। चन्द साल पहले तक वह टेलीविज़न पर फ़िल्में, क्रिकेट मैच और दूसरे तफ़रीही प्रोग्राम ख़ासी दिलचस्पी से देखा करता था। मगर फिर धीरे-धीरे टेलीविज़न से उसका सम्बन्ध सिर्फ़ ख़बरों तक रह गया और अब तो अरसे से उसने ख़बरें सुनना और देखना भी छोड़ दिया था, क्योंकि एक दिन अचानक उस पर ये भेद खुला था कि क़ौमी या अन्तर्राष्ट्रीय ख़बरों से वह खुद को कहीं भी जुड़ा हुआ महसूस नहीं कर रहा था। एक अजनबी और बेबस इंसान की तरह ख़बरें सुनते रहना और फिर उस पर टिप्पणी करते रहना बेमानी था, यही वजह थी कि अब उसने अख़बार पढ़ना भी छोड़ दिया था।

अक्टूबर की रात थी। रज़ाई बहुत हल्की थी मगर कुछ देर बाद गर्म हो सकती थी और तब रज़ाई हटाकर चादर ओढ़ी जा सकती थी। उसने चादर खोल कर रज़ाई

के ऊपर बेतरतीबी से डाल दी। सिरहाने लगा टेबल लैम्प रोशन कर दिया और आहिस्ता से बिस्तर में दाख़िल हो गया। घर के एक दूसरे के कमरे में टी.वी. चल रहा था। रात के सन्नाटे में चन्द ग़ैर फ़िल्मी से अन्दाज़ में बोले गये संवाद उसके कान में पड़े। बायें हाथ को पड़े स्टूल पर जोशिया राइस की धर्म दर्शन पर लिखी एक किताब रखी थी। आजकल वह अक्सर उसे उलट-पलट कर देखता रहता था। काफ़ी दिनों से उसके अन्दर ये उम्मीद जागने लगी थी कि अगर वह मज़हब को अच्छी तरह समझ ले तो शायद आस-पास छायी हुई इस असीम तनहाई से बच सके जो हर दूसरे आदमी को उसके लिए अजनबी बना रही थी।

उसने बे-दिली से किताब के पन्ने पलटने शुरू कर दिए, लेकिन किताब की ज़बान आज बार-बार उससे अपना रिश्ता तोड़े ले रही थी।

"मेरी अंग्रेज़ी भी बिल्कुल चौपट हो कर रह गयी है।" उसने सोचा और मायूसी से किताब को स्टूल पर वापस रख दिया। अब उसने छत की कड़ियों को घूरते हुए ज़हन में उर्दू और अंग्रेज़ी के ऐसे जासूसी नॉवेलों के नाम याद करना शुरू किये जिनकी कहानी और वाक़यात उसे याद न रहे हों। मगर देर तक कोशिश करने के बाद भी वह कोई ऐसा नाम तलाश न कर सका। कम उम्र के दौर में पढ़े गये तमाम जासूसी नॉवेल आज भी इसी तरह ज़हन में ताज़ा थे जैसे कल ही ख़त्म किये हों।

"तो फिर आज नींद कैसे आएगी" वह फ़िक्रमन्द-सा हो गया। उसे नींद आती तो बहुत थी मगर कुछ न कुछ पढ़ने के बाद, वह छत की कड़ियों को लगातार घूरे जा रहा था। अचानक उसे सफ़ेद दीवार पर कुछ मोटा-सा धब्बा दिखाई दिया, "क्या प्लास्टर उधड़ गया है" लेकिन धब्बा थोड़ा-सा हिलता हुआ भी लग रहा था। उसकी आँखों पर चश्मा नहीं था उसने हाथ बढ़ा कर स्टूल से चश्मा उठाया। अब उसे साफ़ दिखाई दिया, दीवार पर एक छिपकली दूसरी का पीछा कर रही थी।

"श...क्या यार" वह बड़बड़ाया वह उसके कमरे की छत की कड़ियों में छिपकलियाँ बहुत थीं। थोड़ी देर तक वह इन छिपकलियों के हनीमून को बहुत ग़ौर से देखता रहा फिर अचानक उसे अपने ज़िस्म की तमाम नसों में तनाव का एहसास हुआ। एक ख़याल बिजली की तरह उसके ज़ेहन में कौंधा। वह जल्दी से बिस्तर से उठा। दीवार पर लगी अलमारी को खोला और उसमें से आधी नंगी तसवीरों का अलबम निकालते हुए बड़बड़ाया।

"शायद कुछ दिल बहल जाये।"

अलबम ले कर वह दोबारा बिस्तर में लेट गया और पूरे जोश के साथ उसके पन्ने उलटने लगा। मगर उसे महसूस हुआ जैसे ये तमाम तसवीर कोढ़ी औरतों की हों, जिनके तमाम अंग गल कर जैसे किताब से फिसल-फिसल कर उस पर गिर रहे हों। उसे सख़्त क़िस्म की उबकाई का एहसास हुआ। जल्दी से अलबम को दूर फेंकते हुए उसने अपने हाथों की उँगलियों को झटका, जैसे अब तक वह कोई

बेहद लिजलिजी-सी चीज़ थामे रही हों। अब उसने तय-सा कर लिया था कि लैम्प बुझा कर फ़ौरन सोने की कोशिश करेगा। उसने लैम्प ऑफ़ करके रज़ाई को आधे जिस्म तक ओढ़ लिया।

मगर नींद कहाँ थी। बल्कि अब तो मच्छर भी आ गये थे। वह काफ़ी देर तक उन मच्छरों को कान के पास से झटकता रहा फिर तंग आकर रज़ाई को चेहरे तक ले लिया। काफ़ी देर हो गयी मगर नींद जैसे आँखों से बिल्कुल चली गयी थी और उनके लिए कोई मंज़र भी न था सिवाय अथाह ख़ालीपन के। फ़िल्म कब की ख़त्म हो चुकी थी। रात शायद काफ़ी बीत चुकी थी। अब बाहर सड़क पर शायद कोई कुत्ते का पिल्ला चीख़ रहा था। उसे अब गर्मी महसूस होने लगी। रज़ाई के अन्दर उसका जिस्म पसीने से नम हो रहा था। उसने पैरों से रज़ाई एक तरफ़ करके चादर को ओढ़ लिया। काफ़ी सुकून मिला। उसने दो गहरी-गहरी साँसें लीं और करवट बदल कर लेट गया। उसे उम्मीद थी कि अब जल्द ही वह सो जाएगा।

मगर कुत्ते का पिल्ला बराबर चिल्लाये जा रहा था। अब जैसे ये आवाज़ उसके कानों पर एक असहनीय बोझ बनती जा रही थी। उसने बेचैनी से दूसरी तरफ़ करवट ली और आँखों को बाज़ू से ढँक कर सोने की कोशिश करने लगा। लेकिन अब एक दूसरी परेशानी थी। सारे ज़िस्म पर जैसे कीड़े रेंग रहे थे। कभी सीने पर खुजली होती, कभी कमर और पीठ पर। आख़िर वह उठ बैठा। सिरहाने लगा लैम्प रोशन किया और लम्बी-लम्बी साँसें लेने लगा। उसने घड़ी की तरफ़ देखा। ढाई बज रहे थे। बाहर कुत्ते का पिल्ला फिर ज़ोर से चीखा। इस बार उसकी आवाज़ उसे बेहद दर्दनाक-सी महसूस हुई, शायद उसे सर्दी लग रही है। उसने सोचा, फिर कुछ ख़याल करके वह बिस्तर से उठ गया। अलमारी में एक पुराना और फटा मफ़लर पड़ा था। उसने मफ़लर निकाल कर हाथ में ले लिया और कमरे से बाहर आ गया। आँगन में चाँदनी रात फैली हुई थी। घर के तमाम लोग कमरों में सो रहे थे। वह धीरे-धीरे अपनी माँ के बिस्तर के क़रीब आया और तकिये के नीचे हाथ डाल कर दरवाज़े की चाबी निकालता हुआ वापस मुड़ गया। उसे अपना गला खुश्क होता हुआ महसूस हो रहा था। उसने सामने लगे वॉश बेसिन पर झुक दोनों हाथों से चुल्लू बना कर पानी पीने के बाद लम्बी-सी साँस ली। फिर आसमान में वह सितारा तलाश करने की कोशिश करने लगा जो बचपन से अक्सर रात के इस पहर में नज़र आता था लेकिन सृष्टि चक्र ने शायद उसका मक़ाम बदल दिया था, नाकाम हो कर उसने आसमान से अपनी नज़रें उतार लीं और फिर दरवाज़े को खोल कर बाहर आ गया।

सड़क पर बिजली का ख़म्भा रोशन था। उसने कुत्ते के पिल्ले को तलाश करने के लिए नज़रें दौड़ायीं। वह उधर नाली के किनारे पड़ा हुआ नज़र आया।

"ए...आओ...आओ", उसने पिल्ले को चुमकारा। यह भूरे रंग का एक कमज़ोर-सा पिल्ला था।

"ए...मोती...मोती...सुनो," उसने पिल्ले को एक नाम भी दे दिया मगर पिल्ले ने उसकी तरफ़ देखा भी नहीं और इसी तरह दर्दनाक आवाज़ में पुकारता रहा। वह पिल्ले के क़रीब पहुँचकर घुटनों के बल झुक गया मगर पिल्ला अब उससे खौफ़ज़दा नज़र आ रहा था। उसने वह पुराना मफ़लर खोल कर पिल्ले को उससे ढकने की कोशिश की।"

"लो...मोती...मोती...इसे ओढ़ लो" उसने फिर चुमकारा मगर पिल्ला मचल कर उस से दूर भागने लगा। मफ़लर आधा सड़क पर था और आधा नाली में। उसने मफ़लर उठा कर पिल्ले का ताक़ुब किया। साथ ही वह उसे प्यार से चुमकारता भी जा रहा था।

"ए...आओ...आओ...मोती...अरे!"

लेकिन कुत्ते का पिल्ला अब सड़क के मोड़ तक पहुँच गया था।

यकायक वह ठिठककर रुक गया। सर्द रात के वीरान पहर में अकेली सूनी सड़क पर एक पुराना मफ़लर हाथ में लिये वह बेचारगी से खड़ा था। एक अजीब-सी शर्मिन्दगी और झेंप उसे पकड़ने लगी। फिर वह अपने जिस्म में सर्दी की लहर दौड़ती हुई महसूस करके काँपने लगा। उसके दाँत भी बजने लगे। लेकिन अब वह घर वापस नहीं जाना चाहता था। रेलवे स्टेशन यहाँ से बहुत दूर नहीं था। क्यों न वहीं चला जाये। एक कप गर्म-गर्म चाय का भी मिल जाएगा और शायद इस वक़्त सिगरेट भी पिया जा सके। इस ख़याल के साथ ही वह स्टेशन जाने वाली सड़क पर चल दिया। पास ही किसी चौकीदार ने जागते रहो की सदा के साथ लाठी को सड़क पर ज़ोर से मारा था। वह उदास-उदास सा चलता रहा। शहर बिल्क़ुल ख़ामोश था और वह अपने क़दमों की चाप अपने वजूद के अन्दर सुन रहा था। फिर सामने स्टेशन की रोशनियाँ नज़र आने लगीं। जब वह स्टेशन पर पहुँचा तो रात के साढ़े तीन बज रहे थे। वह बग़ैर प्लेटफ़ार्म टिकट लिये अन्दर दाख़िल हो गया। यहाँ एक दूसरी ही दुनिया आबाद थी। चाय की दुकानें, सिगरेटों के खोमचे; इधर-उधर दुबके हुए भिखारी, ऊँघते हुए सिपाही और हर रंग में, हर अन्दाज़ में मुसाफ़िर...बातें करते हुए और फर्श पर सोते हुए भी। स्टेशन पर रात मालूम नहीं दे रही थी। वह प्लेटफ़ार्म के किनारे चलता रहा। पटरियों को देखता हुआ, ये पटरियाँ उसे बेहद भेद भरी लग रही थीं...दूर तक फैली हुई...न जाने कहाँ जाती हुई। उनके ऊपर लाल और हरे सिगनलों का सिलसिला...वह दोबारा ख़ाली-उज़्-ज़हन-सा हो गया था। उसकी आँखें हर मंज़र से कटने लगीं।

"मैं नष्ट हो रहा हूँ", उसने अफ़सोस से सोचा।

चलते-चलते वह प्लेटफ़ार्म के सिरे तक पहुँच गया था। रेलवे स्टॉल...मुसाफ़िरों की भीड़...स्टेशन की रोशनियाँ, सब पीछे छूट गयी थीं। अब आगे खेतों का सिलसिला था और वह रेलवे लाइन के किनारे पड़े पत्थरों पर खड़ा था। उसने मुड़ कर देखा। दूर से जगमगाता हुआ स्टेशन उसे बहुत अच्छा लगा। उसके दिल में एक अजीब

ख़्वाहिश पैदा हुई। वह पत्थरों से उतर कर पटरी पर आ गया और सीधा लेट गया। उसके सामने दूर तक प्लेटफ़ार्म की रोशनियाँ चमक रही थीं। सर के ऊपर लाल-हरे सिगनल फैले हुए थे...दूर कहीं खेत में ट्यूबवेल चल रहा था। सर्द हवा का झोंका आया और वह न जाने क्यूँ मुस्कुरा पड़ा। फिर उसने पटरियों पर एक कँपकँपाहट-सा महसूस की। उसने ताक़त के साथ अपनी पीठ पटरी से चिपका दी। फिर उसने सामने का सिगनल डाउन होते देखा और पता नहीं क्या करिश्मा हुआ। अचानक उसे ज़िन्दगी बहुत हसीन नज़र आने लगी। उसकी आँखों को मंज़र मिल गया था। उसकी सारी उकताहट ख़त्म हो चुकी थी।

"ये सब कितना सुन्दर है, अब नींद आएगी।" उसने दिल में कहा। आसमान पर से परिन्दों का झुंड बोलता हुआ गुज़र गया। ये सुबह होने की ख़बर ले जा रहे थे। पौ फटने की पहली सफ़ेद परत ने सितारों को धुँधला कर दिया था। ठंडी हवा के झोंके उसकी नींद से खाली आँखों को बोझिल करने लगे। ट्यूबवेल से गिरते हुए पानी ने अँधेरे खेतों में एक नग़मा रचा रखा था जो लोरी बन कर उसे थपकी देता हुआ सुलाने लगा। उसकी पलकें बन्द होने लगीं। दूर प्लेटफ़ार्म पर मुसाफ़िरों में हलचल पैदा हुई। पटरी आहिस्ता-आहिस्ता रोशन होती जा रही थी।

कंगारू

कमरे में ताला लगा देने के बाद अपने भयानक हुलिये को दिल ही दिल में एक बार दोहराने के साथ जैसे ही वह सीधा खड़ा हुआ तो उसने महसूस किया कि शायद कहीं दूर आँधी आ गयी थी।

तूफ़ानी हवा के झक्कड़ न जाने कहाँ चल रहे होंगे। यहाँ तो आसमान पर सिर्फ़ काला और मटियाला गुबार था जो आवारगी के साथ गुज़र रहा था। इधर-उधर फैलता हुआ और धुआँ-धुआँ होता हुआ। कहीं दूर पानी के छींटे भी पड़े होंगे मगर यहाँ सिर्फ़ सन्नाटा था। इस बार आँधियाँ शहर के अन्दर दाख़िल नहीं हो पातीं शहर के अन्दर सिर्फ़ सन्नाटा रह जाता है।

शाम के छह बज रहे थे।

"थोड़ा रुक कर चलना चाहिए" उसने सोचा, "ये सन्नाटा ज़रा कम हो जाये।" मगर उधर कोने में उस दूसरे बन्द दरवाज़े के पास ये सन्नाटा और भी गाढ़ा होता हुआ महसूस हुआ वह कमरा हमेशा की तरह ख़ामोश था। कमरा फलों से सजा था, सर्दी रगों का .खून जमाये देती थी। अपने गले से सर्द फूलों का हार उतारते हुए वह हाथ मलते-मलते अन्दर दाख़िल हुआ था तो शायद ख़ौफ़ज़दा था। रात के साढ़े ग्यारह बजे थे। इन दिनों रात के इस समय में कोहरा गिरने लगता था।

कमरे में दाख़िल होने से ठीक पहले ये मालूम पड़ा कि पड़ोस में एक मौत हो गयी थी। आस-पास से बैन की आवाज़ें भी आना शुरू हो गयी थीं। कमरे में कुछ भी न था। पीले गुलाबी ठण्डे फूलों को देख कर उसका जिस्म और भी ठिठुर गया।

यूँ ही सीधे खड़े-खड़े उसे आस-पास हल्की-सी रोशनी और सफ़ेदी का एहसास हुआ। बादल इधर से निकल गया उसने अफ़सोस के साथ सोचा। वो बेहद जल्दी में घर से बाहर आया।

आसमान पर अब मई की उजली-सी शाम गुबार और धुन्ध के नीचे से बाहर आ रही थी।

जब वह बस में बैठने लगा तो उसने जेब में पड़े गुब्बारों और टॉफ़ियों को एक

बार हाथ से छू कर इतमीनान कर लिया। चॉक़लेट का डिब्बा एहतियात के साथ बायें हाथ से दायें हाथ में ले लिया।

"डेढ़ घण्टा लग जाएगा। ये लोग रास्ते में हर सवारी के लिए रुकते हैं।" उसने सोचा।

वह बेहद फ़िक्रमन्द और दहशत से घिरा हुआ था। उसे इस शादी के बारे में पहले से कोई इल्म न था और न ही किसी ने उस से कोई राय तलब करने की कोशिश की थी। उसे तो जब शादी का दावतनामा भेजा गया तो उसे पता चला। अगरचे वह खुद भी इस क़िस्म के रस्मी मामलों में दख़ल देना अपनी बुद्धिजीवी शान के ख़िलाफ़ समझता था फिर भी उसे ये बहुत बुरा लगा।

अन्नू की अभी उम्र ही क्या थी। अभी तो उसका बी.ए. भी मुकम्मल न हुआ था। शादी का दावतनामा मिलने के दूसरे रोज़ अन्नु हॉस्टल से उससे मिलने आयी थी।

"पापा" उसने रुँधी हुई आवाज़ में कहना चाहा।

उसे अन्नू की बिसूरती शक्ल पर गुस्सा आने लगा। "इतनी जल्दी क्या थी तुमसे इनकार नहीं किया गया?"

"पापा...मम्मी ने सब तय करने के बाद मुझे फ़ोन किया था। मम्मी को दिल का मर्ज़ हो गया है। उन्हें बहुत जल्दी थी, मैं उनसे कुछ कह न सकी–"

अन्नू का सर झुक गया।

इस औरत की जहालत और बुर्जुआ मानीसकता हमेशा दूसरों की ज़िन्दगी बरबाद करती रहेगी–वह बड़बड़ाने लगा। अन्नू सर झुकाये सुनती रही। अन्नू का होने वाला शौहर केन्द्र के किसी विभाग में क्लास वन अफ़सर था। और अपनी ईमानदारी और फ़र्ज़ शनासी के लिए शोहरत रखता था। फिर उसे ज़मीर पर से एक बोझ हटता हुआ महसूस हुआ था। अच्छा ही है जो अन्नू की शादी हो रही है। वरना वह तो शायद अन्नू की शादी के ख़याल से ही ख़ौफ खाता था।

अन्नू का ब्याह हुए तीन माह गुज़र चुके थे। वह शादी में गया था। वहाँ उस से किसी ने बात न की। अन्नू दुल्हन बन जाने की वजह से ख़ामोश और बेगाना महसूस होती थी। बिजली के बल्वों की रोशनी, शोर-शराबे और चमकते हुए कपड़ों ने वहाँ एक अजीब नक़ली और अजनबी-सा माहौल बना कर रख दिया था। शायद वह घबरा कर वहाँ से चला ही आता कि अन्नू की रुख़सत का वक़्त आ पहुँचा। अन्नु उसके सीने से लग कर सिसकने लगी वह अपनी जेब में टॉफ़ी और गुब्बारे टटोलने लगा। घनी-घनी मूँछें और सुता हुआ चेहरा रखने वाला एक नौजवान उसके बराबर खड़ा था। वह चाहता तो नौजवान से इस मौक़े पर कही जाने वाली कोई रस्मी बात ज़रूर अदा कर सकता था मगर उसे इन हालात में इस क़दर घबराहट महसूस हो रही थी कि वह नौजवान की तरफ़ देख भी न सका और उसका दिल सिर्फ़ जेब में गुब्बारा और टॉफ़ी न होने पर अफ़सोस करता रहा।

बस ने एक झटका खाया और उसने चॉकलेट का डिब्बा मज़बूती से पकड़ लिया। इस बार ये ग़लती नहीं होगी मैं चॉकलेट, टॉफ़ियाँ और गुब्बारा साथ ले कर जा रहा हूँ।

बस के बाहर अँधेरा फैल रहा था मगर दूर कहीं तेज़-सी रोशनी नज़र आ रही थी। बस उस इलाके से गुज़री तो सड़क के दोनों किनारों पर रोशन गैस के हण्डों में उसे मिट्टी के बेशुमार खिलौने बिकते नजर आय मिट्टी के छोटे-छोटे ख़रगोश, कुत्ते जो बड़ी तेज़ी के साथ अपनी मासूमियत को लिये पीछे की तरफ़ भागते जा रहे थे और उन पर बस के पहियों से उड़ती धूल जमती जा रही थी। वह ये मंज़र देख कर उदास हो गया मगर अब मेला पीछे छूट चुका था वह अँधेरे में दूर कुछ देखने की कोशिश करने लगा। पिछले साल जब अन्नू हॉस्टल से गर्मियों की छुट्टियों में उस से मिलने आयी थी तो अपने साथ एक टी-शर्ट भी लायी थी।

"देखो पापा तुम पर कितनी सजेगी!" वह बच्चों की तरह खुश थी।

उसकी आँखें भरने को आयीं तो वह उन्हें छुपाने के लिए बीड़ी सुलगाने झुक गया और बेतहाशा खाँसने लगा।

"पापा ख़ुदा के लिए बीड़ी छोड़ दो। एक तो नुकसान करती है और दूसरे ये कि तुम्हारे चेहरे पर तो उम्दा क़िस्म का सिगरेट ही जँचता है। जाने तुमने सिगरेट पीना क्यों छोड़ दिया।" अन्नू उसके बालों पर हाथ फेरती हुई कहने लगी।

"अन्नू तुम मेरे लिए ये शर्ट क्यों खरीद लायी मैं तो इतने अरसे में तुम्हारे लिए कुछ भी न ला सका" वह शर्मिन्दा था।

"पापा" अचानक अन्नू का लहजा आदेश से भर गया मगर ये कोई आम आदेश न था, यह एक नन्ही-सी बच्ची का वह पुराना मासूम आदेश था जिससे वो तब भी बात करती थी जब वो उसे लेकर गलियों में भटकता था।

"पापा मुझे तुमसे सिर्फ़ गुब्बारे और टॉफ़ियाँ चाहिए। याद है न पापा तुम मुझे गोद में लेकर गलियों में टहलाते थे और सबके मना करने पर भी मुझे टॉफ़ियाँ दिलाते थे।"

"हाँ अन्नू, मगर वह बड़ी घटिया होती थीं और उनसे तुम्हारा गला हमेशा ख़राब हो जाता था।" वह मुजरिमाना अन्दाज़ में बोला।

"नहीं पापा मेरे गले में हमेशा वायरल इन्फ़ेक्शन होता था तुम्हारी टॉफ़ियाँ खराब न थीं।"

"मैं अब भी तो तेरे लिए टॉफ़ियाँ और गुब्बारे लाता हूँ इतनी बड़ी हो गयी है मगर रही बच्चा की बच्चा।"

"पापा तुम तो बेख़्याली में चॉकलेट नहीं खाते ना। अपनी सेहत का पूरा ख़याल रखना। मैं चार्ट बना कर जा रही हूँ और ज़रा भी बद परहेज़ी की तो तुम से समझ लूँगी।"

अन्नू ने बड़े लाड़ से हुक़्म दिया।

वह बेइख़्तियार मुस्कुराने लगा।

"अरे पापा तुमने ये स्वेटर अभी तक अपने पास रख छोड़ा है इसे किसी को दे देते," वह अचानक संजीदा हो गयी।

उधर कोने में पड़ी कुर्सी पर एक नन्हा-सा स्वेटर क़रीने से तह किया हुआ रखा था। लाल रंग का स्वेटर जिस पर सफ़ेद ऊन के गोले कढ़े हुए थे। "ये स्वेटर... अन्नू इसे पहनाकर मैंने तुम्हें बहुत टहलाया है" टुकटुक...नम-नम... उस की आँखें कहीं दूर देखने लगीं।

अन्नू भी स्वेटर को देखे जा रही थी। उसके होंठों पर नर्म-सी मुस्कुराहट तैर रही थी।

"पापा, आटी स्वेटर बहुत अच्छा बुनती थीं, इसके फन्दे देखिये अभी तक वैसे के वैसे हैं।"

"वैसे के वैसे।"

वह चौंक पड़ा, बस एक धचके के साथ रुक गयी उसे भी यहीं उतरना था, बस से उतरकर सबसे पहले उसने एक उम्दा-सा सिगरेट का पैकेट ख़रीदा।

वह बेटी के घर जा रहा था, पहली बार।

मगर ये जाना कोई आम तरह का नहीं था। बेटी के घर जाने के लिए उसने एक बड़ी तैयारी की थी।

दरअसल वह बेहद फ़िक्रमन्द था। कितने दिन से उसे ख़बरें मिल रही थीं "अन्नू खुश नहीं नज़र आती" "अन्नू की शक़्ल बदल गई है" "उसके ख़ाविन्द का रवैया उसके साथ अच्छा नहीं है" और भी इस क़िस्म की परेशान करने वाली ख़बरें थीं, अभी एक माह पेशतर जब उसकी तस्वीर की नुमाइश आर्ट गैलरी में लगी तो उसे मिश्रा मिल गया था। मिश्रा अन्नू के घर के बिल्कुल क़रीब ही रहता था। उसने बताया कि अन्नू का ख़ाविन्द बेहद सख़्तगीर क़िस्म का इंसान है। अक्सर उनके घर से झगड़ा होने की आवाज़ें आती रहती हैं और इसके बाद अन्नू के सिसकने की। मिश्रा ने ये भी बताया कि अन्नू के शौहर को आर्ट वग़ैरा से सख़्त नफ़रत है। एक दिन उसने खिड़की में से एक-दो तस्वीरें बाहर सड़क पर फेंक दी थीं, उस पर घर में खूब हंगामा हुआ था।

उसे यक़ीन था कि ये तस्वीरें उसी की होंगी। अन्नू को उसकी बनाई हुई तस्वीर से बहुत प्यार था। इसीलिए इतना झगड़ा हुआ होगा कुछ दूसरे लोगों से भी इस क़िस्म के क़िस्से सुनने को मिले थे। ये सब सुन कर उसने फ़ैसला किया कि वह अन्नू से मिलने ज़रूर जाएगा। अगरचे उसका वहाँ जाना इतना आसान न था। फिर भी इन लम्हात में उसने खुद को मरीज़ाना हद तक बढ़ी हुई आत्म विश्वास की गिरफ़्त में पाया और शाम को चार बज़े से ही जाने की तैयारी शुरू कर दी।

अपने आपको आईने में देखा खिचड़ी होते हुए बालों में अपना दाढ़ी-मूँछों से बेनियाज़ चेहरा उसे एक चालाक और फुर्तीले गौरिल्ला का सा नज़र आया। उसने सफ़ेद क़मीज़ और एक तंग जीन्स पहन रखी थी। पैरों में बोसीदा से सफ़ेद स्पोर्ट्स जूते थे। एक नज़र में उसका हुलिया एक जदीद फ़ैशन ज़दा क़िस्म के नौजवान से मिलता-जुलता नज़र आता था। मगर हक़ीकत ये थी कि ये कपड़े और जूते बरसों पुराने थे और उसके अधेड़ जिस्म पर नये होने का धोखा इसलिए पैदा करते थे कि किसी ज़माने का उसका दुबला-पतला जिस्म अब चरबी की मोटी-मोटी तहों में ढक गया था लेकिन इस मरीज़ाना आत्म विश्वास के नशे में ये लिबास और हुलिया उसकी बेबाकी को और भी बढ़ा देने में मुआविन साबित हुए। उसे ये महसूस होने लगा जैसे वह कोई जंग मददगार जा रहा हो। बचपन में उसका होठ एक बार गिर जाने के कारण किसी चीज़ से टकराकर कट गया था। इस वक़्त आईने में उसे अपना कटा हुआ ये निचला होंठ और भी ज़्यादा नीचे लटकता हुआ महसूस हुआ जिसकी वजह से उसके वजूद पर एक ऐसी सख़्तगीरी का साया पड़ता नज़र आता था जो उसके व्यक्तित्व के क़तई ग़ैर मुताबिक था उसकी ग़ैर मामूली चमकीली और बड़ी-बड़ी आँखें बेहद ठहरी-ठहरी सी थीं। एक पल को उसे अपना चेहरा बेहद ख़तरनाक नज़र आया मगर चेहरे के इस ख़तरनाक पहलू ने उसके अन्दर के विश्वास को बहाल ही किया और उसे इस झेंप और हीन भावना का असर मिटता हुआ महसूस हुआ जो बरसों से उसके वजूद का एक हिस्सा बन कर उसके तमाम इरादों और फैसलों को एक केकड़े की मानिन्द जकड़े हुए थी। जब उसकी नज़र अपने नाख़ूनों पर गयी तो उसने ग़ौर किया कि बायें हाथ के अँगूठे के बराबर वाली उँगली का नाख़ून असाधारण तौर पर बदहैयती और बेहद बदसूरती के साथ बढ़ गया था। पहले उसने इरादा किया कि मुर्दा कोशिकाओं के इस ढेर को काट फेंके मगर जैसे ही उसे ये नाख़ून आईने में नज़र आया वैसे ही उसे लगा जैसे ये बदसूरती शैतानी नाख़ून आसमान की तमाम बुलन्दियों पर अपनी भूतानी और ख़ूनी नोक से एक सवालिया निशाना बना रहा था।

वह इस नाख़ून पर झूम उठा।

"ये अब तक कहाँ था?" उसने हैरत से सोचा।

"वह जो उल्टे पैरों वाली और नुकीले दाँतों वाली दुबली-पतली चुड़ैलें गज़-गज़ भर के नाख़ून लिये मेरी पसलियों पर चढ़ी आती थीं और मक्खियाँ ज़ोर से भिनभिनाती थीं तब ये कहाँ था," उसे अफ़सोस हुआ।

मगर अब—अब एक संजीदा ग़म को मक्खी की तरह निकाल फेंकने के लिए ये ज़लालत और मुरदारी ज़रूर थी। वाक़ई एक मक्खी की ही तरह जिसके पैर भारी हो गये थे, हर शै मिट कर भी न मिटती थी, मक्खी बन के उसके ऊपर मँडराती रहती थी और पीछा करती रहती। उसकी सारी ग़लतियाँ, हिमाक़तें, और शर्मिन्दगियाँ

मक्खी बन कर उसके ऊपर भिनभिना रही थीं। उसने सोचा कि मक्खी को दूध से निकालने के लिए सिर्फ़ आपना नाख़ून फुर्तीला होना चाहिए और अँगूठे और कलमे की उँगली को मिलाकर एक मज़बूत गोला बनाना चाहिए, अगरचे ताक़त, पैर में, मोज़े में या जूते में पोशीदा कोई ख़ंजर, छुरी या कोई ऐसा कमीना हथियार ही देता है जो बेशक अगर ना भी हो तो उसका विचार तो किया ही जा सकता है।

हालाँकि उस नाख़ून को न काटने का इरादा करके उसे इस बात का एहसास हुआ था कि इस समय इस घटिया लम्हे पर उसने अपने अन्दर की तमाम कमीनगी और गन्दगी को इकट्ठा कर लिया था। ठीक उसी वक़्त उसने अपनी आँखों की जानिब देखा। "तुम्हारी आँख में सूअर का बाल है" वक़्त न जाने कितने टीलों के पीछे से सिसक रहा था। और तब उसने अपनी ग़ैर मामूली चमकीली और बड़ी आँखों को सूअर के बालों के घने जंगल से ढँका पाया और एक उबकाई के साथ उसने इस ज़जील पल को जीत लिया।

नाख़ून अब उसके वजूद की शान नज़र आ रहा था। उसके दिल में एक बचकाना ख़्वाहिश पैदा हुई कि वह अपने ब्रश को लाल रंग में डुबो कर कद्दे आदम शीशे पर क्रॉस और खोपड़ी का निशान बना दे मगर वह इस बेतुकी ख़्वाहिश के बचकाना तेवर अच्छी तरह पहचानता था। आईने के पास से उठकर जब वह बल्ब का स्विच बन्द करने को उचका तो उसे एहसास हुआ कि इस मकान में सारे स्विच कुछ ज़्यादा ऊँचाई पर लगे हुए थे।

वह अन्न को काँधे पर बिठाये कमरे में इधर-उधर घूम रहा था।

"ये दबाओ, इधर का बल्ब रोशन करो, अरे ये तो पंखा चल गया अन्नू ये वाला बल्ब रोशन करो।"

सफ़ेद ऊन से बने घोड़ों के मुँह से मुहब्बत आमेज़ भाप निकल कर उसकी गर्दन गुदगुदा रही थी।

स्विच के आस-पास लटकता मकड़ी का जाला उसके हाथ में चिपक गया। उसने फ़र्श पर पड़े एक मोज़े को उठा लिया और हाथ का जाला साफ़ करने लगा।

"मैं उसे साफ़-साफ़ कह सकता हूँ कि अन्नू का बाप अभी ज़िन्दा है वह अपनी अफ़सरी और अमानत अपने पास ही महफ़ूज़ रखे। उससे बड़े-बड़े अफ़सर और आला हुक्काम तक मेरी तस्वीर और कला के बारे में गुफ़्तगू करके अपने बुद्धिजीवी होने का सबूत दें। अगर हक़ीक़तन उसका रवैया अन्नू के साथ ख़राब है तो वह अन्नू को वहाँ नहीं छोड़ सकेगा। उसे साथ ही ले कर आना पड़ेगा। दरअसल ये सब उस ज़िद्दी औरत का किया-धरा है।"

हाथ से जाला साफ़ करके वह एक फ़ौजी की तरह बायीं एड़ी पर घूम गया और मेज़ पर रखा चॉकलेट का ख़ूबसूरत डिब्बा उठा लिया।

जल्दी में जब वह कमरे को ताला लगाने की कोशिश कर रहा था तो ताला लग

ही न पा रहा था। आख़िर को उसने बायें घुटने को फ़र्श पर टेक दिया और चाबी को पूरी ताक़त से घुमाने लगा मगर दरअसल वह ये भूल गया था कि चाबी को किस सिम्त में घुमाना चाहिए। उसकी पुश्त पर रोशनी का एक उजला-सा धब्बा था।

सुनहरे फ्रेम का चश्मा लगाये अपने रोबीले और सुर्ख़ चेहरे को लिये वो सामने बैठी थी। कन्धों तक ख़ूबसूरती से तराशे गये बाल इधर-उधर बिखर जाते थे जिनको एक मैगज़ीन के पन्ने पलटते हुए वह बार-बार झटक पीछे कर लेती थी। एक भीनी-भीनी ख़ुशबू उसके बदन से फूट कर हवा में लहरा रही थी।

अचानक उसकी ज़लील मुस्कुराहट और सूअर का बाल रखने वाली आँखें उस सम्मान से और भरे रोबीले चेहरे को एक छिनाल बनाने लगीं। यह दरअसल एक खेल या बड़े मज़े का खेल जिसमें सामने वाले की साँसें गर्म होती हैं। होठ काँपते हैं, हाथ मचलते हैं और चेहरा अपनी तमाम कुदरती अदाओं से मालामाल हो जाता है अगरचे अदायें कुदरती होने के साथ ही बाज़ारी ही क्यों न हों।

और वह सिसकारी, वह बेहद ख़ुदगर्ज़ सिसकारी, उसकी बारी तो बहुत बाद में आती है।

मगर वह तो हाथों पर बर्फ के डले लिये मायूस घूम रहा था, और अब वह सब कितना मामूली और हक़ीर नज़र आता है। बस वह एक लम्हा भर ही तो था जिस में परिस्थिति और प्राथमिकतायें बदल गयीं। रोशनी का वह धब्बा पेट के बल सरकता न जाने कहाँ गया। मगर उसे कोई फ़र्क़ नहीं पड़ा। ये फ़र्क़ का न पड़ना एक ख़ौफ़नाक बात थी और किसी हद तक कमीनी भी। इन बातों पर महज़ हँस देने से या थोड़ा-सा अफसोस कर देने से हक़ अदा नहीं होता। ये ज़िन्दगी की असल संगीनी और बेरहमी थी, इस हद तक बेरहम कि ये ख़ुद पर संजीदगी से सोचने का मौक़ा भी नहीं देती।

ताला लगाने की कोशिश में उसका कटा हुआ होठ बहुत नीचे लटक आया। उसे हलक़ में कुछ गाँठ-सी बनने का शक हुआ।

"ज़बान की जड़ में दाने हो गये होंगे" उसने बे-दिली से सोचा। मुँह से लुआब निकल कर ठोड़ी पर बहने लगा।

आख़िर ताला लग गया। अपने भयानक हुलिये को ठीक करते हुए जब वो सीधा खड़ा हुआ तो अनोखे जोश-विश्वास से भरा हुआ था मगर तब ही कहीं दूर आँधी आ गयी। इस बार मई की ये आँधियाँ न जाने क्यों शहर में दाख़िल नहीं होने पातीं। यहाँ सिर्फ़ सन्नाटा रह जाता है।

इस पॉश ऑफिसर्स कॉलोनी की जगमगाती रोशनियाँ अब सामने ही थीं।

चलते-चलते उसने क़ीमती सिगरेट का पैकेट बजाय जेब में डालने के हाथ में इस तरह थाम लिया जैसे वह कोई बेतहाशा एक के बाद एक सिगरेट सुलगाने वाला आदि इंसान हो और पैकेट को जेब में रखने से उसके इस रुतबे पर फ़र्क पड़ता हो।

अगरचे उसने कोई सिगरेट नहीं सुलगाया था। दूसरे हाथ में चॉकलेट का डिब्बा था।

फ़्लैट तलाश करने में उसे बिल्कुल मुश्किल पेश नहीं आयी। फ़्लैट की खिड़की रोशन थी। कॉल बेल पर उँगली रखने के बजाय उसने दस्तक देना मुनासिब समझा क्योंकि दस्तक में उसके हाथ के ख़ास कम्पन शामिल थे। अन्नू के लिए मोहब्बत भरे और बेहद अपनायत से सराबोर उसके दायें हाथ के जाने-पहचाने इरतेआशात।

दरवाज़ा फ़ौरन ही खुल गया। वह सामने खड़ी थी। उसने बालों में गीली पिसी हुई मेहँदी लगा रखी थी। इन बालों में से झाँकता हुआ अन्नू का चेहरा गीली मिट्टी की बनी हुई एक मूर्ति नज़र आया। गीली मिट्टी के चेहरे ऐसे सपाट होते हैं। ये गोश्त-पोस्त का चेहरा न था।

"पापा..." शायद वह मुस्कुराई थी मगर उसे महसूस हुआ जैसे अन्नू के चेहरे के तने हुए मगर बे-हिस-सी नज़र आती हुई मांसपेशियों को एक पनागाह दरकार थी और इस बे-हिस तनाव को मुस्कुराहट की पनाह लेने पर मजबूर होना पड़ा था, अगरचे ये उसका वहम भी हो सकता था।

"पापा अन्दर आओ" वह एक तरफ़ हटते हुए बोली। उसकी सैंडिल की खटखट उसके कानों पर भारी गुज़र रही थी।

मकान के आला फ़र्नीचर और क़ीमती असबाब इसके बावजूद अपने होने का ऐलान कर रहे थे कि वह उनकी तरफ़ से मुकम्मल तौर से बेगाना था।

"तुम्हारी तबियत के बारे में सुना था।" वो खँखारा।

बो अजीब नज़रों से उसका हुलिया देख रही थी।

उसकी तंग जींस कमर की एक रग को बुरी तरह दबाये दे रही थी और पेडू के पास फ्लाई की चेन चुभ रही थी जो जींस के बेहद तंग होने की वजह से पूरी तरह लग नहीं पायी थी। उसने सिगरेट का पैकेट दरमियान रखी शीशे की मेज़ पर इस तरह सँभाल कर रखा कि जैसे वह भी शीशे का बना हुआ हो और फिर खुद भी बेहद आहिस्तगी के साथ कुर्सी पर बैठ गया। चॉकलेट का डिब्बा गोद में था।

"शायद अन्नू की नज़र इस पर न पड़ी हो" उसने सोचा।

"मालूम हुआ था कि तुम्हारी सेहत ठीक नहीं रहती इसलिए तुम्हें देखने चला आया" वो कमज़ोर-सी आवाज़ में बोला।

मेहदी, दरअसल उसे अन्नू के लगे बालों से परेशानी हो रही थी। उस गीली मिट्टी के चेहरे पर इन ख़ाक से लिथड़े, चिकटे हुए नज़र आते बालों के नीचे न जाने क्यों हर तरफ़ नोकें ही नोकें उभर आयी थीं। अन्नू का चेहरा इतना नोकीला तो कभी न था? इन लकीरों की निचली सतह से उभरती हुई ये काँटेदार नोकें...सारे पर्दे, सारी तनाबें, सारे ख़ेमे इन काँटेदार नोकों के तले आकर फटने लगे, गिरने लगे।

अन्नू चुप थी।

"मैं आपके लिए चाय लाती हूँ" वह उठकर जाने लगी तो उसे गुमान हुआ

जैसे अन्नू बहुत रंजीदा थी अगर मेहँदी से सने इन बालों ने इस दुख के निशान बिगाड़ कर के रख दिये थे।

अन्नू के जाने के बाद उसने दीवार पर नज़रें लगा दीं "कैसी साधारण बल्कि घटिया पेटिंग्स लगा रखी है इस शख़्स ने। अन्नू को यकीनन क़ोफ़्त होती होगी।" उसे गुस्सा-सा आने लगा मगर जल्द ही ये गुस्सा एक नर्म सी उदासी में बदल गया और वह अन्नु के बारे में फ़िक्रमन्द हो कर सोचने लगा।

"पापा तुम चाय पियो मैं अभी नहा कर आती हूँ।" अन्नू की आवाज़ से उसके ख़्यालात का धागा टूट गया।

"अच्छा" वह खुश हो गया। वह अन्नू से पुरज़ोर लहजे में ये भी कहना चाहता था कि वो अच्छी तरह अपना बाल ज़रूर धोये मगर तब ही उसे ख़याल आया कि वह नहाने के लिए जा रही है उसको इस क़िस्म की कोई हिदायत देना हिमाक़त होगी।

अन्नू के क़दम खट खट करते दूर होते जा रहे थे। उसकी कनपटियों में सख़्त दर्द होने लगा। वह आँखें बन्द करके कुर्सी की पीठ से लग गया।

चूँ चूँ... चूँ चूँ...मुर्ग़ी के चूज़े जैसे नर्म रोयेंदार और रुई के गोले जैसे सफ़ेद जूते फ़र्श पर इधर से उधर चक्कर लगा रहे थे, उसने बढ़ कर दो साल की नन्ही-सी बच्ची को गोद में उठा लिया और उसके बोलने वाले जूतों समेत उसके पैरों को चूम लिया।

बायीं तरफ़ रोशनी का एक धब्बा था। चश्मे के पीछे दो ग़िलाफ़ी आँखों में नमी-सी तैर रही थी कि अचानक उस खूबसूरत चश्मे के गोल लैन्स गुस्से से बिगड़ गये और वह चेहरा बेहद सख्त हो उठा। मुर्ग़ी के चूज़े जैसे चूँ-चूँ बोलते नर्म तरीन जूते उसके होठों से अलग हो गये। उसके होठ एक भारी पत्थर को चूम रहे थे मगर बेजान काई लगे पत्थर पर मुद्दतों तक अपने होठ रखने से वह स्याही माइल हो गये और उन पर फफूँदी जम गयी।

"पापा-सो गये?" अन्नू की आवाज़ ने उसे चौंका दिया। अन्नू नहा-धो कर और लिबास तब्दील करके सामने इतमीनान से बैठी थी। काले बाल सलीक़े से सँवार लिये गये थे और उसका चेहरा निखरा-निखरा नज़र आ रहा था इस पुराने और बिल्कुल अपने से चेहरे को देख कर उसे एक ग़ैर-मामूली खुशी का एहसास हुआ।

"पापा चाय क्यों नहीं पी?"

उसने बग़ैर कोई जवाब दिये ठंडी चाय पूरी की पूरी एक ही घूँट में हलक़ में उँड़ेल ली।

"अन्नू तुम ने बताया नहीं क्या तुम्हें कोई तकलीफ़ है?"

वह कुछ न बोली सिर्फ़ नाख़ून से कुर्सी का हत्था खुरचती रही।

"क्या वह अभी ऑफ़िस से नहीं आया?" उसने लापरवाही से पूछा। अगर वह चाहता तो दामाद के लिए ये सवाल थोड़े तमीज़ से भी कर सकता था। मगर अपने लहजे को ज़्यादा बेबाक बनाने की कोशिश में उसे ये जुमला ज़्यादा ठीक

महसूस हुआ था।

आजकल ऑफ़िस में बहुत काम है। देर से आते हैं। अब आने ही वाले होंगे। अन्नू ने उसके जुमले पर शायद ज़्यादा ग़ौर नहीं किया और दीवार पर लगी घड़ी की तरफ़ देखने लगी जो सवा नौ बजा रही थी। "लो" उसने गोद में रखा हुआ चॉकलेट का डिब्बा बेटी की तरफ़ बढ़ाया "ये क्या है पापा?" अन्नू ने ताज्जुब से उस की तरफ़ देखा। ये तुम्हारा नम-नम मेरा मतलब है चॉकलेट वो शर्मिन्दा हो गया। अन्नू हँसने लगी।

"मगर पापा इसकी क्या ज़रूरत थी?"

"ज़रूरत?" वह सोचने लगा। उसके अन्दर बहुत देर से लाड़ में बिगाड़ी गयी मगर बेहद अर्थपूर्ण रखने वाली आवाज़ें तुतलाहट बन कर बाहर आना चाहती थीं मगर उसने अपनी रूह में छुपे इस तुतलाहट को दम तोड़ते हुए महसूस किया।

"दरअसल उन्हें अच्छा नहीं लगता है कोई कुछ ले कर आये तो। ख़ास तौर पर घर से। उस दिन मम्मी फल और मेवा लायी थीं तब भी उनको बुरा लगा था। बहुत ईमानदार अफ़सर हैं ना, लोगों के मिठाई के डिब्बे और तहायफ़ वापस करते-करते किसी से कुछ भी क़ुबूल करने की उनकी आदत ही ख़त्म हो गयी है। वैसे भी रस्म-व-रिवाज़ को बिल्कुल नहीं मानते। आपको तो पता ही होगा कि दहेज़ के नाम पर उन्होंने एक शैय भी क़ुबूल न की थी।"

"हाँ, ये तो है।" उसने घुटी-घुटी सी आवाज़ में कहा।

लाल स्वेटर पर बने सफ़ेद घोड़े अचानक दोलत्तियाँ मारने लगे। तेज दोपहर में चील अण्डा छोड़ रही थी, लू के थपेड़ों में अन्नू को गोद में लिये वह एक छोटे से बाज़ार में खड़ा था। रबड़ की पतली-पतली चप्पलों के नीचे जलती-तपती सड़कों का एक जंजाल था। मगर उसकी क़मीज़ की आस्तीन बच्ची के पेशाब से गीली थी और रूह तक एक ठंडक और संतुष्टि थी।

"टक-टक...नम-नम..." उसकी कलाई दर्द करने लगी। कुछ देर के लिए उसने दो साल की अन्नू को गोद से उतार कर एक दुकान की सीढ़ियों पर खड़ा कर दिया और ख़ुद अपनी कलाई मलने लगा। दुकान के शो-केस में रखे गोल-गोल बिस्किट पहियों की मानिन्द उन दोनों के चारों तरफ़ घूमने लगे।

"पापा खाना खा लो।"

मगर वह सुन नहीं रहा था। उसकी जेब में एक गुब्बारा था। उसने चलते वक़्त सोचा था कि अगर मौक़ा मिलेगा तो वह अन्नू को ये गुब्बारा मुँह से फुला कर दिखायेगा। फूला हुआ गुब्बारा धागे समेत घर में लेकर आने का .ख्याल बहरहाल उसके लिए भी हास्यास्पद था। मगर बेटी के गले का सुनहरा लॉकेट बार-बार हिलने लगता था। उसने गुब्बारे को पतलून की जेब के गहरे कुएँ में दफ़न कर दिया।

"पापा खाना ले आऊँ?" अन्नू ने फिर पूछा।

"खाना" वह चौंका साथ ही उसे अपने पेट में हल्की-हल्की जलन का एहसास हुआ। वह भूखा था।

"पालक, चावल, रोटी, आलू की सब्ज़ी, रायता," अन्नू पहली बार खुल कर मुस्कुराई।

"रोटी, पालक और रायता ले आओ" उसने शौक़ से कहा और खुश्क होठों पर ज़बान फेरने लगा।

"हाँ, आलू और चावल तो तुम खाओगे नहीं। पापा तुम्हारी शक्कर तो नॉरमल है ना?"

"नहीं, पिछले दिनों शक्कर कुछ बढ़ गयी है। क्योंकि..." उसने जुमला दरमियान में ही रोक दिया। दरअसल उसे एहसार हो गया था कि अन्नू ने उसके जबाव को ध्यान से नहीं सुना था अगर सुना था तो उसका चेहरा शांतिपूर्ण रहा था और वह बे-ख़्याली में सर को हिलाती हुई कमरे से चली गयी थी। इतनी देर में पहली बार अब उसका दिल घबराया।"

पाँच मिनट बाद ही वह खाने की ट्रे लिये वापस आ गयी। जब वह खाना खाने बैठ गया तो अन्नू उसी तरह खड़ी रही। उसने अन्नू की तरफ़ देखा।

"पापा मैं उनके साथ ही खाऊँगी। बस आ ही रहे होंगे।"

ठीक है वो ख़ाली-ज़ेहन से बोला। अगर वह चाहता तो कह सकता था कि सब साथ ही खा लेंगे मगर कुछ तो तेज़ भूख और लापरवाही की नुमाइश ने उसे ऐसा कहने से रोक दिया। प्लेट में निवाला तोड़ते वक़्त उसने सोचा कि आखिर अन्नू खुल कर कुछ बताती क्यों नहीं। अब उसे ही साफ़ शब्दों में दरियाफ़्त करना पड़ेगा। हालाँकि बेटी से इस क़िस्म का सवाल करने का ख़याल उसे नर्वस कर रहा था। मगर जैसे ही निवाला रख कर उसने मुँह चलाना शुरू किया वैसे ही उसे महसूस हुआ कि इस तरह मुँह चलाते वक़्त ये सवाल करना आसान है क्योंकि मुँह चलाने तथा शरमिन्दगी की वजह से उसकी फ़ितरी शर्म और कमज़ोरी नुमायाँ न हो पायेगी।

"क्या तुम्हारे शौहर का बरताव तुम्हारे साथ अच्छा नहीं है?" उसने ब-ज़ाहिर बड़ी सादगी से गुफ़्तगू की शुरुआत की।

"अन्नू क्या तुम उसके साथ खुश नहीं हो?"

उसने ज़बान की नोक से ऊपरी दाँतों को कुरेदते हुए इत्मीनान से सवाल किया और उसका ये पोज़ इन्तेहाई दर्जे का आत्मविश्वास का आभास पैदा करने में सौ फीसदी कामयाब रहा। मगर अन्नू अचानक संजीदा हो गयी। कुर्सी पर बैठी हुई अन्नू का क़द आज मामूल से ज़्यादा लम्बा नज़र आ रहा था लेकिन हो सकता है कि ऐसा सिर्फ़ उसकी ऊँची ऐड़ियों की सैंडिल की वजह से हो।

"पापा एक बात पूछूँ?" अन्नू का चेहरा सचमुच एक नयी क़िस्म की संजीदगी से भरपूर था।

"क्या?" उसके पैर फ़र्श पर पंजों के बल खड़े हो गये और चेहरे पर आत्मविश्वास के छिलके इधर-उधर से उतरने लगे।

"पापा आप कभी मम्मी से बहुत प्यार करते थे?"

"हाँ" उसके लहजे में अचानक सच्चाई और खुशी फूट पड़ी। मन की सच्ची शान्ति जो सिर्फ़ सच बोल कर ही हासिल होती है।

"तो फिर आख़िर..." "अन्नू ने उदासी के साथ वाक्य अधूरा छोड़ दिया।

वह डर गया। कुछ तो अन्नू के लहजे की अजनबीयत और उदासी की वजह से और कुछ इस वजह से कि वह मलबे के ढेर में से रेंगता हुआ, सरसराता हुआ चला आ रहा था। वह 'पुराना जज़्बा' एक बूढ़े स्याह नाग की तरह जिसकी केंचुली पर जख़्मों के निशान थे और बाल जगह-जगह से उधड़ रहे थे, पुराना जज़्बा, पुरानी मुहब्बत इस तरह एक पल को पुरइसरार अन्दाज़ से बाहर आयी और यूँ अपनी झलक दिखायी कि मंज़र ख़ौफ़नाक हो गया। इस बार आँखें नम न हुईं। पुतलियाँ ख़ौफ़ से फैल गयीं। अगरचे हैरत का अंश भी शामिल था मगर दहशत हावी रही। लेकिन तब ही फ़र्श पर उसके रंग और तस्वीरें बिख़र गयीं। सुनहरे फ्रेम के ख़ूबसूरत चश्मे के दो गुसैले देव जैसे शीशों के नीचे उसका वजूद एक पुरइसरार और नन्ही-सी नफ़रत आमेज चीज़ बन कर फुदकने लगा। उसकी अपनी जलती हुई आँखें सूअर के बालों के जंगल में रास्ता भूल गयीं वह चेहरे पर एहसान फरामोशी की लकीरों को गहरा करने लगा।

खाने के साथ मेज़ पर रखी हुई छोटी-सी प्लेट में बर्फ़ के टुकड़े आहिस्ता-आहिस्ता पिघल रहे थे और उसमें गँदला सा पानी अपनी जगह बनाता जा रहा था।

"पापा आप आंटी से कब से नहीं मिले?" इस ख़याल का इम्कान कम था कि अन्नू ने महज़ बात बदलने के लिए ये सवाल किया था आसार यही थे कि वह कोई नतीजा निकालने की कोशिश में लगी थी।

"ज़माना गुज़र गया।" उसकी आँखें बोझिल होने लगीं।

"चलो अलमारी में से कुछ किताबें निकालें" एक खनकती हुई मेहरबान आवाज़ ने बेहद अपनायत से तजवीज़ किया। वह बच्चों की तरह खुश हो गया। धूल भरी किताबों में छुपी दीमक घबरा गयी। बे-निशान, बे-चेहरा मंज़िलों की जानिब सफ़ेद ऊन से बने घोड़े दौड़ने लगे। केले का सूखा हुआ छिलका, लिपस्टिक के निशान के साथ आधा सिगरेट, एक मसला हुआ जंगली फूल, हथेली पर रखा गया एक काजू, सब कुछ भँवर में डोलने लगा। खनकती हुई मेहरबान आवाज़ें झींगुर की बे-सुराग चीखों में तब्दील होती हुई आखिरकार गुम हो गयीं। उसका निचला कटा हुआ होठ फड़क रहा था। उसने खाना नहीं खाया। पेट में मरोड़-सी हो रही थी। हाथ का लुक़्मा खाने का इरादा उसने बदल दिया। भूख रूठ कर न जाने कहाँ छुप गयी थी।

"पापा खाना खाओ।" अन्नू ने उसका हाथ हिलाया।

"बस बेटा खाया नहीं जा रहा है।" पेट में ऐंठन-सी हो रही है। उसने शर्मिन्दगी से कहा।

"अच्छा तो ये रायता पी लो फायदा करेगा" अन्नू ने एक छोटी सी कटोरी में रायता निकाल कर उसके सामने रख दिया।

"वह ख़ामोशी से रायता पी रहा था कि कॉल बेल बज उठी।"

"ये आ गये।" अन्नू कुर्सी छोड़कर दरवाज़े की तरफ़ झपटी।

घनी-घनी मूँछों में सुता हुआ चेहरा लिये हाथ में एक ब्रीफ़केस थामे वो दाख़िल हुआ। उसे देख कर चौंका, फिर मुस्कुरा कर सलाम किया।

खाना खाने के दौरान सलाम का जवाब नहीं देना चाहिए। उसे ज़िन्दगी में पहली बार इस धार्मिक उसूल की जानकारी हुई। वह लापरवाही से रायता पीता रहा। हालाँकि वह ज़रूरी समझता तो अन्नू के ख़ाविन्द से उसकी ख़ैरियत पूछ सकता था। या इस क़िस्म का कोई दूसरा रस्मी जुमला अदा कर सकता था मगर उसने अपने सिर को हल्की-सी हरकत देने पर ही इक्तफ़ा किया।

"पापा मुझे देखने आ गये" अन्नू ने कहा मगर उसे लगा जैसे वह अपने शौहर के सामने सफ़ाई पेश कर रही हो।

"खाना अच्छी तरह खा लिया आप ने?" अन्नू के ख़ाविन्द ने टाई की गिरह ढीली करते हुए पूछा।

"हाँ," उसने कटोरी में चम्मच को ज़ोर से हिलाया।

"आप जल्दी से गुस्ल कर लें कितनी गर्मी हो रही है। फिर मैं खाना लगाती हूँ," अन्नू ने शौहर से कहा।

"मैं ठहर कर खाऊँगा। तुमने पापा के साथ क्यों न खा लिया।" वह क़मीज़ के बटन खोल कर छत के पंखे के नीचे टहलने लगा। अन्नू के ख़ाविन्द के भारी-भारी बूटों की चरमराहट से सहम कर उसके पुराने बदरंग जूते मेज़ के नीचे सिमट कर रह गये।

"सामने क्या बातें बना रहा है।" उसने सोचा।

तब उसने अपने बायें हाथ वाले नाख़ून की तरफ़ देखा। बड़ी देर से वह उल्टे हाथ से स्टील की कटोरी को कस कर पकड़ रखा था, कटोरी पर बने एक दायरानुमा आकार पर टकरा कर उसका ये असामान्य लम्बा और घिनौना नाख़ून बार-बार चिपक जाता था। पाताल में गाय ने सींग बदला और एक साथ कई जगह दराड़ पड़ती चली गयी। उसका नाख़ून जब हराड़ में फँस कर बाहर निकला तो उसमें गन्दी मिट्टी भर गयी और उसके नीचे उँगली के बद-गोश्त में मवाद बनने लगा।

उसने मायूसी के साथ कटोरी को मेज़ पर रख दिया। ये नाख़ून अब कोशिकाओं के गन्दे ढेर के सिवा कुछ न थे।

"रायता और पीजिए पापा।" अन्नू के पति ने कहा।

"बस," वह हाथ समेट कर बैठ गया।

"इसको मुझे पापा कहने की क्या ज़रूरत पेश आयी।" उसने ना-ख़ुशगवारी से सोचा। अकेले में न जाने इसका बरताव अन्नू के साथ क्या होता होगा। मुझे तो लगता है कि ये नाटक करता है। इसके फूले हुए चेहरे से ज़ाहिर होता है कि ये रिश्वत भी लेता होगा। अगरचे उसकी वह तमाम आत्म विश्वास जो बड़े एहतमाम के साथ दिन भर उसने इधर-उधर से माँग कर इकट्ठा किया था आहिस्ता-आहिस्ता नष्ट होता जा रही था। उस का दिल अन्नू को ग़ौर से देखने को चाहा, जो इस वक़्त कमरे से बाहर थी। उसने अपने बढ़े हुए नाख़ून की तरफ़ अफ़सोस से देखा।

"मैं कुल्ली करूँगा", अचानक वह बेढंगी सी आवाज़ में बोला।

"आइये वॉशबेसिन सामने है।" अन्नू का पति अदब से उसके लिए रास्ता छोड़ता हुआ बोला।

अचानक उसे ख़याल आया कि दामाद के घर इस कदर ढिठाई से खाना खाना बड़ी असमय और शर्मनाक हरकत थी। वॉशबेसिन पर कुल्ली करते वक़्त उसके हलक़ से बड़ी हास्यास्पद आवाज़ें निकलने लगीं जिनकी उसने जरा भी परवाह नहीं की। वॉशबेसिन के शीशे के ऊपर एक खूबसूरत बल्ब रोशन था। इस रोशनी में उसने साफ़-साफ़ देखा कि उसके सर में स्याह बालों के दरमियान सफ़ेद बाल अजीब अन्दाज़ से खड़े हो गये थे, या तो शदीद ख़ौफ़ से या शर्म से। अगरचे दोनों ही जज़्बों का ब-ज़ाहिर कोई जवाज़ न था। लेकिन शीशे में अपना चेहरा देखने से उसे एक फ़ायदा ज़रूर हुआ था कि शीशे में से झाँकने वाले गोरीले ने न सिर्फ़ उसकी ताक़त और हौलनाक शक्ल का एहसारा कराया था बल्कि उस ख़ौफ़ या शर्म के एहसास को भी मार दिया था।

इसका रवैया तनहाई में अन्नू के साथ न-जाने क्या होता होगा? उसने फिर फ़िक्रमन्द हो कर सोचा। वॉशबेसिन से उठकर वह कुर्सी पर बा-रौब अन्दाज़ में बैठ गया। अन्नू का शौहर उसके सामने ही विराजमान था।

"मुझे सुबह जल्दी जाना है," उसने एक-एक शब्द तौलते हुए कहा, उसने गौर किया अन्नू का शौहर ऊपर से नीचे तक उसका जायज़ा ले रहा था।

"कितने बजे जायेंगे पापा?" अन्नू एक प्लेट में सेब लेकर अन्दर आ गयी।

"सुबह पहली बस से।"

"पहली बस तो पाँच बजे चलती है।"

"हाँ, उसी से जायेंगे।" उसने अन्नू की तरफ़ ममता और प्यार से देखते हुए बेहद फ़ैसलाकुन स्वर में जमा का सीगा इस्तेमाल करते हुए कहा। अगरचे गुफ़्तगू के दौरान केवल अपने लिए बहुवचन का केंडा इस्तेमाल करने से उसे हमेशा से सख़्त चिढ़ थी।

"मगर इतनी भी क्या जल्दी है?" अन्नू के पति ने इसी तरह कहा होगा।

लेकिन वह तो डेढ़ साल की अन्नू को नाली पार करा रहा था। अन्नू उस की उँगली थामे सहमी खड़ी थी। सामने नाली का काला पानी बह रहा था। वह नाली नहीं थी वह अन्नू के लिए दरिया-ए-नील था। ठोंठ मारते हुए उसने बच्ची की हिम्मत बढ़ायी। अन्नू ने दायाँ क़दम आगे बढ़ाया फिर भयभीत हो कर सिसकने लगी। उसने बेटी को गोद में उठा लिया कहीं उसके क़दम पत्थर के हो जायें नाली पार हो गयी दरिया-ए-नील पार कर लिया गया।

"पापा, ये पूछ रहे हैं, कि आप इतनी जल्दी क्यों जा रहे हैं?"

अन्नू ने उसे चुप देखकर शौहर की बात को दोहराया।

"सुबह कुछ लोग इंटरव्यू के लिए घर आ रहे हैं।" उसने सफ़ाई से झूठ बोला और फिर अपने वाक्य का ज़ोर देखने के लिए अन्नू के शौहर के चेहरे पर नज़रें गड़ा दीं।

"तस्वीरों से आपको कितनी आमदनी हो जाती है?" अन्नू के शौहर ने सवाल किया। नाख़ून के मुर्दा कोशिकाओं तक प्रतिक्रिया का तूफ़ान उठ खड़ा हुआ।

अन्नू ने सेब काट कर शौहर की तरफ़ बढ़ाया और एक टुकड़ा अपने मुँह में डाल लिया। उसने ग़ौर किया अन्नू ने बायें हाथ से टुकड़ा उठाया था।

"अन्नू तुमने बायें हाथ से खाने की आदत अभी तक नहीं छोड़ी?" उसने ग़ैर मामूली तौर पर सही लहजे में कहा।

अन्नू को बचपन ही से बायें हाथ से खाने की आदत थी। वह हैरान रह गयी। मैंने कितनी बार समझाया है कि बायाँ हाथ शैतान का घर होता है। हमेशा दायें हाथ से उठाना चाहिए। उसने कुछ इस अन्दाज़ से कहा जैसे बजाय अन्नू को समझाने के वह उसके शौहर के आमदनी वाले ओछे सवाल का जवाब दे रहा हो।

अन्नू का शौहर शायद धीरे से मुस्कुरा रहा था। अन्नू ने बालों की लट एक तरफ़ झटकते हुए सेब की प्लेट पति की तरफ़ बढ़ायी। प्लेट बढ़ाते वक़्त अन्नू का हाथ एक इन्तेहाई दर्जे की औरतपन के साथ लचक-सा गया था जिसकी वजह से हाथ में पड़ी दो चूड़ियाँ मिल कर खनक उठीं और कलाई पर बँधी हसीन और छोटी-सी घड़ी रोशन हीरे की तरह दमक उठी। ये देख कर उसे मलाल हुआ। उसे अन्नू के लड़कपन से इस क़िस्म के ज़नाना अन्दाज़ की उम्मीद न थी। उसे बेइख़्तियार वह दिन याद आ गये जब वह लाड़ में आकर उससे मर्दों के केंडे में बात करने लगती थी। मगर फिर उसने सोचा कि ये इत्तेफ़ाक़ भी मुमकिन है। हो सकता है कि इसमें अन्नू के इरादे और कोशिश का दख़ल न रहा हो।"

"पापा आपको सुबह उठना है। आराम करें। बराबर के कमरे में आपका बिस्तर तैयार है।" अन्नू ने कहा।

वह भी अब लेट जाना चाहता था। कमर की रग खिंच कर अब ज़्यादा दर्द करने लगी। अन्नू के पति ने उसे रात में सोने के लिए अपना कुर्ता-पायजामा देने

की पेशकश की थी जिसे उसने घमंड के साथ, ये कहकर कि उसे इस क़िस्म के लिबास में सोने की आदत है, ठुकरा दिया था। अपनी दानिस्त में वो एक शाहाना अन्दाज़ में उठ कर खड़ा हुआ था अगरचे खड़े होते ही उसने ये भी महसूस किया था कि उसके जिस्म के मसामों में से रेत बन-बन कर कुछ झड़ता जा रहा था।

ये कमरा साफ़-सुथरा और सादा था। दीवान पर सफ़ेद चादर और तकिया करीने से लगे थे। दरमियान लकड़ी की एक गोल मेज़ और बेंत की कुर्सी पड़ी थी। बायें तरफ़ थोड़ी ऊँचाई पर सलाख़ों से लगा एक रोशनदान था। उधर उनका बैडरूम था। दीवान से मिली हुई बाहर खुलने वाली एक खिड़की थी जिस पर शीशा जड़ा हुआ था और एक बड़े-बड़े खुरदरे पत्तों वाली बेल खिड़की के सहारे दीवार के ऊपर तक चढ़ती चली गयी थी। दीवान की पायँती एक छोटे से स्टूल पर पानी का जग और गिलास रखे थे। छत का पंखा पूरी ताक़त के साथ हवा बिख़ेर रहा था। गर्मियों की रात थी। बाहर चहल-पहल थी। खिड़की के शीशे पर कभी कोई परछाईं सामने से आती कभी पीछे से। वह दिल-जमई से ये मंज़र देखने लगा। सड़क पर बेशुमार गड्ढे थे। गलियों में इक्का-दुक्का बल्ब रोशन होने के अलावा अँधेरा फैला हुआ था। वह अन्नू को कन्धे से लगाये सँभल-सँभल कर चल रहा था। क़दम भारी और पैर छिले-छिले से थे। बच्ची सुस्त हो रही थी और उसके बाल बिगड़ कर माथे पर आ गये थे।

"अन्नू...देखो क्या परछाईं पीछे-पीछे आ रही है?" उसने उदासी से सवाल किया।

"आँ" बच्ची ने उसके कन्धे से बेतरह लिपटते हुए हाँ में जवाब दिया। देखो अब इरा बिजली के खम्भे के बाद हम दोनों की परछाईं आगे निकल जाएगी। उसने भविष्यवाणी की और ठोकर खाते-खाते बचा। रोशनी के भिन्न कोणों के साथ-साथ सड़क पर उदास-सा मंज़र बनाती हुई बाप-बेटी की परछाईं उन दोनों से कहीं ज़्यादा हैरान व परेशान नज़र आती थी।

"अन्नू अब धीरे-धीरे चल लो।" वह बेहद थक गया था।

बच्ची ख़ामोशी से गोद से उतर आयी और उसकी उँगली पकड़कर खुरदरी अन्धी सड़क पर पैदल चलने लगी।

रसोई में बर्तन खड़क रहे थे। वह चौंक उठा। खानें की ख़ुशबू भी उसके नथनों को महकाने लगी। अचानक न जाने कहाँ से उसकी गुमशुदा भूख फिर उभर आयी। उसे अपने खाना न खा सकने पर अफ़सोस हुआ। दीवान पर लेटते ही उसने चादर सर से पैर तक तान ली।

वह न जाने कब से भूखा था।

लिहाफ़ का कोना आहिस्ता से उठता है। दो नन्हे-नन्हे मासूम हाथ उसके गालों को छूते हैं।

"पापा तुम्हें भूख लगी है?" पाँच साल की बच्ची की ज़बान में तुतलाहट थी

मगर इस तुतलाहट के अन्दर कहीं उसने इन्तेहाई संजीदगी और ममता के जज़्बे को महसूस किया।

"ना-ना...अन्नू उसने मना किया।"

"लो पापा, रोटी" उसने फ्रॉक के अन्दर से एक मुड़ी-तुड़ी ठण्डी और नम रोटी निकाल कर लिहाफ़ के अन्दर रख दी। रोटी उसके चेहरे पर एक रूमाल की तरह छा गयी या एक चादर की तरह जिसे ओढ़ कर कुछ पलों के लिए दहशत से छुटकारा हासिल किया जा सकता था। ये शान्ति की जगह थी।

हल्की नींद की कैफियत में वह बार-बार चौंक उठता। बहुत दिनों से अब कुछ ऐसा हो गया था कि ज़हन नींद की गोद में जाने के लिए जैसे ही तैयार होता अचानक गले में जाला-सा बनने लगता और हल्की खाँसी का दौरा पड़ने लगता। नींद बड़ी मुश्किल से आती। बिस्तर पर लेट कर हाथ-पैर बिल्कुल ठण्डे महसूस होते मगर चेहरे और आँखों से गर्म भाप निकलती लेकिन ये बुख़ार नहीं था। ये शायद बुखार से मिलती-जुलती कोई ज़्यादा ख़तरनाक चीज़ थी।

रात का न जाने कौन-सा पहर था। वह नींद की कैफ़ियत में था कि अचानक चौंक पड़ा। खिड़की पर परछाइयों का सिलसिला ख़त्म हो चुका था। रात काफ़ी जा चुकी थी बराबर के कमरे में चहल-पहल थी फिर उसने चटखनी चढ़ने की आवाज़ सुनी वह उठकर बैठ गया ठीक उसी समय उसके दिल में एक अजीब-सी ख़्वाहिश जागी।

"पति का बरताव तनहाई में अन्नू के साथ किस क़िस्म का होता है?" अगरचे बाप का अपनी बेटी और दामाद की तनहाई में झाँकने का ख़याल ही बेहद घटिया और कमीना था मगर बेटी के ग़म की जानकारी हासिल करने की गर्ज़ से ये घटियापन उसे लाभ से भरपूर महान नैतिकता नज़र आयी।

उसने सोचा, "अगर उसने अन्नू को कोई ताना या ज़हनी तकलीफ़ पहुँचाई तो मैं सुबह का भी इन्तज़ार न करूँगा, अभी इसी वक़्त अपनी बेटी को लेकर यहाँ से चला जाऊँगा। ये तो बहरहाल तय है कि अन्नू इस आदमी के साथ ख़ुश नहीं है।"

वह आहिस्ता से उठा। उसने छत का पंखा बन्द किया और बेंत की कुर्सी को उठा कर लकड़ी की गोल मेज़ पर रख दिया तंग पतलून की वज़ह से वह ब-मुश्किल ही मेज़ पर रखी हुई कुर्सी पर चढ़ सका। दम साधे हुए उसने अपने कान रोशनदान के पार उभरने वाली आवाज़ों पर लगा दिये।

अँधेरे कमरे में सरगोशियाँ उभरीं, चूड़ियाँ खनकीं। हल्की-हल्की दबी-दबी हँसी की आवाज़ सुनाई दी।

"आज बालों में मेंहँदी लगायी थी।" वह दबी-दबी सरशार-सी हँसी। वह इतनी जल्दी कुर्सी से उतरा कि गिरते-गिरते बचा। उसके हाथ बुरी तरह काँप रहे थे और पैर जैसे पानी हो-हो कर बह रहे थे। शर्म की शिद्दत से एक बार फिर निश्चय

उसके सर में सफ़ेद बाल स्याह के दरमियान उठ खड़े होंगे। उसका नाख़ून कफ़न ओढ़े चुपचाप सो रहा था। एक पल उसने खुद को बेहद बूढ़ा महसूस किया।

"ज़िन्दगी भर तुमसे इसी क़िस्म का बुद्धूपन होता रहा।" कोई उसके अन्दर परेशान था।

कमरे में कुछ लम्हे पहले उसकी इस हास्यास्पद जद्दोजहद के निशान मौजूद थे। वह लकड़ी की गोल मेज़, उसके ऊपर बेंत की कुर्सी और उसके ऊपर लटकता हुआ छत का पंखा, मंज़र कुछ ऐसा था जैसे किसी ने अभी-अभी खुदक़ुशी का इरादा छोड़ दिया हो। सूअर का बाल रखने वाली आँख नीची हो गयी। वो लड़खड़ा कर दीवान के किनारे पर टिक गया। तेज क़िस्म के कंपन में मुब्तिला होने की वजह उसने अपने कन्धे उचका रखे थे जिससे उसके बाज़ू छोटे-छोटे हो कर बेतरतीबी से कन्धों के ऊपर झूलते नज़र आ रहे थे। ये कुछ ऐसा पोज़ बन गया था कि दूर से देखने से किसी को उसके ऊपर अविश्वसनीय तौर पर पिछली टाँगों पर खड़े कंगारू का गुमान गुज़र सकता था जिसके पेट का मक़बूल-ए-आम थैला प्रगति के अँधेरे सफ़र में न जाने कहाँ सड़-गल कर गिर चुका था।

फ़र्श पर दो झींगुर बेतरतीबी से उछल-कूद कर रहे थे, उजाड़-सी दीवार पर चढ़ती हुई खुरदरे पत्तों वाली बेल ना-हमवारी की तरफ़ झुक-झुक कर लड़खड़ा रही थी और उसकी चाल के विपरीत स्मित में आगे बढ़ रही थी। एक भेदपूर्ण और ख़तरनाक शक्ति जो पत्तोंदार बेल के हज़ार कोशिकाओं के छुपे खानों से चटख कर बाहर आना चाहती थी। ये एक क़िस्म की हलाक्त ख़ेजी थी जैसे कोई अपने ही अन्दर किसी को ख़त्म कर के ख़ून के चीथड़ों के साथ उदय हो रहा था। कमरे में अब एक नासमझ में आने वाली बेतुकी-सी बदसूरती बिखरी पड़ी थी। इस बेमानी बदसूरती से घबराकर उसने जेब से गुब्बारा निकाल लिया और मुँह से उसे फूँकने लगा। गुब्बारा आहिस्ता-आहिस्ता बड़ा होने लगा। वह इसमें हवा कुछ इस तरह भर रहा था जैसे किसी से कुश्ती लड़ रहा हो। इस कोशिश में उसे एक ज़ोर की उबकाई आयी और हलक़ और मुँह में खट्टे-खट्टे रायते का जायक़ा भर गया।

उसके दाँत इस जायक़े से टकराकर कटकटाने लगे। फिर उसने खुद को तेज क़िस्म के नज़ले में जकड़ा हुआ पाया। वह बेचारगी और शर्म से लेट गया।

उसे गुमान हुआ जैसे अकेली रात में कहीं चूल्हे पर किसी बर्तन में सन-सन की भयानक आवाज़ से पानी उबल रहा हो।

गर्म पानी के बर्तन में नींद का झुलसा हुआ चेहरा उचक कर बरामद हुआ। वह अचानक सो गया।

इस शहर से बहुत दूर समुद्र के साहिल पर अँधेरी रात में हज़ारों मादा कछुये पानी से निकलकर रेत के बनाये गड्ढों की जानिब बढ़ रहे थे। नर कछुये बस उथले पानी तक ही रुककर उन्हें अलविदा कह रहे थे। रेत के अन्दर धँसे इस गड्ढों में

ये कछुये अपने जीवन और अपनी नसल की सलामती के लिए छिपे थे। उनके मुँह से फुंकारें और आँख से नमकीन आँसू जारी थे। चारों जानिब कछुओं के जिस्म से आने वाली बू और चिकनाई फैलती जा रही थी। वह न जाने कितनी सदियों से इन रोते हुए कछुओं के सामने शर्मसार खड़ा था। उसके पीछे समुद्र का शोर था।

सुबह वह बहुत जल्दी उठ गया।

"अच्छा मैं जा रहा हूँ।"

"पापा चाय पी कर जाना।"

"नहीं" उसने सख़्ती से इनकार कर दिया।

"पापा आते रहना" अन्नू ने जम्हाई ली "ये भी कह रहे थे। अभी सो रहे हैं वरना मिल कर जाते।"

"हाँ, आता रहूँगा।"

"पापा अपनी सेहत का ख़याल रखना और बस स्टॉप तक के लिए रिक्शा ज़रूर कर लेना।"

अन्नू का लहज़ा खुलूस भरा हुआ था। दूर कहीं सफ़ेद घोड़े हिनहिनाये।

"हाँ कर लूँगा," उसने आहिस्ता से जवाब दिया। उसका दिल बीड़ी पीने को चाह रहा था। सिगरेट का वह पैकेट उसने वहीं छोड़ दिया जिसमें से उसने एक भी सिगरेट नहीं पिया था।

जब वह खुली सड़क पर आया तो सूरज आहिस्ता-आहिस्ता उग रहा था। सामने एक पेड़ पर ढेर सारे कौवे बोल रहे थे। थोड़ी देर में मई की चिलचिलाती धूप निकल आयेगी और दोपहर से पहले ही लू चलना शुरू हो जायेगी। अगरचे शाम से कुछ पहले ही आसमान पर मटियाला गुबार जमा होने लगेगा। आँधियाँ न जाने कहाँ भटकेंगी। यहाँ शहर में तो सिर्फ़ सन्नाटा रह जायेगा।

उसने सोचा कल से अब तक का ये वक़्त दरअसल एक शर्मनाक लतीफ़े के जैसा गुज़रा और जब लतीफ़े ने एक ख़ास वक़्त पर उसके करीब से गुज़रते हुए अपनी लम्बाई के बराबर दूरी तय कर ली तो वह एक खड़े हुए बदरंग खम्भे के अन्दर से बाहर निकल आया। तब उसे ये ख़याल भी आया कि इस लतीफ़े पर अगर हँसा नहीं तो कम-से-कम खुशदिली से मुस्कुराया ज़रूर जा सकता था मगर हर लतीफ़े की अपनी एक डरावनी फैलाव भी होती है। लतीफ़ा बिल्कुल ज़िन्दगी की तरह कभी-कभी बेहद घिनौना भी होता है।

चलते-चलते एक कुत्ते ने उसकी तरफ़ नज़र उठाकर देखा उस वक़्त उसके बेहद बेकार-नज़र आने वाले वजूद को देखकर बेगाना हो गया। उसका निचला होठ खुश्क हो रहा था। ख़ाली पेट में हवा चकरा रही थी। उसने जेब में पड़े चॉकलेट निकालकर मुँह में डाल लिये। पिछले पन्द्रह साल में पहली बार उसने ये बदपरहेज़ी की थी।

कूबड़

The story may Psychological support the resolution but does not logically justified it. (Braithwaite)

हम कीचड़ से सने जूतों के साथ ही स्वर्ग की ज़मीन पर क़दम रख सकते हैं। (रोज़े वित्त)

रात की बारिश ने सड़कों पर कैसी ख़तरनाक फिसलन और कीचड़ पैदा कर दी थी।

जनवरी का महीना था जब कड़ाके की सर्दी तो पड़ती ही है मगर सर्दी के साथ उदास तक़रीबन बेआवाज़-सी बारिश और परतों में जमे हुए सफ़ेद ओले भी आवारा भटका करते हैं।

कीचड़ पर उसके जूते फिसल रहे थे। वह अपनी शेरवानी को बार-बार ठीक करते हुए कदम जमा-जमा कर तक़रीबन तन कर सीधा-सीधा चल रहा था। सर पर मख़मल की टोपी ओढ़ रखी थी।

उसे चलने में ख़ासी दुश्वारी पेश आ रही थी। महीना भर हुआ जब उसकी कमर में चमक आ गयी थी। वैसे तो हर साल जाड़ों में उसे यह तकलीफ़ हो जाती थी मगर इस बार यह तूल खींच गयी थी।

कई दिन से धूप भी नहीं निकली थी वरना मुमकिन है दर्द कुछ कम हो जाता मगर आजकल तो कोहरे का मौसम था। सूरज के डूबते होते ही आसमान से बेतरह कोहरा गिरना शुरू हो जाता और शहर की रोशनियाँ दियों की तरह टिमटिमाती नज़र आतीं।

इस ख़तरनाक क़िस्म के मौसम और इस तकलीफ़ ने उसका उठना-बैठना सब कुछ मुश्किल कर दिया था ऊपर से जो कसर रह गयी थी तो इस ख़ूनी पेचिश ने पूरी कर दी थी जो उसे पिछले दो दिन से हो गयी थी। इस वक़्त भी उसके पेट में ऐंठन हो रही थी और ऐड़ियाँ जल रही थीं।

वह ईद की नमाज़ अदा करने जा रहा था।

रात की बारिश ने टूटी-फूटी सड़कों के गड्ढों में पानी भर दिया था वह बेहद एहतियात के साथ इन गड्ढों को फलाँगता हुआ और कीचड़, गन्दगी से खुद को बचाता हुआ चल रहा था। यूँ चलते वक़्त अगर जरा-सा भी झटका खा जाने के

बाइस वो झुक जाता तो उसकी रीढ़ ही हड्डी दर्द से बिलबिला उठती इसलिए वह बिल्कुल सीधा और तन कर चलने पर मज़बूर था।

आस-पास के लोगों ने उसे हैरत और दिलचस्पी से देखा था। दरअसल उसे हमेशा से झुककर चलने की आदत थी जिसकी एक वजह से उसके कानों के पास एक कोबड़ा सा उभरा हुआ मालूम होता था इसकी वजह यह भी हो सकती थी कि उसकी टाँगें ग़ैरमामूली तौर पर लम्बी और दुबली-पतली थीं, मगर उसका गर्दन से लेकर कमर तक का जिस्म इनके मुक़ाबले में इन्तेहाई भारी था और उसकी टाँगों पर तक़रीबन अलग से बना कर रखा गया महसूस होता था।

लोगों को आज उसे तन कर चलते देखना एक मशगला था और शायद यह भी हो कि शेरवानी, पाजामे में मलबूस घिसे-पिटे जूते पहने वो ख़ासा हास्यास्पद भी लग रहा था।

"मस्जिद अभी दूर है" उसने अफ़सोस के साथ सोचा। चलते हुए वो इस बात का ख़ास ख़याल रख रहा था कि कीचड़ की कोई छींट उसके लिबास पर न पड़ जाये अगरचे अन्दर ही अन्दर उसे इस मायूस अम्र का भी एहसास था कि शायद वो ठीक से वज़ू नहीं कर सका है।

दरअसल बीस-पच्चीस साल के लम्बे अर्से से उसने नमाज़ कभी नहीं पढ़ी थी। कल रात मोमबत्ती की रोशनी में वो नमाज़ की किताब से नमाज़ याद करने की कोशिश करता रहा था और बड़ी हद तक कामयाब भी हो गया था। वज़ू के सिलसिले में भी जब उसकी याददाश्त ने काम नहीं दिया तो उसने तरकीब-ए-वज़ू को किताब में निशान लगा कर बार-बार पढ़ा लेकिन वज़ू करते वक़्त शायद एक-दो बातें भूल गया था या ठीक से समझ नहीं पाया था।

एक और उदास कर देने वाली बात यह थी कि सख़्त क़िस्म की सर्दी और कमर के जानलेवा दर्द की वजह से वह पूरा ग़ुस्ल भी नहीं कर सका था बस उसने अपने निचले धड़ और टाँगों पर तीन बार कलमा पढ़ते हुए पानी उँड़ेल लिया था।

काश धूप निकल आती तो मैं पूरी तरह नहा लेता या कोई पानी ही गर्म कर देता। उसने दुख के साथ सोचा।

असल बात यह थी कि वो बिल्कुल तन्हा रहता था उसकी उम्र साठ से ज्यादा हो चुकी थी बीवी दस साल पहले ही खुदा को प्यारी हो चुकी थी। दो लड़के थे जो कई साल से बाहर रहते थे और न जाने किस फाँस को दिल में रखते हुए उससे तक़रीबन नाता तोड़ चुके थे। जिन दिनों उसकी सेहत ठीक रहती थी तब तो वो अपना खाना उलटा-सीधा तैयार कर ही लिया करता था वरना ज़्यादातर सामने नान बाई की दुकान से मँगवा लिया करता। इतने पैसे उसे मामूली-सी पेंशन से भी मिल जाते थे कि उस अकेले का गुज़ारा बहुत मुश्किल न था।

मगर इन दिनों उसकी कमर की चक और ख़ून की पेचिश, काश कोई होता

जो अगर गर्म पानी कर देता तो वो नहा लेता और उसी से वो वज़ू की तरकीब भी समझ लेता। यूँ ख़ुद से किसी आस-पड़ोस वाले से किसी किस्म की मदद माँगना उसके लिए मुमकिन ही न था। तो शायद यह हालात की सितम ज़रीफी थी कि वो इस तरह बे-वज़ू और बे-ग़ुस्ल मस्जिद की तरफ़ नमाज़ अदा करने जा रहा था।

वैसे न जाने कब से ज़िन्दगी एक ढर्रे पर चल रही थी उसे अपनी बढ़ती हुई खाँसी, अक्सर रहने वाला बुख़ार, सरसराती हुई नाक और दुखती हुई रीढ़ की हड्डी के साथ जिये जाने की आदत पड़ गयी थी लेकिन उस रात अगर वो ढोल या नक्कारा पीटने वाले न आ जाते तो उसमें नये किस्म का जज़्बा हरगिज़ न जानता। उस रात से पहले उसने शायद कभी सोचा भी नहीं था कि उसे माफ़ भी किया जा सकता है, उस जुर्म के लिए माफ़ किया जा सकता है जिसको वह जानता ही नहीं था।

सर्द रात के आख़िरी पहर में जब कोहरा बेतहाशा गिर रहा होगा, सुनसान गली में वो ढोल पीटते चले आ रहे थे। उनके पीछे आवारा कुत्ते ज़ोर-ज़ोर से भौंक रहे थे।

वह घबरा कर उठ बैठा।

"उठो, उठ जाओ" ढोल पीटने के साथ कोई शख़्स ज़ोर से गली में चिल्ला रहा था मगर उसकी आवाज़ न जाने क्यों पल भर को ग़ैर-इंसानी महसूस हुई।

कुत्ते ज़ोर-ज़ोर से भौंक रहे थे ढोल और उस शख़्स की ग़ैर-इंसानी-सी आवाज़ आहिस्ता-आहिस्ता उसके घर के दरवाज़े के सामने आ गई। उसका दिल ज़ोर-ज़ोर से धड़कने लगा। कमरे में रखा मिट्टी के तेल का लैम्प अचानक भड़क उठा जिस की रोशनी में कमरे में रखी तमाम चीज़ें बेतुके हद तक पुरइसरार नज़र आने लगीं। वो आवाज़ धीरे-धीरे दूर होती गयी। कुत्ते भौंकते हुए आवाज़ के साथ गये थे। कहीं कोई अब भी पुकार रहा था।

"उठो, उठ जाओ।"

"यह सहरी खाने के लिए लोगों को जगाने वाले थे" उसने आख़िरकार सोचा।

दरअसल आज से रमज़ान का माहे मुबारक शुरू हो गया था। यह ढोल और नक्कारा पीटने वाले लोग पेशावर फ़क़ीर थे जो रोज़े रखने वालों को तीस दिन लगातार रात के आख़िरी पहर में गहरी नींद से जगाया करते थे और बदले में ईद के दिन हर घर के दरवाज़े पर पहुँच कर जो भी नज़राना उन्हें मिलता, ख़ुशी से क़ुबूल कर लिया करते थे। इस कार-ए-ख़ैर से उन्हें सवाब और उजरत दोनों ही आसानी से दस्तियाव हो जाती थी।

वो इन सदाओं को अपने बचपन से ही सुनता आया था। हर साल रमज़ान की रातों में यह लोग सड़क पर निकल आते थे अगरचे अब उम्र के इस दौर में वो इस अम्र से भी बखूबी वाकिफ़ था कि इन नक्कारों की मज़हबी अहमियत नहीं थी मगर फिर भी उसकी गूँज और आवाज़ की लहरों में ख़ामोश छुपा हुआ जो तहज़ीबी अंश था उसका गूँगा लहजा बेशक मज़हबी था। मज़हबी ज़बान हमेशा निजी हुआ

करती है और उसको दूसरों तक पहुँचाने वाला बाँध हमेशा एक सा नहीं होता।

शायद यह इस ढोल या नक्कारे की आवाज़ पर हड़बड़ा कर उठने की वजह रही होगी कि उसकी कमर में सख़्त क़िस्म के दर्द की लहर उठ रही थी। उस तरह ऊलजलूल अन्दाज़ से उठने-बैठने में ही रीढ़ की हड्डी के गरये उधर हो जाते हैं।

उसका दिल गोया गले में धड़क रहा था। वो कमरे की खुली हुई खिड़की से साँप की तरह सरसराते हुए कोहरे को देखता रहा। नहीं इस बार यह आवाज़ नयी नहीं थी यह वो आवाज़ हरगिज़ नहीं थी जिसे वो बचपन से सुनता आया था। जाने क्यों उसे महसूस हो रहा था जैसे इन ढोल पीटने वालों और भौंकते हुए कुत्तों के दरमियान भी कुछ था जैसे सामने की ख़ाली जगह में परेशान हाल फ़रयादियों का क़ाफ़िला चला जा रहा था मगर किसी भी बदनसीब फ़रियादी को यह नहीं मालूम था कि वो किस बात की फ़रियाद लेकर जा रहा है और कहाँ? किस के दरबार में?

और तब उसे खुद पर भी क़ाबिल-ए-रहम हद तक एक फ़रियादी होने का गुमान हुआ जिसे सिर्फ़ एक ही इंसाफ़ चाहिए था कि उसे माफ़ कर दिया जाये। वो जिन्दगी भर अपनी रूह को अपने जिस्म का बेहतरीन दोस्त और मददगार क़ुबूल करता आया था मगर इस घटना के बाद हर रात उस की रूह सुनसान सड़क पर बिखरी हुई सर्दी और रेंगते हुए कोहरे में नक्कारे की सदा के साथ-साथ दूर तक भटकती और घिसटती फिरी। यह उसकी रूह का पहला और शत्रुता पूर्ण क़दम था जो उसने अपने सदा के दोस्त जिस्म के साथ उठाया था।

उसे याद नहीं कि बचपन में एक-आध बार शौक़िया रोज़ा रखने के अलावा उसने कभी रोज़ा रखा हो। हाँ एक बार ज़रूर शादी के शुरुआती दिनों में बीवी के ज़ोर देने पर उसने अलविदा[1] का रोज़ा रख लिया था। वो गर्मी का मौसम था और प्यास और खुश्की से इतना बेहाल हो गया था कि उसने घर का तमाम आँगन सफ़ेद-सफ़ेद झागदार थूक की पिचकारियों से गन्दा कर दिया था तब उसने बीवी से नज़र बचा कर पानी का एक घूँट हलक़ से नीचे उतार लिया था।

यह राज़ आज तक उसके सीने में दफ़न है लेकिन उस रात के बाद उसने बड़ी लगन मगर राज़दारी के साथ पाबन्दी के साथ रोज़े रखना शुरू कर दिये। आस-पास में किसी को यह इल्म नहीं हो सका कि वो भी इस बार रोज़े रख रहा है। मगर शायद वो इन बच्चों के ज़रिये रखे जाने वाले रोज़ों की तरह थे जिन पर अभी यह फ़र्ज़ नहीं थे क्योंकि रमज़ान में भी उसने नमाज़ शुरू नहीं की थी न ही उसे रोज़े की नियत याद थी।

ज़ाहिर है कि उसके यह रोज़े सिर्फ़ एक क़िस्म का भूखा रहना ही था मगर लोगों को इन फ़ाक़ों का भी इल्म न हो सका, बस कभी-कभी उसे गली के हलवाई की दुकान के सामने खड़ा ज़रूर तकता हुआ पाया गया। उस वक़्त हलवाई के कड़ाह

में शीरनी उबलती होती थी जिसमें जलेबियाँ डाली जा रही होती थीं और दुकान पर लगे मरकरी बल्ब की नारजी रोशनी में कड़ाह से उठती भाप और आसमान से उतरता गहरा कोहरा आपस में टकरा-टकरा कर एक बदरंग दायरा बनते जिसमें रमज़ान की शाम का रौनक़ अफ्ज़ा बाजार धुँधला-धुँधला सा नजर आता था।

यह कौन जानता था कि जलेबी, ख़ूनी पेचिश और पेट की मरोड़ में कोई समानता थी।

जहाँ तक रमज़ान में उसके नमाज़ या पुरखों[2] न पढ़ने का सवाल है तो इस सिलसिले में विश्वास के साथ कुछ नहीं कहा जा सकता। हो सकता है कि उस की काहली और दुखती हुई रीढ़ की हड्डी ही नमाज़ में रुकावट पैदा कर रही हो या फिर यह उसके अन्तरआत्मा की बचकाना ख़्वाहिश रही हो कि वह चाहता था कि बस ईद की नमाज़ ही पढ़ने जाये।

ईद की नमाज़ के लिए उसने तैयारी कर रखी थी और अवश्य यह तैयारी किसी बच्चे की ख़ुशी से समानता रखती थी।

उसने बरसों बाद अपनी वो शेरवानी बड़े वाले सन्दूक की तह में से तलाश करके निकाल ली थी जो उस की शादी के मौक़े पर सिलवाई गयी होगी। शेरवानी बुरी तरह सिकुड़ गयी थी और उस पर जगह-जगह सीलन और सन्दूक के जंग के बदनुमा धब्बे भी लग गये थे। शेरवानी के बटन भी जगह-जगह से ढीले होकर धागों में झूल रहे थे। यह शेरवानी पहनकर ईद की नमाज़ अदा करने की ख़्वाहिश उसमें इतनी तेज़ थी कि उठने या झुकने में ख़ासी मुश्किल होते हुए भी जहाँ तक हो सका शेरवानी को फ़र्श पर बिछा कर उसने ठंडी इस्त्री भी फेर दी थी।

जहाँ तक जूतों का सवाल था तो काठ-कबाड़ में तलाश करने पर भी वो उसे मिल गये थे और उसकी ख़्वाहिश के ऐन मुताबिक़ थे। हालाँकि यह जूते देखने में इन्तेहाई घिसे-पिटे और बदरंग नज़र आ रहे थे। उनका चमड़ा सूख कर अकड़ गया था और अब वो इसलिए भी उनके पैरों में मुश्किल से आते थे उसके पैरों में अरसे से सूजन रहा करती थी।

अब सर ढँकने के लिए टोपी की बारी आयी।

घर की एक खूँटी पर उसके मरहूम बाप की पुरानी मख़मल की टोपी न जाने कब से टँगी हुई थी जो असल में उसके बाप को उसके दादा की तरफ़ से मिली थी। एक तरह से एक ख़ानदानी टोपी कही जा सकती थी जो देखने में पुरानी तो थी ही, साथ ही कीड़े ने जगह-जगह से काटकर उसमें सूराख़ भी कर दिये थे।

अवश्य अगर वो चाहता तो नयी टोपी ख़रीद भी सकता था मगर न जाने क्यों ईद की नमाज़ अदा करने के लिए उसे अपने बुज़ुर्गों की पुरानी टोपी पहनना ही ज़्यादा मुनासिब महसूस हुआ था। जब उसने यह टोपी ओढ़ी तो उसके आबा-व-अजदाद के उठे हुए ख़ुद्दार सरों की महक उसकी आँखों को नम करने लगी जिसकी वजह

से ख़ुद उसका अपना सर कन्धों पर झुक आया और उसका कूबड़ और भी ज़्यादा नुमायाँ हो गया।

मगर आख़िर संघर्ष किसलिए था।

शायद इसलिए कि वो ख़ुद को माफ़ कराना चाहता था और वो भी उस बदल के तौर पर कि ख़ुद उसने सब को बहुत पहले ही माफ़ कर दिया था। अगरचे एक ख़ुदा उसे माफ़ कर सकता था, यह ख़याल अपने आप में ही सरासर ग़लत था इतना तो भी जानता था कि आज के मज़हब में (अगर उसका कोई मज़हब था) माफ़ी का तसव्वुर न होने के बराबर था। यहाँ तौबा की अहमियत थी और तौबा का क़ुबूल होना या न होना आख़रत तक एक भेदभाव था। मगर फिर भी इतना तो साफ़ था कि तौबा के क़ुबूल हो जाने के बाद इंसान को जो कुछ हासिल होता है, वो 'माफ़ी' ही है।

मगर मसला तो यह था कि बन्द कमरों में दोनों हाथों से गाल पीट-पीट कर ही रह जाना कोई मानी नहीं रखता था। इसके लिए विश्वास की ज़रूरत थी मगर अब, इस रात, इस नक्कारे की आवाज़ ने उसके दिन और रात की धुन्ध और दुनियादारी में कहीं गुम हो गये उस 'विश्वास' को उसे वापस कर दिया था जिस की जड़ें उसमें दूर तक गड़ी थीं।

मगर आख़िर वो किस जुर्म के लिए ख़ुद को माफ़ी दिलाना चाहता था। उसे अपना जुर्म नहीं मालूम था। लेकिन उससे क्या फ़र्क़ पड़ता है, तुम अपने जुर्म से वाकिफ़ हो या नहीं हो। असल बात यह है कि वो तुम्हें मुज़रिम समझते हैं क्योंकि तुम्हारी आँखें, होठ, खोपड़ी की बनावट और गालों की हड्डियाँ सब क़ातिल की तरह हैं और ज़ुर्म मुज़रिम की तरह चौकन्ने भी नज़र आते हों बस इतना काफ़ी है। न ही सफ़ाई देने का कोई मौक़ा है और न ही अपनी मासूमियत का सुबूत देने का क्योंकि यह करना तो भद्दा होगा यहाँ बस सिर्फ़ एक रास्ता है और वो यह कि तुम्हें माफ़ कर दिया जाये उस जुर्म के लिए जो यक़ीनन तुमने नहीं किया मगर जो तुम्हारे ज़िस्म और वजूद से झलकता है। यह तो है कि ऐसी सूरत-ए-हाल में ख़ुद को माफ़ी दिला कर तुम एक अनकही ज़िल्लत भी झेल सकते हो।

मगर ज़िल्लत से क्या फ़र्क़ पड़ता है उसने ख़ुशदिली से सोचा था।

अभी कुछ दिन पहले भी तो ज़िल्लत से सामना हुआ था जब वो एक ऊँची इमारत की दूसरी मंज़िल पर एक खिड़की के सामने खड़ा हुआ था, काग़ज़ के चन्द टुकड़ों को उसने एक भीख की तरह वसूल किया था। और ज़िल्लत तो उस दिन भी हुई थी जब उस बेहद ऊँचे ज़ीने की चक्करदार सीढ़ियों से वो खाना गुस्से से फेंक दिया था जो वो किसी के लिए लू की तपती हुई दोपहर में बड़े चाव और ख़ुलूस से लाया था और उसके पैर बिखरे चावल और बहते हुए दही में सनते जा रहे थे। ज़िल्लत और शर्मिन्दगी का क्या है वो तो इंसान माँ के पेट से ले कर आता है।

ज़िल्लत और शर्मिन्दगी के और भी मौक़े आये थे।

उसकी शादी को ज़्यादा दिन नहीं हुए थे जब एक रात उसने बीवी को चूमते हुए खुद अपना चेहरा उसके होठों की तरफ़ बढ़ा दिया था मगर बीवी उसे प्यार करने के लिए हरगिज़ राज़ी नहीं हुई मगर यह उसके औरतपन या शर्मोहया की वजह से नहीं था। यह बात उसे कुछ अरसा गुज़र जाने के बाद मालूम हुई थी क्योंकि एक दिन बातों-बातों में बीवी के मुँह से निकल गया था।

"तुम चाहे कितना भी धो लो, पता नहीं क्या बात है, तुम्हारा चेहरा हमेशा गन्दा ही नज़र आता है।"

वो ऊपरी दिल से हँसने लगा था अगरचे उसे उस वक़्त एक उचकी-उचकी सी बत्तख़ जैसी अजीब सी चाल वाली लड़की भी याद आ गयी थी। इस तरह ऊपरी दिल से हँसते-हँसते वो बीवी के ज़िस्म से पूरी ताक़त से लिपट गया था मगर आँखों में वही अजीब सी चाल वाली लड़की तकलीफ़देह हद तक समाने लगी थी। इस तरह काफ़ी देर तक बीवी से लिपटे रहने के बावजूद और अपनी तरफ़ इन्तेहाई कोशिश करने के बाद भी जब वो आगे न बढ़ सका तो बीवी ने झल्ला कर उसे अलग झटक दिया था बिल्कुल इसी अन्दाज़ में जैसे कोई अपने ज़िस्म पर रेंग रहे किसी लिजलिजे कीड़े को झटक देता है।

"जब तुमसे कुछ हो नहीं पाता तो मुझे परेशान करने क्यों आ जाते हो?" बीवी के घृणा पूर्ण लहजे ने उसे डरा दिया था मगर इस दहशत से भी ज़्यादा ख़तरनाक ज़िल्लत और शर्मिन्दगी का तो एहसास था जो अचानक दीमक की तरह उसके वजूद को चाटने लगा था। दीमक के दाँत नहीं होते इसलिए यह बात तो उसे बहुत बाद में मालूम हुई थी कि उसकी बीवी दरअसल किसी और से मोहब्बत करती थी। वो उसी शख़्स से मोहब्बत करती थी जिससे वो बचपन ही से नफ़रत करता चला आया था।

"ज़िल्लत और शर्मिन्दगी का क्या?" उसने सोचा वो तो इंसान का सृष्टि काल से मुक़द्दर है। शायद सब इंसान कहीं न कहीं जलील होते हैं शर्मिन्दा होते हैं, किसी से रहम की भीख माँगते हुए, उधार लेते हुए इज़हार-ए-मोहब्बत करते हुए, सड़क पर फिसल कर गिरते हुए किसी आम दावत में पहुँचकर खाने के लिए अपनी बारी का इन्तज़ार करते हुए, कौन सी ऐसी जगह है जहाँ ज़िल्लत की ख़ामोश चोट का लगातार एहसास इंसान की हड्डियों को नहीं होता रहता है।

और यह सब सिर्फ़ इसलिए कि इंसान अपनी समेटे-समेटे फिरता है उसे शर्मिन्दगी का एहसास तब होता है जब दूसरे इंसान की दुनिया के सामने खड़ा हो जाता है एक मौज़ूँ की तरह या एक मंज़र की तरह। मगर दुनिया के तमाम इंसान मिल कर किसी बड़ी दुनिया की निगाह का मरकज़ बनते हैं और यही चीज़ तो सारे इंसान में ज़िल्लत का एहसास और शर्मिन्दगी पैदा करती है।

मैं भी आख़िर एक इंसान हूँ और न जाने कब से कहाँ-कहाँ ज़लील हो रहा

हूँ इसलिए इस ज़िल्लत की परवाह करना तो बेतुकी-सी बात है जो खुद को किसी जुर्म की पादाश में माफ़ी हासिल करने के बाद हो सकती है। उसने इतमीनान के साथ सोचा तो नक्कारे की आवाज़ के साथ एक फ़रियादी के भेस में उसकी रूह के सुनसान सड़कों पर भटकते रहने में ही .खैरियत थी।

मस्जिद अभी भी नहीं आयी थी।

उसके पेट में एक बार ज़ोर की मरोड़ हुई और उसकी पिंडलियाँ ऐंठने लगीं। मुद्दतों पुराना सूखा हुआ बदरंग जूता उसके सूजे हुए पैरों को काट रहा था।

नमाज़ के लिए घर से निकलने से पहले वो अपनी अकेली जान का फ़ितरा[1] अदा कर आया था। उसकी शेरवानी की जेबों में रेज़गारी खनक रही थी।

"नमाज़ के बाद अपने भूले-बिसरे रिश्तेदारों के यहाँ जाऊँगा और ईदी तक़सीम करूँगा," उसने सोचा था।

माफ़ी मेरा हक़ है। खुदा की वो हमदर्दी जो एक पुराने हिसाब को बेबाक़ करने में वजूद में आना ही होगा। उसे यक़ीन था। और बेशक यह एक पुराना हिसाब था और अगर उसे अपनी हिमाक़तों और नामर्दाना अख़लाक़ियात का लेखा-जोखा रखने का छिछोरा शौक़ न होता तो शायद वो इस भरोसे और विश्वास के साथ अपनी दानिस्त में गुनाहों से तौबा करके खुदा से एक हक़ की तरह माफ़ी वसूल करने न जा रहा होता। इसलिए यह कमज़र्फ़ शौक़ आज उसके हक़ में सूद मन्द साबित हो रहा था अगरचे यह एहसास उसे भी था कि अपनी ज़ात के बारे में इस दर्ज़ा चौकन्ना रहना एक क़िस्म की ख़ुदगर्ज़ी थी और इसके साथ ही उसे कहीं यह अन्देशा लगा हुआ था कि शायद उसकी आत्मा और हवास अभी तौबा के लिए तैयार ही न हो सके हों।

आख़िर, मगर वो पुराना हिसाब था क्या? उसे बड़े गर्व के साथ याद था कि उसने कहाँ-कहाँ किस-किस को माफ़ किया है।

जब लड़कपन में उस बत्तख जैसी चाल वाली और बैठी हुई नाक वाली लड़की ने उससे कहा था :

"मगर तुम्हारा चेहरा कितना गन्दा है।"

वो दोनों एक बुलन्द चक्करदार ज़ीने पर खड़े थे। उसके हाथ में लड़की का टिफ़न बॉक्स था जिसमें मसालेदार तहरी और दही था।

पहले तो ऊपरी दिल से हँसा और फिर उसने मरदाना हिम्मत का मुज़ाहेरा करते हुए लड़की की भद्दी और बैठी हुई नाक पर अपने होठ रख दिये। ज़ीने की जालियों में भट्ठी की जलती हुई लौ घूम रही थी। लड़की ने बड़े ज़ोर से धक्का दिया, वो गिरते-गिरते बचा और उसके हाथ से वो टिफ़न बॉक्स खुल कर गिर गया और उसमें से निकल कर पीले चावल और दही फ़र्श पर बिखर गये। उसके पाँव उस अन्न की बेहुरमती करने लगे। उस वक़्त उसकी आँख में से एक आँसू महज़ इसलिए टपक

पड़ा था कि दरअसल उस लड़की को इस आँसू के बारे में दूर-दूर तक शायबा भी नहीं हो सकता था। मगर जब वो लड़की अपने भारी अजीब से कूल्हों को हिलाती हुई और उचक-उचक कर बत्तख़ की चाल चलती हुई ज़ीना उतरती चली गयी तो आँसू सहम कर और घबरा कर ख़ामोश हो गया और तब उसने लड़की को दिल से माफ़ कर दिया। हमेशा-हमेशा के लिए माफ़।

मगर उससे बड़ा कारनामा उसने आगे चल कर अंजाम दिया। यह उन दिनों की बात है जब उसकी दोनों दाढ़ों को कीड़े ने चाट डाला था और कुछ भी खाते वक़्त उसके मुँह से चपड़-चपड़ की घिनौनी आवाज़ निकला करती थी। खाना खाते वक़्त पलंग पर पालथी मार कर बैठते वक़्त वो अपना दायाँ पैर सीधा फैला लेता था और बायें पैर का घुटना खड़ा कर लेता मगर शायद यह खाना खाने का सभ्य तरीक़ा न था इसलिए हज़ारों नफ़रत भरी आँखें दीवारों के पीछे से उसे ताका करती थीं, जिनका एहसास होते ही उसके मुँह में चलने वाले निवाले बाहर आने लगते थे। तब वो चेहरे पर आ गये पसीने को बेख़्याली में पोंछता जिसके साथ हलक़ से बेमानी-सी आवाज़ भी निकल पड़ती। इस आवाज़ से उसे कुछ इस क़िस्म की शान्ति हासिल होती जैसे उसने माथे का पसीना साफ़ नहीं किया है, बल्कि मैदान-ए-जंग से सुर्ख़रू हो वापस आया है।

और फिर एक दिन उसके मैले कपड़ों को नल की टोंटी पर इन्तेहाई बेज़ारी के साथ ज़ोर से पटका गया तो साँस लेने की नस उभर आयी। साँस लेना और कपड़े मैले होना दरअसल दोनों एक ही हैं।

लेकिन वो जून की जलती दोपहर थी, चिलचिलाती धूप में अपने ख़ून आलूदा पेशाब की शीशी लिये आँगन में दूर से निढाल और हैरान-परेशान खड़ा था और तब एक कठोर निगाह ने उसे अर्थ पूर्ण इस ख़ौफ़ से दो चार कर दिया जो इस ख़ून भरे सुर्ख़ पेशाब से कहीं ज़्यादा अर्थपूर्ण और गहरा था।

उसे तो वह ख़ौफ़नाक बात तब जाकर पता चली जब उसके दोनों लड़के जवान हो चुके थे कि उसकी बीवी दरअसल किसी और से मोहब्बत करती थी और यह वो शख़्स था जिससे वो न जाने कब से नफ़रत करता आया था। उस दिन उसने अपने वजूद को एक ऐसे टायर की मानिन्द पाया जिसमें पंक्चर हो गया हो और उसमें से झन्नाटे के साथ हवा निकल रही हो। ऐसी हवा सर्द हुआ करती है मगर उसकी रीढ़ की हड्डी को सर्दतरीन महसूस हुई मौत के हाथों की तरह सर्दतरीन, और वो झन्नाटा...ज़िस्म के तमाम रोंगटे खड़े करता हुआ, भाँय-भाँय करता हुआ भयानक झन्नाटा, वो उसे न जाने कब तक सुनायी देता रहा।

मुद्दतों बाद जब उसकी बीवी तपेदिक में मुब्तिला होकर चल बसी तो उसने आँगन में रखे हुए बीवी के जनाज़े के सिरहाने खड़े हो कर उसे माफ़ कर दिया। उसने माफ़ कर दिया, खाना खिलाते वक़्त उसे बेज़ारी से तकने के लिए, मैले कपड़ों

को पटकने के लिए, ख़ून आलूदा पेशाब को नज़रअन्दाज़ करने के लिए और ग़ैर शख़्स से मोहब्बत करने के लिए। उसने उस शख़्स को भी माफ़ कर दिया जिससे वो बचपन से ही नफ़रत करता आया था और जो उसकी बीवी के मृतक शरीर के साथ रखे जाने के लिए न जाने कहाँ से तलाश करके बेरी की सूखी टहनियाँ ले कर आया था।

चलते-चलते कीचड़ पर एक जगह उसका पैर फ़िसला और उसकी गर्दन से लेकर कमर तक दर्द की एक लहर गुज़रती चली गयी। वो कुछ देर तक रुका खड़ा रहा फिर सँभल-सँभल कर कमर सीधी करता हुआ चलना शुरू कर दिया।

"मस्जिद अभी कितनी दूर है?" उसकी हिम्मत जवाब दे रही थी। चन्द साल पहले जब उसके दोनों जुड़वाँ लड़के अरसे तक बेरोज़गार रहने के बाद काम के सिलसिले में सऊदी अरब जाने लगे तो वो अचानक बेहद उदास हो गया। उसे वो दिन याद आ गये जब वो इन दोनों को स्कूल छोड़ने साइकिल पर बिठा कर जाता था। अपनी फूली हुई साँसों के साथ वो इनके रंगीन बस्ते और पानी की बोतलें अपने हाथों में थामे एहतियात के साथ उन्हें क्लास में बिठा आता था। फिर जब तक स्कूल की छुट्टी नहीं हो जाती तब तक वो या तो स्कूल के गेट पर ही खड़ा रहता या फिर आस-पास की सड़कों पर भटकता रहता।

स्कूल का बस्ता महँगा था। पन्द्रह साल तक सिवाय एक पतलून-शर्ट के वो दूसरा कोई कपड़ा अपने लिये न बना सका था लेकिन बेटों को मुल्क में नौकरी न मिल सकी।

क्या तुम लोगों ने फ़ैसला कर लिया है कि बाहर ही जाना है? उसने कमज़ोर लहजे में पूछा वो दोनों न जाने कब के भरे बैठे थे।

"तो फिर तुम्हारी तरह सड़ते रहें," तुमने तो क्लर्की करके जैसे-तैसे काट ली हम नहीं काट सकते," पहला बेटा बोला।

"फिर भी अगर यहीं कोई अच्छी नौकरी मिल जाए तो अच्छा है" वो बेटे के स्वर को नज़रअन्दाज़ करते हुए ख़ुशेदिली से बोला।

"क्या ख़ाक नौकरी मिल जायेगी यहाँ, और सारी ज़िन्दगी तुमने भी तो नौकरी की क्या मिल गया? अम्मी ख़ून थूक-थूक कर बिला इलाज़ मर गयी। तुम सिर्फ़ रिश्वत न लेकर ही यह समझते रहे कि बड़ा तीर मार लिया, तुम तमाम ज़िन्दगी हम लोगों के लिए कुछ न कर सके", दूसरा बेटा बेअदबी पर उतर आया।

"बाबू को तो बस ज़बरदस्ती का आदर्श आता है। मैं पूछता हूँ कि सिवाय हिमाक़तों के कौन-सा नेक काम करके दिखाया है बाबू ने। सारा मोहल्ला टोकता है और हमें ताना देता है कि हमारे बाप ने कभी एक वक़्त की नमाज़ तो पढ़ी नहीं।"

पहला बेटा दूसरे की हाँ में हाँ मिलाता हुआ बाप के गुनाह गिनाने लगा। ठीक उसी वक़्त अविश्वास की हद तक, उसे एक तकलीफ़देह बात का एहसास हुआ अपने

दोनों जुड़वाँ बेटों को इस तरह बोलते हुए देख कर उसे पहली बार यह इल्म हुआ कि इन दोनों के लम्बे-चौड़े डील और रुख़सारों की बनावट में कोई ऐसी भेद भरी चीज़ थी जो उस शख़्स को बेसाख़्ता याद दिलाती थी जिससे वो बचपन से नफ़रत करता आया था। उसे हैरत सिर्फ़ इस बात की थी कि यह मुशाब्हत अचानक क्यों पैदा हो गयी थी। शायद उसकी यह वजह रही हो कि जवान होने के बाद उसने बेटों की तरफ़ कभी ग़ौर से नहीं देखा था।

अब उसने उनका रास्ता रोकने की कोशिश नहीं की। दोनों जुड़वाँ बेटों ने जाने के बाद उसे कोई ख़बर नहीं दी। मगर अब उसे इसकी कोई फ़िक्र नहीं थी। उसने उन दोनों को उनकी बदतमीज़ी और एहसान फ़रामोशी के लिए माफ़ कर दिया था।

उसे अच्छी तरह याद है, तब वो आठवीं दर्जे में चुंगी के स्कूल में पढ़ा करता था। एक दिन छुट्टी के बाद उससे उम्र में चन्द साल बड़े और मज़बूत डील-डौल वाले मोहल्ले के एक लड़के ने उसे अपनी साइकिल पर बिठा लिया मगर जब साइकिल घर की तरफ़ जाने के बजाय एक ऐसे वीरान रास्ते की जानिब मुड़ने लगी जिसके दोनों तरफ़ घास के लम्बे-लम्बे झुण्ड खड़े हुए थे तो वो घबरा गया।

"यह कहाँ जा रहे हो?"

लड़के ने साइकिल रोक दी और उसका हाथ पकड़ कर झुण्डों में ले जाने लगा।

"मैं नहीं जाऊँगा" वो मचल गया।

"चुप, चलो नेकर उतारो पाँच रुपये दूँगा।"

वो ज़ोर-ज़ोर से रोने लगा।

"साले ख़ामोशी से आजा वरना पेट में चाकू घुसेड़ दूँगा।"

सख़्त किस्म के ख़ौफ़ के साथ मेरी आँखें बन्द होती चली गयीं और हिलते हुए मुहीब झुण्ड उस पर अपना घिनौना साया डालने लगे।

अरसे तक वो ज़िल्लत और शर्मिन्दगी के ज़बरदस्त एहसास से दो-चार रहा और उस लड़के से आँख मिलाने की जुर्रत उसमें कभी पैदा नहीं हो सकी, मगर बहुत ज़माने बाद जब उसकी बीवी की मौत हो गयी तो यही शख़्स जिससे वो दिल की गहराइयों से नफ़रत करता आया था, उसकी बीवी के जनाज़े में रखने के लिए बेरी की सूखी हुई टहनियाँ ले आया तो उसने उस शख़्स को भी माफ़ कर दिया।

शायद यह उसकी ज़िन्दगी के वह हादसात थे जो सन्नाटे में हुए मगर उनके अलावा भी कुछ और जिससे यह बात भी साबित होती थी कि आदमी की ज़ाती ज़िन्दगी हो या उसकी समाजी ज़िन्दगी हो या अलग-अलग शै हरगिज़ नहीं हैं बल्कि इन दोनों ज़िन्दगियों में होने वाले वाक़यात में हैरतअंगेज़ समानता पायी जाती है।

मिसाल के तौर पर पिछले बीस साल से तहसील से वापस आते वक़्त वो उस तंग गली से गुज़रता आया था जिसमें सिर्फ़ दूसरे फ़िक्रे के लोग ही रहा करते थे, उन दिनों शहर का माहौल थोड़ा गर्म था। उस दिन घर वापस आते-आते अँधेरा हो

चला था। जब वो तंग गली से गुज़रा तो बहुत से लोग सड़क पर एक जगह रुके खड़े थे, वो कुछ समझ नहीं सका, वैसे भी उसे अपने काम से काम रखने की ख़ुदग़र्ज आदत थी, वो रुका नहीं चलता ही चला गया। सहसा उसकी नज़र ऊपर उठ गयीं।

उसके ऐन सर पर बिजली का एक झूलता हुआ तार सुर्ख़ हो रहा था, उसके औसान ख़ता हो गये, वो घबरा के एक तरफ़ को दौड़ा और फिसल जाने की वजह से दायीं तरफ़ बहने वाले एक गन्दे नाले में जा गिरा। बिजली का वो सुर्ख़ अंगारे जैसा तपता हुआ तार खम्भे से टूट कर ठीक उसी जगह गिर पड़ा जहाँ से वो अभी गुज़र रहा था।

वो नाले से मुश्किल तमाम, निकल पाया, उसके सारे कपड़े बदबूदार कीचड़ में लथपथ थे। माथे और कोहनियों से रगड़ के बाइस से खून रिस रहा था और बायें पैर के टख़ने में मोच आ गयी थी।

उसने शिकायती नज़रों से गली में खड़े उन कमेर लोगों को देखा जिन्होंने न तो उसे बिजली के उस गिरते हुए तार के बारे में ख़बरदार किया और न ही उस गन्दे नाले से निकाल पाने के लिए उसको किसी मदद की पेशकश की थी। शायद लोग होठों ही होठों मुस्करा रहे थे या मुस्कुराहट दबाने की कोशिश कर रहे थे। लेकिन कीचड़ की एक-दो छींट आँख में पड़ जाने की वजह से उनके चेहरे ठीक तरह से नहीं देख सका।

वो कीचड़ से लथपथ उसी हाल में ख़ामोशी से अपने रास्ते चल दिया और भी इस क़िस्म के वाक़यात थे जो अगरचे इन्तेहाई मामूली थे और उनके बारे में कोई संजीदा सोच रखना अपने आप में ख़ासा हास्यास्पद था मगर उसे अज़यत पसन्दाना या कठोरता की हद तक दूसरों को दी गई माफ़ियों का ब्योरा रखने की लत पड़ गयी थी।

वो माफ़ किये बग़ैर नहीं रह सकता था। दिलचस्प बात यह थी कि इन 'दूसरों' में महज़ इंसान ही शामिल नहीं था बल्कि उसने बावले काले कुत्ते को भी माफ़ कर दिया था जिसने बरसों पहले बेवजह उसकी पिण्डली में काट खाया था। उस पीले रंग की ज़हरीली भिड़ को भी माफ़ कर दिया था जिसने एक बार उसके माथे पर डंक छोड़ दिया था। इस माफ़ी पाने वालों में वो बेहूदा बन्दर भी शामिल था जो अक्सर उसके कपड़े उठा ले जाता था और छत पर फेंक देता था। और यही नहीं उसने उस जलती धूप को भी माफ़ किया था जिसमें पैदल चल कर वो तहसील से घर तक तीन कोस का फ़ासला तय करता था और जिसने उसका रंग जला कर कोयले के जैसा कर दिया था।

उस बारिश का जुर्म भी कम न था जो रात को छत के उस हिस्से से टपका करती थी जिसके नीचे उसका पलंग पड़ा हुआ था।

लेकिन यक़ीनन वो शाबाश का हकदार था कि उसने वो सब फेंक दिया था। वो

पोटली नफ़रत की, वो घड़ी इन्तेक़ाम की, पैगम्बर अपनी-अपनी उम्मत को बख़्शवायेंगे मगर उससे पहले इंसान को दुनिया की हर चीज़ को माफ़ करना होगा बेतुकी से बेतुकी चीज़ को भी, न सिर्फ़ इंसानों को बल्कि पागल कुत्ते, ज़र्द भिड़, कीना परवर बन्दर और यहाँ तक कि धूप, बारिश, हवा को भी, मगर अफ़सोस कि वो तमाम माफ़ियाँ जो नाक़ाबिल-ए-यक़ीन खुले दिल का सुबूत थीं, न सिर्फ़ जुर्म बन-बन कर उसके ज़िस्म और वजूद से छलकने लगी थीं, बल्कि एक बेहूदा नाफ़रमान बच्चे की तरह उसके सर पर चपत रसीद करती हुई छलावा बन कर उसे चिढ़ाने भी लगी। इस छलावे से परेशान हो कर वो इस बेतुकी दुनिया में रास्ता भूल गया था, तब बेहद मज़बूरी और बेकसी के आलम में उसने अपने मुर्दा प्यादों से मदद माँगी, वो जो अब इस दुनिया में नहीं थे और शायद इसीलिए उसके लिए अहम होते जा रहे थे, अगरचे यह ज़रूर कहा जा सकता था कि इन मुर्दा लोगों से किसी क़िस्म की मदद माँगना तो अपने आप में एक क़िस्म की मौत था, एक बे सुराग़, बेनिशान मौत, जो आदमी के अपने अन्दर ही कुण्डली मारे बैठी रहती है।

मगर मददगार तो सर्द तारीक रात में सुनसान सड़क पर गूँजते नक्कारे की आवाज़ थी और तकरीबन ललकारती हुई ग़ैर इंसानी अदा थी।

"उठ, उठ जाओ—उठ-उठ जाओ।"

वो रास्ता भूल गया था इसलिए इन सदाओं और भौंकते हुए कुत्तों के दरमियान जो न दिखने वाले फरियादियों की जमात थी, वो उसी में शामिल हो कर फूहड़पन के साथ घूमने लगा।

"भाई वो बुद्ध वाली मस्जिद का रास्ता यही है?" उसने इन्तेहाई लजाजत से एक राहगीर से पूछा।

"हाँ, मगर घूम के जाना पड़ेगा, आगे घुटनों-घुटनों दलदल है।"

उसके पेट में इस शिद्दत से मरोड़ हुई कि उसकी पिंडलियाँ बुरी तरह ऐंठने लगीं। उसने अपने पूरे ज़िस्म की ताकत लगा कर कुछ पल के लिए साँस रोक ली। सख़्त क़िस्म की सर्दी के बावजूद उसके माथे पर पसीना छलक आया। जब वो घूम के दूसरी गली में मुड़ने लगा तो बुद्ध वाली मस्जिद का जाना-पहचाना मीनार नज़र आ गया।

"मस्ज़िद आ गयी" वो बच्चों की तरह खुश हो गया और पहले से ज़्यादा तन कर चलने लगा मगर जैसे ही वो मस्ज़िद के दरवाज़े पर पहुँचा। उसने देखा नमाज़ ख़त्म हो चुकी है और लोग आसमान की तरफ़ हाथ उठाये दुआ माँग रहे हैं। वो बेहद मायूस हो गया। रीढ़ की हड्डी में फ़िर एक बार ज़ोर की चमक हुई। कुछ नमाज़ी बाहर निकल रहे थे और आपस में ईद मिल रहे थे।

वो जल्द ही उनके पास पहुँच गया।

"भाई क्या नमाज़ ख़त्म हो गयी?" उसकी साँस फूल रही थी।

"हाँ, बस अभी-अभी ख़त्म हुई है। आने में देर कर दी। ख़ैर आप दाहिनी गली से निकल जायें आगे हरी मस्ज़िद है वहाँ नमाज़ शुरू होने वाली होगी। जल्दी करें।"

वो जल्दी-जल्दी बताये गये रास्ते पर कदम आगे बढ़ाने लगा। कीचड़ की छींटें अब उसके जूते से उछल-उछल कर उसके पायजामे और शेरवानी के निचले हिस्से को दाग़दार बना रही थीं और जेब में ईदी देने के लिए रखी गयी रेज़गारी बज रही थी। तेज़ी के साथ कदम बढ़ाने की वजह से अब वो तन कर नहीं चल सकता था और उसके कन्धों के क़रीब का कूबड़ बार-बार फूल-पिचक रहा था।

वो अपनी ओर से जल्द ही हरी मस्ज़िद पहुँच गया।

मगर यह देखकर वो उदास हो गया कि यहाँ भी नमाज़ ख़त्म हो गयी थी और लोग हाथ फैलाये खुतबा सुन रहे थे।

मुझे ही देर हो जाती है या जमात वक़्त से पहले खड़ी हो जाती है? उसने अफ़सोस के साथ खुद से सवाल किया। मगर अचानक उसे ख़याल आया कि इस मकाम से थोड़ा सा आगे बढ़ कर जो सड़क मुड़ती थी, उसके खास मोड़ पर ही एक बड़ी मस्ज़िद है।

"वहाँ नमाज ज़रूर मिल जायेगी" उसने खुश हो कर सवाल किया उसने वक़्त खराब करना मुनासिब न समझा और वो अपने कमर के दर्द और ऐंठती हुई पिंडलियों और सूजे हुए पैरों की परवाह किये बग़ैर अपने कूबड़ को अपनी पीठ पर लादे हुए कीचड़ भरे रास्ते पर एक बदहवास ऊँट की तरह अन्धाधुन्ध चला।

उसे याद नहीं कि उसका सर्दी से ठिठुरता हुआ बिना स्नान और बेवज़ू ज़िस्म कीचड़ और दलदल भरी राहों पर पानी के गड्ढों को फलाँगते हुए, एक मस्ज़िद से दूसरी मस्ज़िद तक कब तक भटकता रहा। अपने पेट की मरोड़ और दुखती हुई रीढ़ की हड्डी के साथ वो ख़ाली-ख़ाली नज़रों से हर मस्ज़िद के सामने खड़ा हुआ ख़त्म नमाज़ के बाद लोगों को दुआयें माँगते देखता रहा। उसे तो तब होश आया जब उसने ख़ुद को उदास मगर घने पेड़ों के साये से घिरी, एक ऊँचे से सादा चबूतरे पर बनी उस छोटी-सी मस्ज़िद के छोटे से दरवाज़े पर खड़ा पाया। यह छोटी-सी मस्ज़िद जिसकी दीवारों पर चूने की सफ़ेद कलई की हुई थी, दरअसल वो क़ब्रिस्तान की मस्ज़िद थी। यह क़ब्रिस्तान शहर से निकल कर बना था और उसके सामने पागलख़ाने की ऊँची सियाह भयानक फ़सील थी। एक क़ब्रिस्तान उस भयानक फ़सील के पीछे भी था। ज़िन्दा इंसानों का क़ब्रिस्तान, क़ब्रिस्तान में बनी तमाम मस्ज़िदों में नमाज़ देर से शुरू होती है। उसे याद आया, जब वो छोटा बच्चा था तो एक बार अपने बाप के साथ यहाँ आया था। वो शब-बरात थी, मुर्दों का त्योहार, शब-बरात में शहर के तमाम क़ब्रिस्तान सजाये जाते हैं और रोशनी की जाती है। तब यह मस्ज़िद भी क़ब्रिस्तान के साथ सजायी गयी थी। दीवारों पर नन्हे-नन्हे बल्बों की झालरें लटक रही थीं। फिर यहाँ क़ुरआन का पाठ शुरू हुआ था। बाद में सब को शीरनी

तक़सीन की गयी थी। उसे याद है वो ताज़ा-ताज़ा बूँदियाँ थीं जिस के रस से उस की उँगलियाँ चिपकने लगी थीं।

मगर...यह पिछला दरवाज़ा शायद कभी नहीं खोला जाता था इसलिए इस पर मकड़ी के बड़े-बड़े जाले लटक रहे थे।

"मस्ज़िद का बड़ा दरवाज़ा कहाँ है?" उसने फ़िक्रमन्द होते हुए सोचा मगर अब बेकार था। अब उसकी पिंडलियाँ इतनी बुरी तरह काँप रही थीं कि उसका सारा ज़िस्म झटके लेने लगा था जिसकी वजह से उसकी रीढ़ की हड्डी एक दुखते हुए फ़ोड़े में तब्दील हो चुकी थी। पैर जो पहले ही से ज़्यादा सूजे हुए थे, उन्हें तंग जूते के सूखे चमड़े ने जगह-जगह से छील कर रख दिया था। पेट की मरोड़ अब एक धारदार ख़ंजर में बदल गयी थी।

उसने पेड़ों से घिरी उस मस्ज़िद का बड़ा दरवाज़ा तलाश करने का ख़याल छोड़ दिया, और दरवाज़े पर ही दस्तक देनी शुरू कर दी। "शायद अन्दर बहुत नमाज़ी मौजूद हैं" उसे शक हुआ। उसने ज़ोर-ज़ोर से दरवाज़ा पीटना शुरू कर दिया जिसकी वजह से दरवाज़े की चौखट पर लगे मकड़ी के जाले उसके ऊपर गिरने लगे। वो न जाने कब तक इसी तरह दरवाज़ा पीटता रहा।

"क्या बात है?" वीरान क़ब्रिस्तान में सफ़ेद कपड़े पहने एक शख़्स उसके पास मौजूद था।

"ईद...ईद की नमाज़ पढ़ने आया हूँ", वो फटी-फटी आवाज़ में बोला।

"ईद की नमाज़...?" सफ़ेद कपड़े वाले ने हैरत से उसे देखा।

मगर अब तो अँधेरा हो चुका है, कुछ ही देर पहले मैंने बड़ी कोशिश के साथ मग़रिब की नमाज़ अदा की है। ईद कैसी भाई, आजकल तो फ़र्ज़ नमाज़ पढ़ने पर भी पहरा है। तुम्हें ईद कैसे याद आ गयी? सफ़ेद कपड़े पहने वो शख़्स उदास लहजे में कह रहा था।

वो यूँ ही ख़ामोश खड़ा उसे ताकता रहा।

"चलो भाई, यहाँ क्या कर रहे हो, देखते नहीं कोहरा गिरना शुरू हो गया है थोड़ी देर बाद रास्ता मिलना मुश्किल हो जाएगा।"

अचानक हवा के रूख पर कहीं अज़ान की आवाज़ आने लगी यह अज़ान अभी ख़त्म नहीं हुई थी कि कहीं दूर एक और अज़ान की आवाज़ गूँजने लगी। फिर यह सिलसिला रुका नहीं, दो के बाद फिर चार, हर तरफ़ से अज़ानों की आवाज़ें आकर आपस में गड्डमड्ड होने लगीं।

सफ़ेद कपड़ों वाला शख़्स अचानक बदहवास नज़र आने लगा।

"देखा तुमने, आख़िर वही हुआ जिसका डर था। शहर में बलवा हो गया है। यह अज़ानें लोग अपनी-अपनी छत पर खड़े होकर दे रहे हैं। यह अज़ानें नमाज़ के लिए नहीं, उम्मत की सलामती के लिए दी जा रही होंगी," सफ़ेद कपड़ों वाला

शख़्स लम्बे-लम्बे डग भरता हुआ बग़ैर उसकी तरफ़ देखे कोहरे में ग़ायब हो गया।

"अल्लाह-उ-अकबर"

"आलाह-उ-कअक्बर"

इन पाक आयात के अज़ीम असर को न समझते हुए भी वो अपने अन्दर एक पाकीज़ा वजह से घुलती हुई महसूस करने लगा। उसे लगा जैसे यह उदास आवाज़ में दी गयी अज़ानें उन अज़ानों से मिलती जुलती थीं जो किसी मुर्दे को क़ब्र में उतारने के बाद क़ब्र के सिरहाने खड़े हो कर दी जाती हैं। क़ब्र पर अगरबत्ती सुलगती रहती है और लोग अज़ान देने के बाद क़ब्र को अकेला छोड़कर क़ब्रिस्तान से बाहर निकलने लगते हैं और तब आख़िरकार उसने सोचा, ज़रूरी नहीं कि हर इंसान को ईद की नमाज़ पढ़ने का मौक़ा मिल सके। मगर यक़ीनन अल्लाह बड़ा है। अपनी तारीफ़ में दी गयी अज़ान से भी बड़ा।

थोड़ी देर के बाद हवा के साथ आने वाली इन अज़ानों का सिलसिला रुक गया। अब सिर्फ़ क़ब्रिस्तान का सन्नाटा था जिस पर कोहरा बरस रहा था। मगर नहीं उसके कानों ने नक्करे की आवाज़ को वाज़ह तौर पर सुना जो शायद आसमान के पर्द चीर कर आ रही थी। कीचड़ और मिट्टी के इस लोथड़े को अपने साथ ले जाने के लिए। शायद यह उसे माफ़ी के दरबार में ले जायेगी।

उसने आस-पास देखा। अब वहाँ ऐसी कोई चीज़ नहीं थी कि जिसे वो जाते-जाते माफ़ कर सकता अब तो बस उसकी ही बारी थी।

उसने फिर एक बार आस-पास देखा। दुनिया उससे ग़ैर महसूस तरीके पर जुदा होती जा रही थी। थक कर वो मस्ज़िद के पिछली दरवाज़े की चौखट पर बैठ गया।

सुबह जब लोगों ने उसके अकड़े हुए मुर्दा ज़िस्म को सीधा किया तो उसके सर से अपने बुज़ुर्गों की टोपी फिसल कर नीचे गिर गयी थी। उसके काँधों का कूबड़ बेतुकेपन के साथ नुमायाँ हो गया था और उसकी शेरवानी की जेबों में से चमकते हुए सिक्के निकल-निकल कर क़ब्रिस्तान की ठण्डी और ख़ामोश ज़मीन पर खनखनाने लगे।

हिज़्यान

बाहर कोई कुत्ता ज़ोर से भौंक रहा था। शायद उसकी आँख खुल गयी। उसे महसूस हुआ जैसे अभी-अभी तो सोया था। दिसम्बर की रात बेहद सर्द थी और वो अपने कमरे से बाहर चलते हुए वहशत ज़दा झक्कड़ों को सुन सकता था। उसने लिहाफ़ को सर से अलग कर दिया। कमरे में अँधेरा फैला हुआ था लेकिन वो अन्दाज़े से अपनी बीवी का बिस्तर महसूस कर सकता था। बीवी के हलके से ख़र्राटे गूँज रहे थे और वो इस बात की दलील भी थे कि अभी बहुत रात पड़ी थी और सुबह होने में देर थी। उसकी बीवी इस बुढ़ापे में भी सुबह जल्दी उठ जाने की आदत से मज़बूर थी हालाँकि ये बहुत आम बात थी क्योंकि बूढ़े लोग सुबह देर तक नहीं सो सकते। वो खुद भी मुँह-अँधेरे उठ जाया करता था। आज से चार साल पहले तक तो बाक़ायदगी से हवाख़ोरी के लिए भी जाता रहा था लेकिन जब से उसे हल्का सा अटैक हुआ था वो मुश्किल ही से चल-फिर सकता। चलते वक़्त उसका सारा ज़िस्म अजीब बेढंगेपन से लड़खड़ा जाता था। कोशिश करने पर वो चल लेता था लेकिन उसकी चाल में कोई तालमेल या सन्तुलन नहीं रहा था। यही नहीं उसकी तहरीर और गुफ्तगू में भी कोई रब्त नहीं रहा था। वैसे तो उसे एक मामूली सा हादसा पेश आया था। चार साल पहले उसका शुमार मुल्क के चोटी के पत्रकारों में होता था, ऐसा पत्रकार जिसने ज़िन्दगी भर रियासत से समझौता नहीं किया था और के उच्च आदर्शों को बरक़रार रखा था। मगर धीरे-धीरे देश की पत्रकारिता तब्दील होती जा रही थी। वो नर्म गोश गायब होता जा रहा था जो पत्रकारिता को इंसानी आदर्शों से जोड़ता है। और ये बात उसके लिए दुखदायक से कम न थी इसलिए एक दिन सेमिनार में बोलते-बोलते वो ज़्यादा ही जोश में आ गया। हाई ब्लडप्रेशर का मरीज़ वो पहले से था उसे की उम्र और सेहत इस बात की इजाज़त नहीं देती थी कि वो किसी विषय पर इतने जोश और गुस्से की हालत में बोले। वो सेमिनार में बेवजह ही ज़्यादा जज़्बाती हो गया और ज़ोर-ज़ोर से चीख़ कर कहने लगा कि अब पत्रकारिता का मानदण्ड बिकाऊ चीज़ों के बराबर हो गया है और यही वजह है कि एक छोटे से शहर से भी पाँच-पाँच रोज़नामे निकलने लगे हैं जो एक बेतुकी-सी बात है? फिर वो एक अजीब सा सवाल करने लगा कि आदमी इतनी ख़बर याफ़्ता क्यों हों उसके ख़याल में आदमी को ज़्यादा ज्ञान होना चाहिए न कि ख़बर। या तो

उसकी बात लोगों को हास्यास्पद लगी या हो सकता है कि इस बात को कहते वक़्त उसके चेहरे के उतार-चढ़ाव कुछ हास्यास्पद हो गये हों। ये तो था कि बूढ़ा हो जाने की वजह से अकसर ज़ोर-ज़ोर से बोलते वक़्त उसका कमज़ोर और धान-पान सा ज़िस्म लरज़ने लगता था और बार-बार ऐसा होता था कि उसे इस हालत में देख कर लोग मुस्कुराने लगते थे। बहरहाल जो कुछ भी हो कुछ ऐसा ज़रूर हुआ कि उसका जुमला ख़त्म होते ही सेमिनार में अचानक बहुत से लोग हँस पड़े। फिर ये हँसी छूत की तरह तमाम सेमिनार में फैल गयी और यहाँ तक कि चन्द नौजवान पत्रकारों एक-आध फब्ती भी कस दी। बस पता नहीं क्या हुआ उसका चेहरा सुर्ख़ हो गया और वो काँपने लगा फिर उसी जगह खड़े-खड़े चकराकर गिर गया।

लगातार तीन माह अस्पताल में रहने के बाद उसकी जान तो बच गयी लेकिन दिमाग़ की जाँच करने पर पता चला कि दबाव जहनी असर से दिमाग़ की एक नाजुक रग से ख़ून हल्का-सा रिसाव हो कर वहीं जम गया था। ऑपरेशन से ये दूर किया जा सकता था मगर एक तो ऑपरेशन इस उम्र में ख़तरनाक था। दूसरे इस बात की कोई गारण्टी नहीं थी कि ऑपरेशन के बाद पूरे तौर पर सेहतयाबी हो सकेगी। उसकी जान बहरहाल बच गयी थी बस इतना फ़र्क़ पड़ा था कि उसकी बातें बहकी-बहकी हो गयी थीं। अक्सर वो चीज़ों और लोगों के नाम भूल जाया करता था या फिर उनके ग़लत नाम लेने लगता। चलते-फिरते वक़्त सन्तुलन बरकरार नहीं रख पाता और घर में दीवारों को थाम-थाम कर ही चल सकता था लेकिन इसके बावजूद वह न तो अपना नाम भूला था और न ही पेशा। अब भी मुल्क के हालात पर लेख लिखना नहीं भूलता था लेकिन अचानक लिखते-लिखते वो बहक जाता था और लेखक अर्थहीनता का शिकार हो जाते थे। उसके लिखे हुए उन लेखों को अख़बारात के सम्पादक हमदर्दी से रद्दी की टोकरी में डाल दिया करते। वो अपनी बीवी को भी नहीं भूला था जो महज़ उसका साथ निभाने के लिए यहाँ रुक गयी थी वरना अपने दोनों बेटों के साथ कब की अमरीका चली गयी होती। दोनों लड़के अरसे से अपनी-अपनी बीवियों समेत अमरीका में मुक़ीम थे। कई बरसों से उन्होंने माँ-बाप से मेलजोल क़रीब तोड़ कर रखा था। माँ के ख़तों के जवाब में कभी-कभी बेटा ढाई तीन मिनट के लिए टेलीफ़ोन कर लेता था। इधर बहुत दिनों से ऐसा भी नहीं हुआ था।

लिहाफ़ से सर बाहर निकाल लेने पर उसे सर्दी का एहसास होने लगा।

"मैं अभी-अभी तो सोया था।" उसने सोचा फिर उसे अजीब क़िस्म की बेचैनी का एहसास होने लगा। धड़ के नीचे रानों के पास कहीं बहुत ठण्डा-सा लग रहा था। ठण्डे और गीले लिहाफ़ की हल्की गरमी में ये गीलापन उसे बहुत लिजलिजा लग रहा था।

"पेशाब है," उसने झल्ला कर सोचा।

"सुनो फिर निकल गया है...पेशाब निकल गया है।" उसने ज़ोर से सोती हुई बीवी को पुकारा।

बात करते वक़्त उसकी ज़बान में लुकवत पैदा हो जाती थी। और अक्सर गले में सरसराते हुए बलग़म की वजह से उसकी आवाज़ उसकी बीवी के लिए बिल्कुल अजनबी हो जाया करती थी मगर साथ ही उस आवाज़ में कुछ ऐसा डरावना और रहम भरा आहंग था कि वो फ़ौरन उसकी तरफ़ मुतवज्ज हो जाती थी और सहम कर उसकी बात का मतलब समझने की कोशिश करने लगती। इस वक़्त भी वो बेख़बर सो रही थी लेकिन उसकी आवाज़ सुनकर घबराकर जाग गयी।

"क्या बात है?" वो बिस्तर से उठी।

"पेशाब...पेशाब निकल गया है।" वो धीरे से बोला।

बीवी ने दीवार के बल्ब का स्विच ऑन कर दिया।

"बड़ी सर्दी है" वो हल्के से बड़बड़ाई। फिर उसके बिस्तर के क़रीब आकर उसके धड़ के नीचे से एक मैली-सी चादर के टुकड़े को बाहर खींच लिया जो बिल्कुल गीला हो रहा था। गीले कपड़े को फ़र्श पर डालते हुए उसने पलंग पर ही पड़े एक दूसरे सूखे और साफ़ कपड़े से उसका निचला जिस्म पोंछ दिया।

"जल्दी करो ठण्ड लग रही है"

"सब्र तो करो...नीचे दूसरा कपड़ा रखूँगी। आख़िर कहाँ इतनी चादरें और गद्दे बदलने को लाऊँ। इससे तो अच्छा है कि तुम इन दिनों वही नलकी लगवा लो। जाड़ों में तो बड़ी मुश्किल हो जाती है," बीवी ने नाख़ुशगवारी से जवाब दिया।

दरअसल पारसाल से उसका नर्व्स सिस्टम बेहद कमजोर हो गया। ख़ास तौर से पेशाब की ज़रूरत होने पर तो वो उसे रोक ही नहीं सकता था। उठते-बैठते पेशाब ख़ता होने लगता था। डॉक्टर ने परेशानी से बचने के लिए फिट कर दिया था। जिन दिनों उसके कैथेटर्र लगा हुआ था उसे एक अच्छा मश्ग़ला मिल गया था। पलंग की पायंती पर प्लास्टिक की थैली लटकी रहती थी जिस पर मात्रा नापने के लिए पैमाना बना हुआ था। आम तौर से ये थैली दो लीटर की होती है और बूँद-बूँद करके पेशाब इसमें गिरता रहता है। वो करवट लेता हुआ देर तक ये मंज़र देखता रहता उसे एक अजीब-सी सनक हो गयी थी।

"देखूँ कितना हो गया?" वो गौर से देखता रहता। अक्सर बीवी से कहा करता—

ज़रा देखना मुझे साफ़ नज़र नहीं आ रहा है कितने मिलीलीटर हो गया है।

"ओह...आख़िर तुम्हें इस से क्या मतलब कि कितना हो गया है। तुम्हें कोई परेशानी है?" बीवी झल्लाया करती।

"नहीं...मैं सोच रहा था कि कल के मुक़ाबले में आज कहीं कम तो नहीं हुआ।" वो फ़िक्रमन्दी से कहता और फिर पलंग की पट्टी पर से आधा नीचे झुक कर पेशाब

की थैली को देखने लगता। किसी-किसी दिन जब पेशाब कम आता तो उस दिन बेहद मामूस नज़र आता और बीवी से बार-बार माँग कर पानी पीता। नलकी लगे रहने का सबसे बड़ा फ़ायदा ये था कि बिस्तर और कपड़े ख़राब नहीं होते थे। वो नलकी को थामे हुए ही धीरे-धीरे चलता हुआ बाथरूम तक चला जाया करता था या फिर कभी-कभी बरामदे में पड़ी हुई कुर्सी पर बैठ जाया करता। लेकिन वहाँ भी उसका सारा ध्यान और दिलचस्पी इस बात में होती कि पेशाब कितने मिलीलीटर हो गया है। लेकिन ये नलकी एक साथ बीस-बाईस दिन से ज़्यादा नहीं लगाई जा सकती थी। उसकी ब्लड शुगर भी आम तौर से ज़्यादा नॉरमल रहता था। इसलिए ज़ख़्म हो जाने का ख़तरा मोल नहीं लिया जा सकता था। चुनांचे एक तय किए गये समय के बाद डॉक्टर को उसे निकालना ही पड़ा।

जब उसकी बीवी उसकी दुबली-पतली कमज़ोर टाँगों को रगड़-रगड़ कर तौलिये से साफ़ कर रही थी तो उसे बेइख़्तियार अपना बड़ा बेटा याद आ गया। बिल्कुल ऐसा ही दूध पीता बच्चा। उसके बराबर बिस्तर पर पड़ा रहता था और गन्दा हो जाने पर बिल्कुल इसी तरह वो उसकी टाँगों और रानों को तौलिये से साफ़ किया करती थी। उसके निचले ज़िस्म और टाँगों की बनावट बिल्कुल अपने बाप के निचले जिस्म और टाँगों से मिलती-जुलती थी। एक लम्हे के लिए बीवी ने ग़ौर से उसके चेहरे की तरफ़ देखा और पल भर को ऐसा महसूस हुआ जैसे उसका चेहरा कुछ इस तरह बिगड़ने लगा था, जैसे वो रोने वाला हो। बिल्कुल अपने बच्चे की तरह जो ऐसे मौकों पर पेशानी पर बल डाल कर और मुँह खोल कर रोने लगता था।

"कभी-कभी दूसरी तरफ़ भी करवट ले लिया करो। एक ही करवट पड़े रहते हो। इससे बड़े सारे...ज़िस्म पर ज़ख़्म हो जाते हैं।" बीवी ने उसे दूसरी तरफ़ करवट दिलवाते हुए कहा। करवट दिलवाते हुए उसे उसके ज़िस्म से खरांद और हल्की-सी बदबू का एहसास हुआ। इसी वक़्त उसके कूल्हे पर एक बड़ा-सा सफ़ेदी और सुर्खी का मिला-जुला धब्बा दिखाई दिया। ये बेड-सोर था और वो जानती थी कि ये कितना ख़तरनाक साबित हो सकता था। अक्सर उसने ऐसे मरीज़ों को देखा था जिनके अरसे तक लेटे रहने की वजह से और ठीक सफ़ाई न होने की वजह से ये जख़्म हो गये थे। यहाँ तक कि वो सड़ना शुरू हो गये थे और उन में कीड़े पड़ गये थे। ज़्यादातर यही जख़्म उनकी मौत की वजह बने थे।

"कल नहा लेना" वो उसके ज़िस्म को लिहाफ़ से ढँकते हुए धीरे से बोली। बाहर तेज़ हवा के झक्कड़ चल रहे थे और कमरे का दरवाज़ा ज़ोर-ज़ोर से हिलने लगता था।

"अब इसी करवट से लेटे रहना" उसने आदेश दिया और लाइट ऑफ़ करके अपने बिस्तर पर लेट गयी। वो ख़ुद भी बेहद कमज़ोर हो गयी थी और जाड़ों भर उसको साँस पर ज़ोर रहता था इस वक़्त भी उसकी साँस ज़ोर-ज़ोर से चलने लगी

थी और उसे ये फ़िक्र हो गयी थी कि अगर बूढ़ा शौहर इसी तरह एक ही करवट से पड़ा रहा तो बेड-सोर कभी ठीक नहीं हो सकता।

मगर मसला दरअसल कुछ और ही था। उसका पलंग कमरे की दीवार से बिल्कुल लगा हुआ था और पलंग से मिली हुई लकड़ी की छोटी-सी गोलमेज़ पड़ी हुई थी, जिस पर उसके काग़ज़, ज़्यादातर पुराने अख़बार, किताबें और क़लम पड़े रहते थे। कमरे का बल्ब कुछ इस ज़ाबिये से लगा था कि मेज़ की तरफ़ करवट लेने पर ही वो पढ़ या लिख सकता था और खुद उसकी परछाईं रोशनी का रास्ता रोक लेती थी और वो कुछ नहीं पढ़-लिख सकता था, सिर्फ दीवार को घूर सकता था और दीवार का मटमैला पेण्ट और जगह-जगह से उधड़ा हुआ प्लास्टर न जाने कौन-सी बेमानी शक्लें बना-बना कर उसे ख़ौफ़ज़दा-सा करता रहता और वो फिर दूसरी जानिब करवट ले लिया करता। दूसरी बात ये थी कि इसी करवट पर उस का जिस्म खुद को सब से ज़्यादा आरामदेह हालत में महसूस करता था और उसे नींद आ जाती थी।

वो सोया नहीं था। जब बीवी बिस्तर पर लेट गयी तो उसने तारीक कमरों में आँखें फाड़-फाड़ कर घूरना शुरू कर दिया। कहीं पर कुछ भी दिखाई नहीं दे रहा था। बाहर बिल्कुल सन्नाटा था लेकिन फिर दूर से पुलिस सायरन वाली गाड़ी की आवाज़ दहशत को बढ़ाती हुई गुज़रती चली गयी। आजकल मुल्क बदतरीन हालात से दो-चार था। इस शहर में भी कर्फ़्यू लगा हुआ था। रात भर सी.आर.पी. की गश्त होती रहती थी और पुलिस सायरन गूँजते रहते।

छत पर एक आहट-सी हुई। "शायद बिल्ली होगी" उसने सोचा।

काले रंग की एक जंगली बिल्ली कुछ दिनों से उनसे मानूस हो गयी थी। वो दिन भर उसके कमरे में पड़ी रहती थी और रातों को वीरान छतों और मुँडेरों पर आवारा घूमती। कभी-कभी सर्दी से परेशान हो कर या थक कर वो आधी रात में ही नीचे चली आती और कमरे के बन्द दरवाज़े पर पंजे मार-मार कर और कमज़ोर आवाज़ में बोल-बोल कर उन्हें जगा दिया करती थी। ऐसे वक़्त उसकी बीवी को उठ कर कमरे का दरवाज़ा खोलना पड़ता। उस वक़्त भी बिल्ली ही थी। उसने दरवाज़े पर पंजे मारने की कोशिश सुनी।

"सुनो...आ गयी है।" उसने लगभग चीख़ कर कहा। अक्सर वो अपने लहज़े, आवाज़ और बात में कोई तालमेल नहीं रख पाता था। कभी-कभी जो बात वो सरगोशी या धीमे से कहना चाहता था उस बात को कहते वक़्त उसका लहजा ग़ैर मामूली तौर पर बुलन्द हो जाता।

"दरवाज़ा खोल दो... वो आ गयी है" उसने दोबारा बहुत ज़ोर से कहा। उसे अपने ऊपर भी झल्लाहट हो रही थी। क्योंकि अचानक वो आने वाली शै का नाम भूल गया था।

"एक आफ़त है...ये बिल्ली तो पीछे ही पड़ गयी है"—बीवी बड़बड़ाई...लेकिन न उठना भी उसके लिए मुमकिन नहीं था क्योंकि बेज़ुबान जानवरों पर बहुत मेहरबान थी।

"खोलो...दरवाज़ा खोलो" वो फिर चीख़ा।

"ख़ुदा के वास्ते धीरे बोला करो।"

दरवाज़ा खोलते ही अँधेरे कमरे की दीवारों पर दो रोशन शीशे जैसी आँखें भटकने लगीं।

"लाइट ऑन कर दो" उसने कुछ इस अन्दाज़ और इशारे से कहा जो सिर्फ़ उसकी बीवी ही समझ सकती थी।

क्यों अभी तो रात का सिर्फ़ डेढ़ बजा है।

पढ़ूँगा। उसने जज़्बात से खाली लहजे में कहा और फिर मेज़ की तरफ़ करवट ले ली। बीवी ने एक लम्हे के लिए कुछ सोचा और फिर लाइट ऑन कर दी। तब उसने उसकी तरफ़ मुड़ कर देखा। वो टकटकी बाँधे उसकी तरफ़ देखे जा रहा था लेकिन वो जानती थी कि जब वो इस तरह किसी की तरफ़ देखता है तो दरअसल किसी को भी नहीं देखता। बिल्ली उसके पलंग के नीचे जा बैठी थी। बीवी दोबारा जाकर लेट गयी।

"अब वो करवट से लेटा था और उसकी नज़रें मेज़ पर रखे अख़बारों पर जम गयी थीं। एक अख़बार पर तीन बड़े-बड़े गुम्बदों की तस्वीरें थीं। घने पेड़ों के दरमियान वो बिल्कुल ख़ामोश खड़े थे और उन पर जगह-जगह से काई और ख़ुरदरी घास उग आयी थी। कुछ दूर पर किसी नदी के वीरान किनारों पर पानी हिलकोरे ले रहा था। तस्वीर के साथ ही कोई सुर्ख़ी भी जमी थी। लेकिन अख़बार इस तरह मुड़ गया था कि सिवाय शब्द 'ढाँचा' के और कुछ नहीं पढ़ा जा सकता था। 'ढाँचा' ये बेवकूफ़ 'ढाँचे' के बारे में क्या जानते हैं" उसने कमज़ोर और काँपती हुई आवाज़ में कहा। मगर उसकी साँसों का उतार-चढ़ाव और चेहरे का कंपन बता रही थी कि ये जुमला दरअसल बहुत ज़ोर से और लगभग गरज कर कहना चाहता था।

"क्या आज तुम्हें नींद नहीं आ रही है?" बीवी ने उकताकर कहा।

"सुनो मैंने इन बेवकूफ़ों की आँखें खोलने के लिए ये लेख लिखा है।" उसने मेज़ पर से काग़ज़ों का पुलिन्दा उठाते हुए कहा।

"बेवजह क्यों थक रहे हो। अपनी बीमारी का ख़याल करो। हर वक़्त दिमाग़ को परेशान किये रहते हो। तुम्हारा ये लेख एक माह पहले ही वहाँ से छपने लायक नहीं के नोट के साथ वापस आ चुका है", बीवी ने समझाने वाले लहजे में कहा, जिसमें हमदर्दी का उन्श भी शामिल था लेकिन वो शायद सबसे ज़्यादा इसी से नफ़रत करता था।

"गधे हैं...नाक़ाबिल-ए-इशाअत...क्योंकि मैं सच के सिवा और कुछ भी नहीं

लिखता... ये जाहिल जानते भी हैं 'ढाँचा' होता क्या है...सुनो,...तुम सुनो मैंने क्या लिखा है।"

उसका चेहरा सुर्ख़ हो गया और साँस धौंकनी की तरह चलने लगी। वो अपनी साँस पर क़ाबू पाने के लिए रुक गया। फिर थोड़ा-सा और आगे पलंग की पट्टी पर खिसक आया और दायीं कोहनी को बिस्तर पर टिका कर अपनी हथेली में चेहरा दबा कर उस पुलिन्दे में से कुछ पढ़ने लगा था। हथेली में चेहरा इस तरह दब गया था कि उसका गाल और होठों का आधा हिस्सा ऊपर कान की तरफ़ खिंचने लगा जिससे उसकी आवाज़ कुछ और बदल गयी थी। उसकी बीवी को ये आवाज़ ग़ैर मामूली तौर पर रहम के क़ाबिल लगी।

"जहाँ तक ढाँचे का सवाल है तो इंसानी ढाँचे में दो सौ छह हड्डियाँ होती हैं। दूसरे जानवरों में उनकी तादाद अलग हो सकती है। ढाँचा ही ज़िस्म को हरकत में लाने का काम अंजाम देता है। यही नहीं दरअसल ढाँचा ही जिस्म की एक शक्ल है और सब से बढ़कर ये कि इन हड्डियों के गूदे में ही ख़ून के सुर्ख़ ज़र्रात पैदा होते हैं। जहाँ तक हड्डियों की तादाद का सवाल है तो खोपड़ी में कुल मिला कर चौदह हड्डियाँ होती हैं और चेहरे में आठ अलग-अलग किस्म की हड्डियाँ होती हैं लेकिन विषेशज्ञों का ख़याल है कि ये तरतीब इस तरह है कि बाजुओं में काँधे से लेकर उँगलियों तक बत्तीस हड्डियाँ..." अब वो इंसानी ढाँचे की बारीक से बारीक तफ़सीलात बयान कर रहा था उसकी बीवी उसे देखे जा रही थी। वो ये लेख एक बार पढ़ चुकी थी और उसे इसमें कोई तालमेल या सन्तुलन नज़र नहीं आया था। आगे चल कर इस लेख में रेंगने वाले जानवरों से लेकर परिन्दों तक के ढांचे और उनमें पायी जाने वाली हर तरह की हड्डियों की अक़्साम का बयान किया गया था। इसके बाद अचानक लेख का रुख इतिहास की तरफ़ मुड़ जाता था और मुख़्तलिफ़ कालों में पाये जाने वाले तरज़-ए-तामीर को बयान करने लगता था लेकिन इसके दरमियान ही मज़मून में भाषा विज्ञान, फ़लसफ़ा, ज़बान और शब्दों के बारे में चन्द उलझे से दलाइल दिये जाने लगे। उसको ऊँघ सी आने लगी, जानदारों के ढाँचे ही वाक़ियात या फॉसिल की शक्ल में मौजूद रह कर ज़मीनी ज़िन्दगी को सुलझाने में मदद कर रहे हैं...वो पढ़ते-पढ़ते रुक गया, साँस फूलने लगी थी और वो हाथ जो कोहनी के बल रखा हुआ था सर्द हवा के बाइस सुन्न हो गया था। उसने धीरे-धीरे हाथ को चेहरे से हटाया। ऐसा करने में उसका सर झटके के साथ तकिये पर जा गिरा। फिर वो बहुत आहिस्ता-आहिस्ता हाथ को शून्य में हिलाने लगा। ख़ून का दौरा वापस आ रहा था। उसकी तकलीफ़देह सी झनझनाहट की वजह से उसने जबड़े भींच लिये। काग़ज़ों का पुलिन्दा दूसरे हाथ से निकलकर सीने पर आ गिरा था। उसकी बीवी करवट लिये पैर सिकोड़े लेटी थी और शायद ऊँघ की हालत में थी। एक ज़माना था जब गोंगे घोंग, समुद्री घास, जेली फ़िश और सेवार पानी में तैरते फिरते थे।

हड्डियों से ख़ाली, लेकिन फिर वो वक़्त भी आया जब रीढ़ की हड्डी वाले जानवर नमूदार हुए और सारी ज़िन्दगी पर छा गये। पढ़ते-पढ़ते अचानक वो इस तरह चीख़ा जैसे किसी से गुफ़्तगू करते-करते उसे बेहद गुस्सा आ गया हो। उसकी बीवी बुरी तरह चौंक गयी और बिस्तर पर उठकर बैठ गयी।

“क्यों चिल्ला रहे हो। न ख़ुद चैन लोगे न लेने दोगे।” उसने बेहद नागवारी से कहा और आँखों को हाथों से मसलने लगी। लेकिन उसने बीवी की तरफ़ देखा भी नहीं। अब वो लेख को कुछ इस तरह पढ़ने लगा जैसे किसी के कान में सरगोशियाँ कर रहा हो। उसकी बीवी ख़ामोशी से उसे देखे जा रही थी। पढ़ते-पढ़ते थोड़ी देर बाद फिर उसकी आवाज़ बुलन्द होने लगी।

“सादा बनावट वाले नाज़ुक जानदारों से मुश्किल साख़्त वाले सख़्त हड्डीदार जानवरों के दरमियान लाखों बरस का लम्बा सफ़र था। मगर इर्क़ा के मुसाफ़िरों ने उसे तै कर ही लिया।”

उसकी आवाज़ फिर कुछ इस तरह धीमी हो गयी जैसे अब वह कुछ पढ़ रहा था। उसकी कोई ख़ास अहमियत न हो। थोड़ी देर बाद तक इसी तरह पढ़ते रहने के बाद अचानक फिर उसका लहजा जोश से भर गया। उसका कमज़ोर सीना फूलने और पिचकने लगा।

“इंसानों और बन्दरों में कोई ख़ास फ़र्क़ नहीं सिवाय इसके कि बन्दर सदियों से मदारी के साथ तमाशा दिखा रहा है और इसकी थूथनी की हास्यास्पद बनावट से हर वक़्त एक उदासी निकलती रहती है जिस पर ना-समझ लोग अक्सर हँस भी देते हैं। हो सकता है कि ये इरतेक़ा के सफ़र में इंसान से पीछे रह जाने का दुख हो या अपनी रान की हड्डी के मुड़े होने का ग़म हो, जिसकी वजह से वो बेचारा इंसान की तरह सीधा हो कर नहीं चल सकता।”

“अच्छा ख़ुदा के लिए अब ख़ामोश हो जाओ। दिमाग़ को सुकून दो,” बीवी ने परेशान होकर कहा। उसने ख़ाली-ख़ाली नज़रों से बीवी की तरफ़ देखा और ज़ोर से खँखारा गला बेहद ख़ुश्क हो रहा था। वो मुँह में राल पैदा करने की कोशिश करने लगा। सफ़ह पलटते हुए एक बार फिर उसने बीवी की तरफ़ इसी अन्दाज़ से देखा और ज़ोर-ज़ोर से पढ़ने लगा।

गुम्बद पर चढ़े हुए इन इंसानों का समुद्र में तैरते घोंघों और दरख़्तों पर बैठे बन्दरों से क्या रिश्ता है? दरअसल यही वो मसला है जिसे सबसे पहले हल करना लाज़िम है।

उसकी बीवी ने एक लम्बी साँस ले कर और लेट कर दूसरी तरफ़ करवट ले ली और अब जब कि वो उसकी शक्ल नहीं देख रही थी तो उसे महसूस हेुआ कि आवाज़ एक शदीद क़िस्म के दुख और तकलीफ़ से भरी थी और परछाईं बन कर कमरे की दीवारों पर रेंग रही थी। उसका दिल घबराने लगा।

बीवी ने फिर उसकी तरफ़ करवट ले ली।

"सुनो...बाक़ी कल सुना देना। अब नींद आ रही है। तुम भी सो जाओ," उसने बेचारगी से कहा।

"ढाँचे के बारे में तमाम शक-व-शुब्हात ख़त्म होने के बाद लाज़मी तौर पर तामीरात और तरज़-ए-तामीरात का मसला साफ़ हो जाना चाहिए, तो इस सिलसिले में मेरा कहना है कि...कि" वो पल भर को रुक गया। बाहर तेज़ हवा के दोश पर पुलिस की गाड़ी सायरन देती हुई निकल गयी। उसने काग़ज़ों का पुलिन्दा एक तरफ़ रख कर हाथ की मुट्ठी बार-बार खोलना और बन्द करना शुरू कर दी। इतनी देर से काग़ज़ात को ऊँचा करके थामे रहने की वजह से उसका हाथ दर्द करने लगा था। उसने सफ़्हा पलटा और एक नज़र बीवी की तरफ़ डाली फिर अपने लेख की तरफ़ मुतवज्जे हो गया।

बीवी ने मजबूर हो कर आँखें बन्द कर लीं। वो समझ गयी थी कि अब लेख को पूरा ख़त्म करने से पहले वो नहीं सोयेगा। पलंग के नीचे से बिल्ली के अपना ज़िस्म चाटने की आवाज़ आ रही थी। थोड़ी देर तक बिल्ली के ज़िस्म चाटने की सदा और उसके मज़मून पढ़ने की आवाज़ साथ-साथ आती रही। फिर सिर्फ़ उसी की आवाज़ बाक़ी रह गयी।

पता नहीं क्यों, उसकी बीवी को ऐसा महसूस हुआ जैसे उसके मज़मून पढ़ने की सदा धीरे-धीरे एक लोरी में तब्दील होती जा रही थी। उसकी आँखों को नींद फिर से बोझिल करने लगी। उसे लगा, जैसे कमरे का बल्ब बुझ गया हो।

"हिन्दुस्तान में मुसलमान गुम्बद, मीनार और टाट लाये। मुसलमानों के पास मेहराबों का इल्म था उन्हें खम्भों की कोई ज़रूरत नहीं थी। तामीरात प्राकृतिक गोचर की तरह होती है। चैत्य हो या विहार, स्तूप हो या ज़रतुश्ती क़ुरबान गो तामीरात दरअसल सुर्ख़ी, मिट्टी, चूने, गारे के अलावा कुछ भी नहीं है। तामीरात तौर जुज़ मिट्टी के एक-एक अणु में महफ़ूज़ रहती हैं। कभी-कभी ख़ुद को ज़ाहिर करती हैं और समय को कहीं से घेरे हुए वीरान और उजाड़ पड़ी ज़मीन पर नमूदार हो जाती हैं और कभी मिट्टी की परतों में छुपे हुए अणुओं में ख़ुद को खो देती हैं। तामीरात की हक़ीक़त मुख़्तलिफ़ तरज़ों और नक़्शों से वहीं ऊपर है। मसला सिर्फ़ 'ज़ाहिर' से 'ग़ैर-ज़ाहिर' हो जाना है।" उसने पन्ना पलटा। उसकी बीवी बे-ख़बर थी और उसकी साँस कुछ इस तरह चल रही थी जैसे वो जल्द ही खर्राटे लेना शुरू कर देगी। उसने कोई परवाह न की और इस बार कुछ इस तरह ठहर-ठहर कर पढ़ना शुरू कर दिया जैसे किसी मजमे के सामने तक़रीर कर रहा हो।

"हमें चीजों को उनके असल रूप में देखना चाहिए। लफ़्ज महत्वपूर्ण हैं। इसलिए लफ़्ज़ों या गुफ़्तगू के ज़रिये बयान नहीं किया जा सकता। इसलिए मैं सरकार, कानून, सामाजिक विशेषज्ञ या इतिहासकार को मशविरा देना चाहूँगा कि इस नुक्ते

को हमेशा मद्दे नज़र रखे कि दुनिया के सारे मतभेद नहीं महज ज़बान-व-बयान की गलतियों और चीज़ों के आपसी नामों के दरमियान एक रस्मी से ताल्लुक़ की बिना पर ही हैं। वस्तु और वजह के दरमियान हमेशा एक ग़लत रिश्ता क़ायम होता रहा है और अक्सर हमारे बोध को धोखा देता रहा है।"

अचानक उसे अपने गले में अजीब-सी कड़वाहट का एहसास हुआ। उसके मुँह से राल टपक रही थी, जिसे उसने बे-दिली से अपनी कमीज़ की आस्तीन से पोंछ दिया। बीवी के ख़र्राटे शुरू हो गये थे।

इस बार उसने क़रीब-क़रीब मुस्कराते हुए पढ़ना शुरू कर दिया।

जहाँ तक हमारे शायर और अदीब हज़रात कर सवाल है तो उनके इस खंडन के बाद सिर्फ़ एक ऐसा मंज़र है, जो उनकी रचनाओं का विषय बन सकता है मिसाल के तौर पर अगर वो इस एहसास को पा सकें कि...साढ़े चार सौ साल पुरानी मिट्टी जब ज़मीन पर आ गिरी होगी तो वहाँ कैसी भयानक और दर्दनाक आवाज़ गूँजी होगी और उस मिट्टी में छिपे कीड़े-मकोड़े बेचैन और बेघर हो कर एक ऐसी हिजरत की तलाश में भटक रहे होंगे जो अब उनका मुक़द्दर नहीं उस नदी के किनारे और भी हैरतनाक और भूतिया हो गये होंगे। ये भी ग़ौर करने की बात है कि अब वहाँ सूरज़ के तेवर बदल गये होंगे। धूप किसी और चाल और अन्दाज़ से वहाँ बिखरती होगी और हवा के आने-जाने में भी इतना फ़र्क़ ज़रूर पड़ा होगा कि आस-पास के दरख़्त तेज़ी से हिलने लगे होंगे या ये भी हो सकता है कि बिल्कुल ही ठहर गये हों। इस बारे में खुले तौर से कुछ वो पढ़ते-पढ़ते रुक गया एकदम से उसे शदीद क़िस्म की सर्दी लगनी शुरू हो गयी थी। ठीक उसी वक़्त उसे इस हक़ीक़त का इल्म हुआ कि उसकी तहरीरें बे-रब्त और बे-मौक़ा हैं। दरअसल वही चीज़ नहीं लिखी जा रही थी जिसे लिखने का उसने इरादा किया था। उसकी तहरीरों में आपसी तर्क का रिश्ता भी नहीं था। जो बात वो नहीं लिख सका था वो 'सच' था। लिखते-लिखते वो कहीं गुम हो गया था। इस लेख में उसने जो भी लिखा वो भी सच था लेकिन ऐसा सच जो अल्फ़ाज से और ज़बान से ऊपर नहीं था और इज़ाफ़ी नौय्यत का था। साथ ही उसे इस बात का भी इल्म हुआ कि अब ऐसे लेखों में कोई तालमेल तलाश करना था। किसी पूरी की सच्चाई को ढूँढ़ना बिल्कुल बेमानी और बेकार था। वो भटक गया था लेकिन इस गुमशुदा तालमेल और सन्तुलन को दाकबारा हासिल करने के .ख्याल ने ही उसके ज़हन-व-दिमाग़ को एक तकलीफ़देह एहसास से दो-चार कर दिया। एक शदीद तकलीफ़नाक उदासी ने उसे जकड़ लिया। उसे लगा जैसे उसे बुख़ार चढ़ रहा हो। तब वो चित होकर लेट गया और काग़ज़ों के पुलिन्दों को उसने मायूसी के साथ एक तरफ़ डाल दिया। न जाने कहाँ से नींद आकर उस की आँखों को भारी करने लगी। बल्ब की पीली-पीली रोशनी आँखों में खटक रही थी। उसने लिहाफ़ से मुँह ढक लिया लेकिन लिहाफ़ के छिहरेपन में से रोशनी का एहसास

बाक़ी था। उसने नींद से बोझिल होती हुई आँखों को सख़्ती से बन्द कर लिया।

किसी भी क़िस्म की रोशनी जो आँखों में आती है वो उस नींद से बिल्कुल मुख़्तलिफ़ होती है जो पुरसुकून अँधेरे में आती है। रोशनी में आयी हुई नींद कुछ बेचैन और उकताई-उकताई सी होती है। इस नींद में अजीब बेतुके मगर उदास कर देने वाले मंज़र भी शामिल होते हैं।

उसने देखा, मैं स्कूल का बस्ता लिये ख़ामोश अपने पुरवा मकान के एक कोने में खड़ा हूँ।

"जाओ जाकर क़मीज़ बदल लो और देखो दोनों वक़्त मिल रहे हैं। मग़रिब की अज़ान होने वाली है। इम्तिहान में पास होने की दुआ माँगना," अम्माँ ने उसके सर पर हाथ फेरते हुए कहा।

वो इस कोने से निकल कर इस खँडहरनुमा मकान के विशाल मगर वीरान से आँगन में आ खड़ा हुआ। अमरूद का एक दरख़्त आँगन में खड़ा था जिसके ऊपर से शाम फैलती जा रही थी। तब ही क़रीब की मस्ज़िद से अज़ान की आवाज़ आने लगी। उसकी माँ ने अपने सफ़ेद दुपट्टे से सर को ओढ़ लिया। वो अपने दिल में एक अजीब-सी पाकीज़गी उतरती हुई महसूस करने लगी।

वो बहुत तेज़ सड़क पर भागता चला जा रहा था। आगे-आगे सुर्ख़ रंग की रबड़ की गेंद थी लेकिन फिर ये गेंद उसकी नज़रों से ओझल हो गयी थी और उसने ख़ुद को मुज़रिम-सा बना हुआ, माँ के सामने खड़ा देखा।

"अब तुम पर नमाज़ फ़र्ज़ है और तुम को वज़ू करना भी नहीं आता। चलो वज़ू करो। नियत करो कि मैं वज़ू सिर्फ़ सवाब और ख़ुदा की रज़ामन्दी हासिल करने की गरज़ से कर रहा हूँ।"

"ठण्डे-ठण्डे पानी में उसका चेहरा और हाथ भीगने लगा।"

"हाँ, अब चौथाई सर का मसाह करो और पाँव को टख़नों समेत धो कर उठ जाओ।"

वो उठ खड़ा हुआ। उसे लगा जैसे उसकी साँवली रंगत पहले से कुछ निखर आयी थी।

चलो नमाज़ पढ़ लो। नमाज़ तो तुम्हें याद है न। तीन दरों वाले एक बड़े से दालान के कुछ साफ़ कोने में एक जा-नमाज़ पढ़ी थी। दालान की दीवारों पर बड़े-बड़े मकड़ी के जाले लटक रहे थे।

"नहीं, पहले गोद में लो" उसने ज़िद की।

"इतने बड़े बच्चे गोद में नहीं चढ़ते।"

"न, पहले गोद में लो" वो फिर मचला।

दो नर्म-नर्म बाज़ू उसकी तरफ़ लपके और उन्होंने उसे गोद में उठा लिया। चारों तरफ़ रोशनी-सी हो गयी। माँ के बोसीदा सूती कपड़ों में से ऐसी खुशबू आ

रही थी जो रसोई में दाख़िल होते ही आती थी।

"मैं देखती हूँ तुम्हारा दिल नमाज़ में बिल्कुल नहीं लगता। अच्छे बच्चे ऐसा नहीं करते। अल्लाह नाराज़ होता है। आख़िर तुम्हें तकलीफ़ क्या होती है नमाज़ पढ़ने में?" माँ की आवाज़ ख़श्मगीं है मगर चेहरा दिखाई नहीं देता।

"मेरे घुटने छिल जाते हैं," वो डरते-डरते बोला।

कमबख़्त...ख़ुदा से तोबा कर वरना अज़ान पड़ेगा।

माँ ज़ोर से चिल्लाई और दोनों हाथों से चेहरा पीटने लगीं।

अचानक आसमान में बहुत-सी लाल-पीली पतंगें उड़ने लगती हैं और वो आसमान की तरफ़ सर उठा कर घर के बाहर चला जाता है लेकिन न जाने कैसे चलते-चलते ख़ुद को अपने मोहल्ले की मस्ज़िद में पाता है रब के साथ नमाज़ पढ़ने लगता है। नमाज़ पढ़ने में उसका ध्यान बार-बार अपने पैरों की तरफ़ चला जाता। सूखे हुए काले से पैर जिन पर भद्दी रगें उभरी हुई थीं और अँगूठों की बदनुमा बनावट...टेढ़े-मेढ़े बढ़े हुए नाख़ून जिनमें काला-काला मैल भरा हुआ। वो सजदे में जाना भूल गया तमाम सर ब-सजूद थी और वो अकेला पशेमान-पशेमान-सा अपने बदनुमा पैरों को देखे जा रहा था। आँधी का-सा एक झोंका आया जिसने उसे उठा कर बाहर फेंक दिया। अब वो सड़क पर गन्दगी और कूड़े के ढेर पर पड़ा था और उसके ज़िस्म पर एक भी कपड़ा न था। वो शर्म से पानी-पानी हुआ जा रहा था और लाख कोशिश के बावजूद उठ नहीं पा रहा था जैसे अपाहिज हो गया हो। उसके सामने मस्ज़िद के तीन अज़ीम-उश्शान गुम्बद थे जिनसे वक़ार और पाकीज़गी टपक रही थी। वो एकटक उन गुम्बदों को देखने लगा लेकिन तभी उसे महसूस हुआ जैसे उसके ज़िस्म और चेहरे का तमाम गोश्त गल-गल कर गिर रहा हो। अब वहाँ वो नहीं था उसकी जगह सिर्फ़ हड्डियों का ढाँचा था। सिर्फ़ दाँत थे, हड्डियाँ थीं और आँखों की जगह दो ग़ार थे। बहुत ख़ौफ़नाक शक्ल थी। ये उसके अन्दर से कौन निकल आया था? शायद वो ज़ोर से चीख़ा था। मगर आवाज़ उसके गले से बाहर न आयी थी। उसे सख़्त प्यास लगी थी। यकायक ये मंज़र भी बदल गया और उसने ख़ुद को एक बोसीदा-सी चारपाई पर सफ़ेद चादर से ढका हुआ पाया। उसके दोनों अँगूठे आपस में कस कर बाँध दिये गये थे जिस की वजह से वो सर से पैर तक एक-सा नज़र आ रहा था बिल्कुल सीधा-सीधा। उसकी चारपाई एक मस्ज़िद के सामने रखी हुई थी। एक छोटी-सी ईंट से बनी मस्ज़िद थी जिसके गुम्बदों में जगह-जगह सूराख़ हो गये थे। जगह-जगह बरसाती घास पनप आयी थी जिसे कुछ आवारा चिड़ियाँ नोच-नोच कर अपनी चोंचों में भर रही थीं आस-पास चटियल मैदान था। वो ख़ुद उस मस्ज़िद की टूटी-फूटी सीढ़ियों पर ख़ामोश और उदास बैठा हुआ था। सामने उसका जनाज़ा रखा था। फिर न जाने कहाँ से सफ़ेद कपड़े पहने और टोपियाँ दिये चन्द लोग वहाँ आकर खड़े हो गये। तब उनमें से

एक जो शायद इमाम था। मय्यत के सीने के बराबरे आ खड़ा हुआ। बाक़ी लोगों ने सफ़ बाँध ली और वो उसकी नमाज़-ए-जनाज़ा अदा करने लगे। तीसरी तकबीर के बाद दुआ-ए-मगफ़ि पढ़ी जाने लगी।

अब फिर शाम हो रही थी। फिर दोनों वक़्त मिल रहे थे। सूरज मग़रिब की ढलान में उतर गया था और अँधेरा-सा फैलता जा रहा था। उसी वक़्त कहीं दूर ज़ोर-ज़ोर से अल्ला गिरने की आवाज़ आने लगी। फिर जैसे एक भूचाल-सा आ गया। अब वो बिल्कुल अकेला उस वीरान और चटियल मैदान में परेशान खड़ा था। अब न वो मस्ज़िद थी न उसका जनाज़ा और न वो लोग। तभी कहीं दूर से अज़ान की आवाज़ उसके कानों में पड़ी। अजीब उदास-सी आवाज़, अज़ान की आवाज़ के साथ ही उसे कोंदे की तरह लपकता हुआ अपनी माँ का चमकता हुआ चेहरा नज़र आया और ज़ोर-ज़ोर से रोता हुआ उसे हाथों से थामने की कोशिश करने लगा।

"क्या है...क्यों बर्रा रहे हो, होशियार हो बर्रा रहे हो," उसकी बीवी उसके हलक़ से निकलने वाली दर्दनाक आवाज़ों को सुन कर सोते से जाग पड़ी। उसकी आँख खुल गयीं। वो हड़बड़ाकर उठ बैठने की कोशिश कर रहा था। लिहाफ़ उसके ऊपर से हट कर दूर जा गिरा था वो बुरी तरह सर्दी से काँप रहा था।

"क्या बात है, क्यों उठ रहे हो," बीवी तक़रीबन भागती हुई उसके पास आ गयी।

"कुछ नहीं...नमाज़ पढूँगा" उसने बिल्कुल अजनबी नज़रों से बीवी को देखते हुए कहा। पचास साला शादीशुदा ज़िन्दगी में पहली बार आज उसने अपने शौहर की ये नज़रें पहली बार देखी थीं। बिल्कुल बेगाना और हाल से ग़ायब और कटी-कटी सी। इन आँखों में कुछ ऐसा था जिसे देखकर वो डर गयी।

"तुमने कभी ज़िन्दगी भर नमाज़ पढ़ी है?" बीवी ने उसके ज़िस्म को लिहाफ़ से ढँकते हुए कहा। तभी उसको एहसास हुआ कि वो जल रहा था। "अरे इस क़दर तेज़ बुख़ार है तुम्हें, और तुम बेवजह सर्दी खा रहे हो। सर लिहाफ़ के अन्दर कर लो," बीवी ने उसे सर तक लिहाफ़ ओढ़ाते हुए कहा।

"मैं नमाज़ पढूँगा, अभी-अभी अज़ान हुई है।" वो लगभग गिड़गिड़ा कर बोला।

"अज़ान, अभी तो रात है। अगर दिल घबरा रहा हो तो थोड़ा-सा दूध गर्म कर के ले आऊँ?" बीवी ने फ़िक्रमन्द लहजे में कहा।

"मैं नमाज़ पढूँगा," उसने इस तरह जवाब दिया जैसे बीवी की बात सुन ही नहीं सका था।

एक पल के लिए बीवी के दिल को एक भयानक अन्देशे ने घेर लिया। बुख़ार की शिद्दत की वजह से ये आज बिल्कुल ही बहकी-बहकी बातें कर रहे हैं, उसने सोचा। फिर उसने दिल ही दिल में जल्दी से जल्दी सुबह होने की दुआ माँगी। अब उसे इस रात से घबराहट होने लगी थी। ख़ुद उसे भी बेहद सर्दी महसूस होने लगी। कमरे की लाइट ऑफ़ करके वो अपने पलंग पर लेट गयी।

वो चुपचाप आँखें बन्द किये लेटा था। ये सच था कि बचपन को छोड़कर अपनी तमाम ज़िन्दगी में उसने कभी नमाज़ नहीं पढ़ी थी। मज़हब से उसे कभी लगाव ही नहीं था। बचपन में जहाँ तक उसको याद पड़ता था जब भी उसने नमाज़ पढ़ी थी तो उसका ध्यान नमाज़ में कम और जमात में खड़े दूसरे लोगों से अपने पैरों का मुक़ाबला करने में ज़्यादा लगा रहता था।

जब कमरे में अँधेरा हो गया तो उसने फिर से लिहाफ़ सर से हटा दिया और तारीकी में घूरने लगा। बेइख़्तियार उसे अपनी माँ याद आने लगी। पल भर के लिए उसने ख़ुद को एक छोटा-सा बच्चा तसव्वुर किया औ बेइख़्तियार दूसरी तरफ़ करवट लेते हुए अपने हाथ इस तरह फैला दिये जैसे वो दूसरी करवट लेटी अपनी माँ के गले में डाल देना चाहते हों लेकिन वो हाथ सिर्फ़ अँधेरे में लिपटी दीवार से टकराकर बिस्तर पर झूल गये। उसकी आँखों में आँसू तैरने लगे। पूरा शरीर तेज़ बुख़ार से जल रहा था लेकिन पैर बर्फ़ की तरह ठण्डे होने लगे थे। उसने बेहद कस कर आँखें बन्द कर लीं और आँसू उसकी बढ़ी हुई दाढ़ी में जज़्ब होने लगे।

अब बाहर फिर कुत्ता भौंक रहा था। इस बार बजाय पुलिस की गाड़ी या सायरन के उसे दूर से, हवाओं पर भटकती किसी रेलगाड़ी की सीटी की आवाज़ सुनायी दी। हवाओं की अपनी एक छठी हिस होती है जिससे वो गुज़रते हुए वक़्त को पहचान लेती हैं और अपने अन्दाज़ बदल देती हैं। बाहर चलने वाली हवाओं की रफ़्तार पहले से कम हो गयी थी और अब वो ठहर-ठहर कर चल रही थी। थकी-थकी और उदास सी। इसी से अन्दाज़ा लगाया जा सकता था कि रात क़रीब-क़रीब गुज़र चुकी थी और पौ फटने का वक़्त ज़्यादा दूर नहीं था।

अचानक वो फिर हड़बड़ाकर उठ बैठा। कहीं दूर फ़जर की अज़ान हो रही थी।

"मैं नमाज़ पढ़ूँगा," वो शायद चीख़ कर ये कहना चाहता था लेकिन उसकी आवाज़ एक सरगोशी से ज़्यादा न उभर सकी। तभी उसे ख़याल आया कि वो तो पता नहीं कब से नापाक है उसे पहले ग़ुस्ल करना चाहिए उसने सोचा।

लिहाफ़ को पैरों से दूर हटाते हुए दोनों हाथों को पलंग की पट्टियों पर जमाते हुए वो उठने की कोशिश करने लग़ा। आख़िरकार वो सीधा हो कर बैठ ही गया। फिर उसने काँपते हुए पैर फ़र्श पर टिका दिये और दीवार को थामता हुआ उठ खड़ा हुआ। मुद्दतों से इसी जगह रहने का तजुर्बा उसे रास्ता दिखा रहा था वो इस अँधेरे में भी कमरे का दरवाज़ा खोल सकता था। दरवाज़ा खुलने के साथ ही तेज़ और सर्द हवा का एक झोंका अन्दर चला आया। उसका सारा ज़िस्म सख़्त सर्दी से काँपने लगा और उसके दाँत इस बुरी तरह कटकटाने लगे कि उसकी ज़बान दाँतों के दरमियान फँस गयी और मुँह से बह कर ख़ून की एक पतली लकीर होठ और ठोढ़ी पर रेंगने लगी। लेकिन अब वो बग़ैर सहारे के आगे नहीं बढ़ सकता

था। उसका तमाम जिस्म काँप रहा था और खड़े-खड़े सन्तुलन बरकरार रख पाना उसके लिए नामुमकिन था। आख़िर लाचार हो कर फ़र्श पर बैठ गया और चारों हाथ-पैरों के सहारे घिसटता हुआ आगे बढ़ने लगा। ठण्डा-ठण्डा फ़र्श उसके हाथों, घुटने और एड़ियों में चुभ रहा था। मुद्दतों बाद आज फिर उसके घुटने छिलने लगे। गुसलख़ाना दरवाज़े से ज़्यादा दूर नहीं था। पलंग के नीचे बैठी हुई बिल्ली उसके साथ ही कमरे से बाहर निकल गयी थी। उसकी बीवी रात भर बेचैन रहने के बाद इस वक़्त शायद बेख़बर सो रही थी।

वो इसी तरह घिसटता हुआ गुसलख़ाने में दाख़िल हुआ। दिल ही दिल में उसने गुस्ल के तीन फ़राइज दोहराये। तमाम बदन पर पानी बहाना, मुँह भर कर कुल्ली करना और नाक में पानी डालना। सब से पहले उसे अपने तमाम बदन पर पानी बहाना था। अन्दाज़े से ठीक टोंटी के नीचे बैठ कर उसने उसे खोल दिया बर्फ़ जैसे ठण्डे पानी का एक रेला उसके सर से पाँव तक बहने लगा बुख़ार की शिद्दत से बहते हुए उसके बदन पर से जैसे भाप-सी उठने लगी। उसका मुद्दतों से बीमार, बूढ़ा काँपता ज़िस्म बर्फ़ीले पानी से सराबोर हो कर बेहिस होने लगा। उसके सीने में अचानक सख़्त दर्द उठा और फिर यूँही बैठे-बैठे उसका कमज़ोर सर बेजान हो कर गुसलख़ाने के फ़र्श पर इस तरह लुढ़क गया जैसे सजदा करना चाहता हो।

नदी की सैर

"भाई घर चलो न" चीकू ने बेहद उकताये हुए अन्दाज़ में कहा।

"तुम क्यों आये थे" उसने चीकू को घूरा।

"देखो अब बारिश आ रही है इसे देख कर चलेंगे।"

चीकू ने आसमान की तरफ़ देखा जहाँ भूरे-भूरे बादलों का बहुत बड़ा कारवाँ चला जा रहा था। एक दम से अँधेरा छा गया था। पेड़ों के पत्ते बिल्कुल अलग अन्दाज़ से सरसराने लगे थे। परिन्दे जो अब तक बहुत तेज़ी से चहकते रहे थे अचानक ख़ामोश से हो गये थे और अगर बोल भी रहे थे तो उसे कम से कम चहकना नहीं कहा जा सकता था। एक सफ़ेद बगुला बार-बार एक पेड़ से उड़ कर दूसरे पेड़ पर बैठ जाता था। फिर एक बेचैनी उसे बहती हुई नदी के किनारे पर ले आती। नदी के किनारे उजाड़ और वीरान पड़े थे। जगह-जगह से टूट कर पानी में गिर रहे थे।

चीकू ने फिर कुछ सहम कर उस का हाथ मज़बूती से पकड़ लिया।

"क्यों तुम डर रहे हो?" उसने पूछा।

"न" चीकू ने इनकार में सर हिला दिया।

फिर उनके सरों पर बड़ी-बड़ी बूँदें गिरने लगीं।

"आओ इस पेड़ के नीचे, ये बहुत घना है" उसने चीकू को खींचते हुए कहा।

"भाई ये कौन-सा पेड़ है?"

"ये" उसने ग़ौर से पेड़ के मज़बूत और पुराने तने को देखा।

"और वो सामने...?" चीकू ने पूछा।

उधर दूर बलखाती हुई सड़क के किनारे बारिश की धुन्ध में धुँधले होते हुए युकिलिप्टस के दरख़्तों की क़तार थी।

"वो...वो तो युकिलिप्टस हैं।"

"भाई तुमने उन्हें कैसे पहचान लिया।"

"उनकी सादगी की वजह से।" उसने जवाब दिया मगर चीकू शायद इस जवाब को समझ नहीं सका था।

बारिश बेहद तेज़ थी। थोड़ी ही देर में बारिश की धुन्ध इतनी गहरी हो गयी कि नदी का पाट दिखायी देना बन्द हो गया। सामने दूर मैदान में कुछ मवेशी चर रहे थे। बारिश के साथ-साथ हवा भी बहुत तेज़ थी इसलिए इस लम्बे-चौड़े से मैदान में

ऐसा लगता था जैसे आसमान से बारिश का धुआँ उतर-उतर बहुत तेज़ी से ज़मीन को चुम्बन देता हुआ उड़ रहा हो।

"शहर में ये मंज़र देखने को कहाँ मिलता है," उसने सोचा।

"भाई तुम्हारी साइकिल भीग रही है," चीकू ने थोड़े फ़ासले पर खड़ी साइकिल की तरफ़ इशारा किया।

"हूँ, तुम...तो नहीं भीग रहे हो ना?" उसने चीकू को टटोलते हुए पूछा।

"थोड़ी-थोड़ी बूँदें टपक रही हैं।" चीकू ने दरख़्त की घनी शाख़ों में झाँकते हुए जवाब दिया।

उसने चीकू को अपने और क़रीब कर लिया।

"भाई ये क्या है?" चीकू ने ज़मीन की तरफ़ इशारा किया। उनके पैरों के क़रीब ज़मीनी केंचुओं की दानेदार गन्दगी बिखरी पड़ी थी। गोल-गोल बारीक-बारीक सी मिट्टी।

"ये मिट्टी है", उसने जवाब दिया।

"मगर ये दाने से क्यों बन गये हैं" चीकू की जिज्ञासा बढ़ गयी थी।

"यहाँ ज़मीन खोदो तो तुम्हें केंचुए मिलेंगे। केंचुए समझते हो यानी अर्थवॉर्म" उसने चीकू को समझाने की कोशिश की।

"अच्छा अर्थवॉर्म! मैंने अपनी साइंस रीडर में इनकी तस्वीर देखी है। वो लाल वॉर्म।"

छह साल का चीकू मुतमइन हो गया।

"ये सब मिट्टी की अश्काल हैं इन्हें मसल दो तो ये दाने नहीं रहेंगे बिल्कुल आम मिट्टी बन कर तुम्हारी नज़रों से ओझल हो जायेंगे।"

"भाई ये मिट्टी क्यों होती है?" चीकू ने सवाल किया।

"ज़िन्दगी को लाज़िम बनाने के लिए। ज़िन्दगी बार-बार इसी से जन्म लेती है और इसी में बदल जाती है।" उसने खुद कलामी के अन्दाज़ में कहा। चीकू एक लम्हे के लिए इस जुमले को समझने की कोशिश करता रहा फिर पेड़े के बोसीदा तने पर रेंगती हुई चींटियों की क़तार को देखने लगा।

"चीकू बताओ नदी कहाँ गयी?" उसने बच्चे का कन्धा हिलाया।

"वो छिप गयी बारिश में।"

"जब मैं तुम्हारे बराबर था तो चचा मुझे ले जा कर एक बार वहाँ मछली का शिकार खेलने गये थे। तब वहाँ सरकण्डों की झाड़ियाँ थीं। वो दिन भर डोर-काँटा सँभाले किनारे पर बैठे रहे। वो भी बरसात का मौसम था। नदी का पानी किनारों से बाहर आ रहा था। मैं किनारे पर दोनों पैर नदी में डाल कर बैठ गया था।"

"भाई तुम बिल्कुल मेरे बराबर थे?"

"हाँ, मगर पहले मेरी पूरी बात सुन लो। उस दिन आसमान पर लगातार

काले-काले बादल आते-जाते रहे। मगर बारिश नहीं हुई थी। जब कोई बादल दूर उठकर आता और ख़ास हमारे सर पर मँडराने लगता तो मुझे महसूस होता जैसे नदी के पानी के बहने की आवाज़ बदल गयी हो। काले बादल का साया नदी के पानी पर पड़ने लगता। पानी का रंग स्याह-सा पड़ने लगता। तब मैं नज़र उठा कर ऊपर देखता था तो बिल्कुल ऐसा लगता था जैसे वही नदी आसमान पर बहती जा रही हो। मुझे चक्कर-सा आने लगता था। किनारे मुझे रेंगते हुए और घूमते हुए महसूस होते थे। पानी का साया पानी पर पड़ रहा था।"

"भाई तुम्हें अब तक याद है?"

"हाँ, बहुत-सी बातें, बहुत से मंज़र ऐसे होते हैं, मगर तुम फिर बीच में बोले...वहाँ एक मृगाबी भी तैरती फिर रही थी, अकेली और उदास-सी। दिन भर वो ऐसे ही पानी के सीने पर भटकती फिरी।"

"भाई वो नदी यही थी?"

"हाँ, बिल्कुल यही नदी...और वो सामने वाली जगह...बस यहाँ सरकण्डों की बड़ी-बड़ी झाड़ियाँ थीं।" उसने उदासी से कहा।

बारिश का ज़ोर कम नहीं हुआ था। वो दोनों कुछ देर तक ख़ामोशी से दूर मैदानों में देखते रहे फिर उसके चेहरे पर हल्की-सी मुस्कुराहट आ गयी।

"चीकू तुम्हें कभी टॉयफ़ाइड नहीं हुआ," उसने बच्चे से पूछा लेकिन तभी उसे ख़याल आया कि बच्चे से ये सवाल करना बिल्कुल बेमानी और किसी हद तक भोंडा भी था।

"ऐसा हुआ कि एक बार" उसने लम्बी साँस ले कर कहना शुरू किया फिर रुक गया थोड़ी देर तक यूँही ख़ामोश रहा फिर कहा।

"तब मेरा हाईस्कूल का रिज़ल्ट आया था। मैं बहुत अच्छे नम्बरों से पास हुआ था। उधर वो जहाँ सड़क का मोड़ है उसके सामने मेरे एक दोस्त का आमों का बाग़ था उस ज़माने में मुझे आमों का बहुत शौक़ था। वो मुझे अपनी साइकिल पर बिठा कर बाग़ में ले गया था। लो देखा अब बारिश कम हो रही है। अब थोड़ी देर में शायद तुम वो बाग़ भी देख सको या हो सकता है कि अब न रहा हो...मैं भी तो अट्ठारह साल बाद इधर आया हूँ," उसने अफ़सोस के साथ कहा और ख़ामोश हो गया।

"फिर क्या हुआ भाई तुम साइकिल पर बैठ कर बाग़ तक गये।"

"हाँ," वो जैसे नींद से चौंका।

फिर वहाँ हम दोनों ने ढेर सारे आम खाये। पानी से भरी हुई एक गन्दी-गन्दी बाल्टी। उसमें डूबे हुए आम। उसके बाग़ का चौकीदार एक बरतन में दूध ले आया था। वो बूढ़ा था और उसकी शक्ल किससे मिलती थी मगर अब ये बिल्कुल याद नहीं आता कि किससे मिलती थी। उसने कहा था कि हम दोनों दूध ज़रूर पी लें।

ये आमों की गर्मी को ख़त्म कर देगा और बहुत ताक़त देगा। तुम तो यार चीकू तब पैदा भी नहीं हुए थे वरना मुझे देखते...मुझे तब कसरत का बहुत शौक़ था।

"अच्छा, तब तो भाई तुम बहुत मोटे होंगे," चीकू ने कहा।

"नहीं, उसे मोटापा नहीं कहा जा सकता। वो अच्छी सेहत थी, मगर तुम बार-बार बीच में टोक देते हो। पूरी बात नहीं सुनते।" वो कुछ झल्ला-सा गया।

चीकू चुपचाप उसकी तरफ़ देखने लगा। वो कुछ सहम-सा गया था।

उसे अपने लहजे पर अफ़सोस हुआ।

"देखो यार चीकू...उसने बच्चे का सर सहलाया। असल में तुम बीच में बोल देते हो तो मैं भूल जाता हूँ कि क्या कह रहा था, अब ध्यान से सुनो। बाग़ में हमें बहुत देर हो गयी थी। घर पहुँचते-पहुँचते शाम के चार बज गये। चचा का ग़ुस्सा बहुत ख़तरनाक था और कठोरता तो उनकी मिट्टी में रची-बसी थी।"

"बड़े चचा...अब तो वो पलंग पर लेटे खाँसते रहते हैं मैं इतनी शैतानी करता हूँ मुझे कुछ नहीं कहते", चीकू ने कहा।

"वो अब बूढ़े हो गये हैं उस ज़माने में तुम उन्हें देखते तो पता चलता। मगर अब कल मैं तुम्हें कहीं सैर कराने नहीं ले जाऊँगा तुम्हारी जगह मीकू को ले जाऊँगा. ..वो मेरा अच्छा भाई वो छोटा वाला," उसने हाथों से जो इशारा किया उस से पता चलता था कि वो छोटा वाला भी पालने में खेलता होगा।

"नहीं भाई...चीकू ने अपने मासूम हाथों से उसकी क़मीज़ की आस्तीन पकड़ ली। मैं तुम्हारा अच्छा भाई हूँ अब नहीं बोलूँगा बीच में," चीकू की आवाज़ रुँधने लगी।

"सच।"

"हाँ, अब नहीं बोलूँगा बीच में...तुम मीकू को सैर कराने तो नहीं ले जाओगे ना?"

"नहीं ले जाऊँगा" वो ये कहकर ख़ामोश हो गया।

वो सोच रहा था कि आख़िर उसका इस मासूम बच्चे को जबरन ये कुछ सुनाना कहाँ जायज़ था। और इससे कौन-सी ज़रूरत पूरी हो रही थी। ये परियों की कोई कहानी तो थी नहीं जिसे सुनकर चीकू को नींद आ जाती। ये सब बातें उसे उकताहट और बेज़ारी के अलावा और क्या दे सकती थीं।

"तो जब मैं घर पहुँचा", वो धीरे से खँखारा।

"बड़े चचा हाथ में छड़ी लिये मेरा इन्तज़ार कर रहे थे। आज भी मुझे याद है आँगन में घर के दूसरे लोग खड़े थे मैं सिसकियाँ ले कर रो रहा था। फिर शाम ढलते-ढलते मुझे बहुत तेज़ बुख़ार चढ़ आया। रात भर उलटियाँ आती रहीं जिनमें दूध में लिपटे हुए आमों के रेशे थे। दूसरे दिन मालूम हुआ कि वो आम बुख़ार नहीं था बल्कि टॉयफ़ाइड था। मैं बीस दिन तक बिस्तर पर लेटा रहा। हल्की-हल्की ठण्ड लग कर बुख़ार बहुत ऊँचे दर्जे तक पहुँच जाता था और फिर पसीना आता। सारा ज़िस्म गीला हो जाता और कुछ देर के लिए बुख़ार उतर जाता। तब मेरे पास

एक ही चादर थी...हल्के ज़र्द रंग की। मैं उसे सर से पाँव तक ओढ़ लेता था उस में बाहर की दुनिया धुँधली-धुँधली दिखायी देती थी। रात को जब सब सो जाते तो कभी-कभी मैं चादर से चेहरा ढँके-ढँके रोने भी लगता था। बिल्कुल बेआवाज़ और तब आँखों में भटकता हुआ कोई आँसू ऐसा भी होता जिस पर किसी ख़ास ज़ाविये से चाँद की किरणें पड़ने लगती थीं और चादर के छिदरेपन को पार कर के मेरे आँसुओं की डोर दूर आसमान में ख़लओं से रिश्ता जोड़ने लगती और मेरा दिल चाहता कि मैं बेहद हल्का-फुल्का हो कर इस डोर के सहारे आसमान के अँधेरे ग़ारों में उतर जाऊँ", वो ख़ामोश हो गया। उसकी आँखें बिल्कुल ख़ाली-सी हो गयी थीं।

"चीकू" उसने बच्चे को छुआ।

बच्चे ने उसकी तरफ़ ग़ौर से देखा।

"तुम्हें मालूम है मुझे पूरे इक्कीस दिन बाद खाना दिया गया था। मूँग की पतली दाल...एक प्लेट थी सफ़ेद चीनी की जिस पर नीले रंग का एक बड़ा-सा फूल बना हुआ था। आज मैं घर के कोनों में और कबाड़ख़ानों में वो प्लेट ढूँढ़ता फिरता हूँ वैसी खुशी मुझे फिर नहीं मिली।" शायद उसकी आवाज़ भर्राने लगी थी।

"अब जब भी कभी इस नदी के बारे में सोचता हूँ तो आमों का वो बाग़ याद आता है। वो बूढ़ा चौकीदार याद आता है, फिर आँसुओं की वो चमकदार डोर याद आती है और उसके बाद चीनी की वो प्लेट..." वो ख़ामोश हो गया।

"भाई क्या पता वो प्लेट टूट गयी हो।"

"पता नहीं फिर उसके बाद मुझे टॉयफ़ाइड भी तो नहीं हुआ", उसने मायूसी से कहा।

बारिश का ज़ोर कम हो गया था। बादल भी हल्के पड़ गये थे।

"देखो चीकू बादल अब उड़ने लगे हैं कभी-कभी ये भी ख़ूब मज़ाक करते हैं। उन दिनों जब मैं बीमार था यही बरसात का मौसम था। अक्सर दिन में सफ़ेद-सफ़ेद रुई के गालों के बादल आसमान में उड़ते फिरते थे। दिन में मेरा बिस्तर किसी ऐसी जगह लगा था जो कमरे के दरवाज़े के बाहर बिल्कुल पास था। दरवाज़े के बाहर बिल्कुल खुली हुई धूप एक ख़ास अन्दाज़ से अपनी मौजूदगी का एहसास दिलाती रहती थी। फिर अचानक सूरज पर किसी उड़ते हुए बादल का साया पड़ने लगता और मुझे ऐसा लगता जैसे दरवाज़े से चल कर कोई मेरे कमरे में दाखिल हुआ है। कोई अपना, कोई दोस्त या ग़मगुसार मेरी अयादत के लिए या फिर मुझ से बात करने के लिए ख़ामोशी से अन्दर आकर खड़ा हो गया है, मगर अफ़सोस। वो आवारागर्दी करते हुए बादल का टुकड़ा होता। फिर से धूप चमकने लगती मगर धूप-छाँव के इस खेल में बार-बार मैं धोखे का शिकार ही होता रहता।" उसकी आवाज़ बोझिल हो गयी और वो चुप हो गया।

बारिश लगभग बन्द हो चुकी थी।

"अभी ज़रा वो सामने का पानी बह जाये तो वहाँ नदी के किनारे चलेंगे," उसने चीकू से कहा।

"वो दोनों नदी की सैर करने ही आये थे। बरसों तक शहरों की ख़ाक छानने के बाद वो वापस शहर लौटा था। यहाँ उसे मक़ामी अख़बार में मामूली नौकरी मिल गयी थी। फ़ुरसत के पलों में वो शहर की सड़कों पर आवारा फिरता। वो दरअसल गुज़रे हुए वक़्त को ओढ़ लेना चाहता था। वो हर उस गली से गुज़रता जहाँ कम उम्र के दौर में गुज़रा था। हर उस दरवाज़े पर जाकर रुक जाता जिसके घर में कभी आना-जाना था लेकिन गुज़रा हुआ वक़्त उसे कहीं न मिल पाता। गुजरा समय दोबारा से पैदा होने ही में न आता था। कहीं-कहीं बेहद कोशिश करने पर वो बिल्कुल वैसी ही सूरत-ए-हाल पैदा कर लेता जैसी कि गुज़रे समय में थी लेकिन ठीक उसी वक़्त वो लम्हात उसे ऐसे बुज़ुर्गों की तरह नज़र आने लगते जो अपनी जवाँ साल औलादों को क़ब्र में उतारने के बाद अकसर वहीं बैठ कर रोने लगते हैं और देखने वालों को हमदर्दी के साथ-साथ बेहद वहश्त भी होती है।"

कल रात उसने सोचा था कि वो सुबह इस नदी की तरफ़ चलेगा।

सुबह जैसे ही वो अपनी साइकिल ले कर घर से निकलने लगा छोटे भाई ने उसकी पतलून की जेब में दो उँगलियाँ डाल कर उसे रोक दिया।

"भाई मैं भी चलूँगा।"

"कहाँ...यार तुम कहाँ जाओगे?"

"तुम्हारे साथ।"

"मेरे साथ...मैं तो बहुत दूर जा रहा हूँ नदी की तरफ़।"

"मैं भी नदी देखूँगा" चीकू ज़िद करने लगा।

"अच्छा चलो...हो बहुत जिद्दी यार तुम।"

फिर उसने चीकू को साइकिल के डण्डे पर बिठा लिया और हल्के-हल्के पैडल मारता हुआ साइकिल चलाने लगा। उनके घर से निकलते ही आसमान पर बादल छा गये। नदी शहर से सात कोस पर थी यहाँ तक आते-आते बादल इतने गहरे हो गये थे, कि बिल्कुल अँधेरा ही छा गया था ऐसा लगता ही न था जैसे दिन का वक़्त हो। चीकू को उम्मीद थी कि रास्ते में तफरीह रहेगी मगर रास्ता वीरान और ख़ामोश था। बरसात का मौसम होने की वजह से सड़क के दोनों ओर में हरियाली उग आयी थी। जगह-जगह गड्ढों में पानी भरा हुआ था। कभी-कभी कोई तेज़ रफ़्तार ट्रक सड़क के सन्नाटे को चीरता हुआ निकल जाता था। या इक्का-दुक्का गाँव वाले गुज़र जाते। चीकू की दिलचस्पी का यहाँ कोई सामान था। बस रास्ते में एक उदास और परेशानहाल मदारी ने ज़रूर उसकी तवज्जह अपनी तरफ़ खींची थी जो अपना कमज़ोर-सा बन्दर लिये सर झुकाये कहीं जा रहा था।

"भाई...बन्दर," चीकू ने चहक कर कहा।

"भाई...बन्दर की तरफ़ देखा जो बेहद कमज़ोर था, उसकी खाल हड्डियों से चिमटी हुई थी और कुछ बीमार सा लग रहा था जगह-जगह उसकी खाल पर रोयें की जगह लाल-लाल चकत्ते उभर आये थे।"

"भाई, बन्दर को रोटी दे दें", बच्चे के दिल में रहम जाग उठा।

"रोटी हमारे पास कहाँ है?" उसे अफ़सोस हुआ।

"लाओ कुछ पैसे दे दें।" वो जल्दी-जल्दी साइकिल के पैडल मारने लगा। जब उसने मदारी के हाथ पर अठन्नी रखी तो वो बेतहाशा दुआयें देने लगा। ठीक उसी वक़्त उसने बन्दर के चेहरे को ग़ौर से देखा। उसके चेहरे पर इरतक़ा के सफ़र में बेहद पीछे रह जाने का दुख लिखा था। फिर मदारी बन्दर की रस्सी थामे-थामे एक पगडंडी पर मुड़ गया। वो दोनों वहीं खड़े-खड़े उन्हें दूर जाते देखते रहे।

"भाई...वो घर जाकर बन्दर को रोटी देगा।"

"हाँ।"

"क्या बन्दर बहुत भूखा था?"

"हाँ...नहीं...। चलो आओ चलें।" उसने चीकू को फिर साइकिल के डण्डे पर बिठा लिया मगर चीकू का ध्यान काफ़ी देर तक बन्दर और मदारी में लगा रहा। मगर फ़िर नदी के क़रीब आते-आते चीकू कुछ उकता-सा गया और उससे घर वापस चलने को कहने लगा था फिर बारिश आ गयी थी और वो अपनी साइकिल खड़ी करके एक घने पेड़ के नीचे आ गये थे।

बारिश बिल्कुल रुक गयी। बादल कुछ फटने लगे थे। अब इतना अँधेरा भी नहीं रहा था। उसने चीकू की क़मीज़ पर चढ़ते हुए एक झींगुर को हाथ से झटका फिर उसका हाथ पकड़ कर दरख़्त के नीचे से हट गया। सामने उसकी साइकिल पानी में भीगी पड़ी थी। उसने रूमाल से साइकिल को साफ़ किया और फिर हाथ में लिये-लिये आगे बढ़ने लगा। वो एक पतली-सी पगडण्डी पर चल रहे थे जिस पर खुरदरी घास और पौधे उग आये थे उनके क़दमों से पानी की छींटें उड़-उड़ कर पिंडलियों तक आ रही थीं। इधर-उधर गड्ढों में पानी भरा हुआ था। हवा के झोंकों से इस पानी में जब लहरें पैदा होती थीं तो उन गड्ढों में एक अजीब फैलाव पैदा हो जाता था जो अपनी बन्दिशों को पारकर असीम हो जाना चाहता था। लहरें ही बाँध हैं लहरें ही ज़िन्दगी हैं। उसने सोचा।

चलते-चलते वो पगडण्डी के आख़िरी सिरे पर पहुँच गये। अब सामने नदी थी। एक मामूली-सा दरिया जो शिमाली पहाड़ियों की गोद से निकलता हुआ साँप की तरह बलखाता हुआ यहाँ तक पहुँचा था। लेकिन इस वक़्त बरसात की वजह से अपनी तुग़यानी पर था और पानी किनारों से बाहर आकर लौट-लौट जाता था।

"चीकू देखो नदी" वो बच्चे की तरह ख़ुश हो गया।

चीकू चुपचाप उसकी उँगली थामे खड़ा रहा।

उसने साइकिल वहीं खड़ी कर दी फिर चीकू का हाथ थाम कर थोड़ा और आगे आ गया। किनारे की मिट्टी गीली थी उनके पैर धँसने लगे।

"देखो यही वो जगह थी। यहाँ शिकार खेलने आये थे और मैं शायद यहीं कहीं बैठा हुआ था," उसके लहजे में दबा-दबा सा जोश था।

"भाई मैं थक गया," चीकू बोला।

"अच्छा, तो आओ बैठ जाते हैं। तुम्हारा नेकर तो वैसे ही गन्दा हो रहा है।" दोनों किनारे की गीली-गीली ज़मीन पर बैठ गये। नदी का पानी उनके पैरों को छू रहा था।

"भाई इससे आगे ये नदी कहाँ जाती है?" चीकू ने पूछा।

जहाँ वो बैठे थे उससे पूरब की तरफ़ ये किनारे ऊँचे होते चले गये थे और धीरे-धीरे करारों में तब्दील हो गये थे जो जगह-जगह से टूट कर पानी में गिर रहे थे। आगे चल कर नदी ने एक बड़ा-सा मोड़ काटा था और नज़रों से ओझल हो गयी थी। वहाँ एक ग्यारह-बारह फ़ुट ऊँचा करारा दिखायी देता था लेकिन वो जानता था कि उस करारे के नीचे वो ख़तरनाक कुण्ड था, कुण्ड जिसमें कई लोग डूब कर मर गये थे। मशहूर था कि हर साल ये कुण्ड दो-तीन इंसानी भेंटें ज़रूर लेता है। इस कुण्ड पर एक बहुत ही घना पाकड़ का दरख़्त था जो हर वक़्त पानी पर अपना साया किये रहता था। ये भी कहा जाता है कि इस पेड़ का तना साल खुद्रा साँपों का घर है। अक्सर लोगों को वहाँ साँपों की उतरी हुई केंचुलियाँ मिली थीं।

"भाई इससे आगे नदी कहाँ जाती है?" चीकू ने फिर पूछा।" उधर मोड़ के पास दिखायी नहीं दे रही है। आड़ हो गयी है। वहाँ मछलियों का शिकार बहुत उम्दा हुआ करता था।" उसने बेख़्याली से जवाब दिया।

"भाई तुम मछली खाते हो?"

"पहले खाता था...बहुत पहले मगर फिर छोड़ दी।"

"हाँ भाई काँटे होते हैं मुझसे भी नहीं खाई जाती।" चीकू मुत्मईन हो कर बोला।

"नहीं यार चीकू—एक बार ऐसा हुआ कि हम लोग मछली खा रहे थे, मछली पकी थी। तब मैंने उसके सफ़ेद रेशम जैसे क़त्ले पर कुछ लाल-लाल सा देखा। मुझे याद है कि किसी ने बताया था कि दरअसल चोट के निशान हैं। कुछ मछलियाँ ऐसी होती हैं जो फँस जाने के बाद बहुत संघर्ष करती हैं। अक्सर डोर और काँटा भी ले जाती हैं। ऐसी मछलियों को ख़ुश्की पर डाल कर डण्डे से पीटा जाता है या वैसे ही ज़मीन पर पटका जाता है तब वो मर जाती हैं। ये सुर्ख़ सुर्ख़ निशान दरअसल उन चोटों के होते हैं। उस दिन के बाद फिर मैंने मछली नहीं खाई।" वो ये कह कर ख़ामोश हो गया क्योंकि उसने महसूस किया कि चीकू को इस बात का सदमा पहुँचा है।

ये जगह बहुत बदल गयी है। उसने सोचा कि पहले यहाँ सरकण्डों की झाड़ियाँ

थीं। शायद काट दी गयी हैं। और वो मोड़ जहाँ से नदी नज़रों से ओझल हो जाती थी वो भी नहीं था। पहले वो कुण्ड यहाँ से साफ़ दिखायी देता था। फिर उसे यहाँ की मिट्टी भी बदली-बदली लगी। पहले यहाँ रेतीली ज़मीन थी मगर अब रेत बहुत कम थी। दलदल ज़्यादा बन गयी थी।

"भाई वो मुर्ग़ाबी यहीं थी?" चीकू ने अचानक पूछा।

"हाँ, सामने वाले किनारे के क़रीब तैरती फिरती थी।"

"भाई वो अकेली थी उसका साथी नहीं था?"

"हाँ, वो अकेली थी" उसने बेख़्याली में दोहराया।

"भाई तुम भी तो अकेले हो।" चीकू ने मासूमियत से कहा।

"मैं..." वो चौंक पड़ा, "तुमसे किसने कहा?"

"मम्मी कह रही थी। वो सबसे कहती रहती कि तुम पता नहीं कब तक अकेले रहोगे।"

"किससे कह रही थीं?" उसने तुशी रुई से सवाल किया।

"नज़मा बाजी...वो जिनकी बारात में मैं गया था। मैंने उन्हें दुल्हन बने देखा था।"

"नज़मा...वो कब आयी थीं?"

"अभी दो दिन हुए। उन्होंने मुझे अपने मेहंदी लगे हाथ दिखाये थे। चलते वक़्त नजमा बाजी ने मुझे प्लास्टिक का ख़रगोश भी दिया था। सफ़ेद रंग का बिल्कुल सचमुच का मालूम होता है मगर पता नहीं क्या हुआ...भाई...फिर वो रोने लगीं।"

नदी की तेज़ मौज उसके पैर को टख़ने के ऊपर तक भिगोती गयी। किसी पेड़ पर पता नहीं कौन-सा परिन्दा उदास आवाज़ में बोले जा रहा था। उसने ख़ाली-ख़ाली नज़रें नदी के किनारे पर मरकूज़ कर दीं। उसने देखा पानी के साथ पता नहीं क्या-क्या बहा जा रहा था। कूड़ा-करकट, सेंवार, जंगली, आबी घास, मिट्टी के प्याले और एक छोटी-सी चटाई।

"भाई ये प्याले हैं?" चीकू ने उचककर देखते हुए सवाल किया।

"यहाँ ये प्याले मरहूम बुजुर्गों की फ़ात्रेहा[1] की शीरनी के लिए इस्तेमाल किये गये होंगे और ख़ाली होने पर आदत से इन्हें नदी में बहा दिया गया होगा। नदी सब बहा ले जाती है।" वो उदासी से बोला।

"भाई ये छोटी-सी चटाई।" चीकू चौंककर बोला।

उसने अचानक चीकू को अपनी बग़ल में दबा लिया।

वो जानता था कि इस चटाई में लपेटकर किसी छोटे बच्चे की लाश को बहा दिया गया होगा। बहुत छोटे बच्चे की लाश को वो लोग चिता में नहीं जलाते। और अब पता नहीं लाश कहाँ थी। सिर्फ़ चटाई नदी के सीने पर तैरती चली जा रही थी। लेकिन ये सब उसने चीकू से नहीं कहा।

इनसे थोड़े से फ़ासले पर पीपल का एक पुराना पेड़ खड़ा था जिसकी शाख़ों

पर पानी का एक घड़ा बँधा हुआ था। पीपल के पत्ते ज़ोर-ज़ोर से सरसरा रहे थे। वो इस पेड़ को देख कर उदास-सा हो गया। वो सोच रहा था कि क्या ये सच है कि पीपल के पेड़ पर देवता रहते हैं और इसीलिए इसके पत्ते मामूली हवा में भी ज़ोर-से सरसराते हैं। और ये पानी का घड़ा इसकी शाख़ों से इसलिए बाँधा गया है कि किसी मरे हुए शख़्स की आत्मा को शान्ति मिलेगी? उसका दिल चाहा तो कि चीकू को ये मज़ेदार बात बताये कि पीपल का पेड़ एक ऐसा अनोखा पेड़ है जिसकी बाक़ायदा शादी रचाई जाती है। नीम के पेड़ के साथ। इसीलिए ज़्यादातर साथ-साथ पाये जाते हैं फिर उसे ख़याल आया बच्चे को इस वक़्त बताना बिल्कुल बेमानी होगा। उसने ग़ौर से चीकू की तरफ़ देखा। उसका चेहरा उसे कुछ कुम्हलाया-सा लगा। उसके सुनहरे बाल माथे पर बिखर गये थे। बड़ी-बड़ी आँखों में थकन के आसार साफ़ पढ़े जा सकते थे और वो कुछ बे-दिली से एक तरफ़ को देख रहा था।

"चीकू तुम्हें भूख तो नहीं लग रही है?" उसने बच्चे का सिर हिलाया।

"नहीं," चीकू ने धीरे से कहा।

"अच्छा, ये बताओ कि घर चल कर क्या खाओगे?"

"मैं बताऊँ"...चीकू की आँखें चमक उठीं।

"मैं पेड़ा खाऊँगा।"

"पेड़ा?" वो मायूस हो गया।

"हाँ, मैं पेड़ा खाऊँगा।"

लेकिन वो शायद नहीं सुन रहा था। उसे याद आया कि जब वो बहुत छोटा था मोहल्ले के एक आदमी ने रास्ते चलते उसके हाथ में एक पेड़ा थमा दिया था। माँ ने देख लिया था। जब वो घर में आया तो माँ ने उसके हाथ से वो पेड़ा खींच कर फेंक दिया था और बाहर के लोगों से खाने-पीने की चीज़ लेने की सज़ा में उसे दो-तीन थप्पड़ भी लगाये थे। दूसरे दिन पापा ने उसे हलवाई की दुकान से पेड़े ला कर दिये थे लेकिन उसने उसे छुआ भी नहीं था। वो पेड़े अरसे तक उसके कमरे की एक बोसीदा अलमारी में पड़े रहे। उस अलमारी को नेमतख़ाना कहा जाता था। फिर एक दिन नेमतख़ाना में रखे हुए उन पेड़ों में चींटियाँ लग गयीं। काली-काली बारीक चींटियों ने उन्हें जैसे बिल्कुल ढक दिया तब वो पेड़े बाहर कूड़े के ढेर में फेंक दिये गये।

चीकू की पतली-पतली कमज़ोर टाँगों पर दो-तीन चींटियाँ रेंग रही थीं उसने हाथ से उन्हें झटक दिया।

दूर नदी के किनारे उस पार गिद्धों का एक झुण्ड मँडरा रहा था। उसे एक नागवार-सी बदबू का एहसास हुआ। शायद वहाँ किसी जानवर का ढाँचा पड़ा था। एक अजीब-सी कराहियत और मतली की कैफ़ियत ने उसे घेर लिया मगर वो चाहता था कि चीकू को इसका एहसास न हो।

"बस अभी घर चलेंगे," उसने चीकू का ध्यान बँटाने के लिए बेतुके अन्दाज़ से कहा।

"कितनी देर में?" चीकू ख़ुश हो गया।

"बस अभी।"

अचानक चीकू एक सब्ज़ रंग का टिड्डा पकड़ने को आगे बढ़ा।

उसने बच्चे का बाज़ू पकड़ लिया।

"सीधे बैठो यहाँ पानी गहरा है," वो कुछ सख़्ती से बोला।

चीकू कुछ सहम कर ख़ामोश हो गया। तब उसकी नज़रें मँडराते हुए गिद्धों की तरफ़ उठ गयीं।

"भाई वहाँ इतने गिद्ध क्यों मँडरा रहे हैं?"

"कोई मुर्दा जानवर पड़ा होगा।" उसने लापरवाही का इज़हार किया।

"कौन होगा?" चीकू अचानक उठ खड़ा हुआ।

"तुम बैठे रहो...क्यों खड़े हो गये?"

"मैं वो जानवर देखूँगा।" बच्चे ने आस्तीन पकड़ ली।

"अरे वहाँ बहुत बदबू होगी। वो कोई देखने की चीज़ है और फिर ये सारे गिद्ध हमें भी नोच लेंगे," उसने चीकू को प्यार से समझाने की कोशिश की।

चीकू ख़ामोशी से बैठ गया मगर वो उधर ही देखे जा रहा था।

"घोड़ा होगा," कुछ देर बाद चीकू ने बेख़्याली में कहा।

"कैसा घोड़ा?" उसने बच्चे को ग़ौर से देखा।

"वही घोड़ा होगा," अचानक चीकू की आँखें डबडबा आयीं।

"अरे...भैया" वो तड़प उठा "क्या हुआ?"

उसने बच्चे का सर अपने बाज़ुओं में ले लिया।

चीकू सिसक रहा था।

"नहीं भाई ये वही घोड़ा होगा...काला और सफ़ेद। कल मुझे मिला था। मैं स्कूल जा रहा था वो ताँगे में जुता हुआ था। ताँगे पर बहुत बोझ लदा था। उस बेचारे से चला नहीं जा रहा था। ताँगे वाला उसकी पीठ पर हंटर मार रहा था। वो मेरे बिल्कुल क़रीब से गुज़रा था। उसकी थूथनी मेरे बस्ते से टकराई थी...भाई उसकी आँखों में आँसू भरे थे। मैंने उसके सर पर भी हाथ फेरा। उसके मुँह से सफ़ेद झाग निकल रहे थे जो मेरे हाथ पर लग गये।

"अच्छा, बस चुप हो जाओ। पागल कहीं के। ये वो घोड़ा नहीं है। क्या पता कौन-सा जानवर है। वो यहाँ इतनी दूर कैसे आयेगा।" उसने चीकू को तसल्ली दी।

"नहीं भाई, उसकी तबियत ख़राब थी। वो गिर-पड़ रहा था। वो भूखा भी होगा। ज़रूर मर गया होगा।" चीकू बदस्तूर सिसकता रहा।

"यार चीकू...तुम तो बहादुर बच्चे हो। बहादुर हो कर रोते हो," वो कमज़ोर-सी

हँसी हँस कर बोला। "मैं तुम्हें यक़ीन दिलाता हूँ कि ये वो घोड़ा नहीं है। बे-वजह रो रहे हो" उसने अपनी क़मीज़ के दामन से बच्चे के आँसू ख़ुश्क किये। रोने के बाद चीकू की बड़ी-बड़ी मासूम और स्याह आँखें साफ़ हो गयी थीं।

"भाई तुम्हारी दाढ़ी में सफ़ेद बाल है।" अचानक बच्चे ने मुस्कुराकर कहा।

"अब तुम भी बड़े चचा की तरह बूढ़े हो गये हो।...क्यों भाई?"

उसे महसूस हुआ जैसे चीकू उस बात पर ताली बजाना चाहता हो मगर इस माहौल ने उसे इसकी इजाज़त न दी थी।

ठीक उसी वक़्त उसे ज़िन्दगी के आरज़ी होने का शिद्दत से एहसास हुआ। उसके चारों तरफ़ ज़िन्दगी अपनी तमाम अस्थिरता के साथ बिख़री पड़ी थी। फिर उसे महसूस हुआ जैसे वो किसी अजनबी दरिया के किनारे बैठा हो। पैरों तले वो पुरानी नदी नहीं थी, न वो किनारे थे। बस पानी बह रहा था। पानी जो अपने एक-एक साल में बिल्कुल अलग था। कहीं भी कोई चीज़ स्थिर न थी। पानी के नीचे मछलियाँ, कछुए, केकड़े, स्फ़ंज तैरते फिर रहे थे। उसने एक कंकरी उठा कर पानी में फेंक दी एक पल को नदी की सतह पर एक लहर दूर तक गयी फिर मादूम हो गयी। उसे यक़ीन था कुछ मछलियों और कछुओं ने अपनी ऊँघती हुई आँखें उठा कर ऊपर ज़रूर देखा होगा। मगर...अफ़सोस। उसकी शक्ल तब्दील हो चुकी थी। वह उसे पहचान नहीं पाये।

"हर चीज़ खो जाती है" उसने फिर अफ़सोस के साथ सोचा।

आख़िर वह न बदलने वाली हक़ीक़त की तलाश करने में भटकता फिर रहा था। ऐसी स्थायी चीज़ जो बीते समय, हाल, और मुस्तक़बिल तीनों में मौजूद है या उनसे परे है? एक पल में उसे कायनात के अस्थायी होने का एहसास हुआ। कहीं फिर कुछ भी तो नहीं था सब बेमानी था। उसका दिल घबराने लगा। यही वह लम्हा था जब उसने अपने अन्दर एक बिगड़ी हुई और झुर्रियों भरी रूह का वजूद महसूस किया। जिसके पास धीरे-धीरे मिटती हुई समरण शक्ति के अलावा और कुछ भी न था। गुजरा समय कहीं भी न था। क्योंकि वह ज़िस्म और रूह दोनों स्तर पर काल से बाहर आ चुका था। ज़िस्म की बनावट बदल गयी थी। चेहरे का आकार बदल गया था। पुरानी रूह भी खो गयी थी। बाक़ी बची थी सिर्फ़ हाफ़िज़े की एक रोशन सलवट और वह भी जगह-जगह से टूटती जा रही थी। तब बेहद मायूस और उदास होकर वह खड़ा हो गया।

"चलो चीकू घर चलें।" उसने चीकू का हाथ पकड़कर उठाया। खड़े होते वक़्त चीकू की पतली-पतली टाँगें कँपकँपा रही थीं। उसने ग़ौर से देखा बच्चे का चेहरा बेहद उतरा हुआ था। दिन भर की भूख-प्यास और थकान उसके साँवले चेहरे पर लिखी थी। बड़ी-बड़ी आँखों में आस-पास के माहौल से बेगानगी साफ़ टपक रही थी।

उसने सोचा मासूम बच्चे को यहाँ ले कर आना बेमानी था। और उसे जबरन

बिठा कर अपने गुजरे समय के प्रेतों की कहानी सुनाना उससे भी ज़्यादा बेमानी। उसे एक नाक़ाबिल-ए-तलाफ़ी जुर्म का एहसास हुआ।

ये बच्चा सैर करने की खुशी में उसके साथ आ गया था मगर अब शायद ज़िन्दगी भर उसे माफ़ नहीं करेगा और वह भी उससे कभी नज़रें न मिला सकेगा। बेइख़्तियार उसका दिल तड़पा कि वो उस बच्चे से इस अख़लाक़ी जुर्म के माफ़ी माँग ले। मगर फिर उसे ख़याल आया कि एक चौंतीस साल के आदमी का सात साल के मासूम और नासमझ बच्चे से इतनी संजीदगी के साथ माफ़ी माँगना तो अपने आप में बेहद भोंडी और ग़ैर मुनासिब या किसी हद तक हास्यास्प्रद बात होगी। वह बेचारगी से क़दमों के नीचे की ज़मीन को देखने लगा।

आसमान पर बादल छँट गये थे। सूरज की तमाज़्त वो अपने चेहरे पर महसूस कर रहा था। आस-पास का माहौल बिल्कुल तब्दील होने लगा था। पीपल के पत्ते सरसराते हुए दूसरी सिम्त को झुक रहे थे। पैरों के नीचे गीली ज़मीन में एक गर्मी सी पैदा हो गयी थी। उसने देखा कि उसके पैरों के क़रीब से गुज़रने वाली चींटियों की क़तार ने अपना रास्ता बदल लिया था। दूर किनारे के उस पार गिद्ध अब भी मँडरा रहे थे। एक गिरगिट अपनी पिछली टाँगों पर खड़ा उन्हें हैरत से देखे जा रहा था।

वो मुजरिम-सा सर झुकाये खड़ा रहा।

"भाई साइकिल उठाओ ना" चीकू ने उकता कर कहा।

"हाँ," उसने धीरे से कहा फिर वो यूँही सर झुकाये साइकिल तक पहुँचा। चीकू ने उसके बायें हाथ की उँगली अपने नन्हे से हाथ में मज़बूती से पकड़ ली। तब वो दोनों धीरे-धीरे पगडण्डी पर वापसी के सफ़र के लिए बढ़ने लगे उनके पीछे नदी का पानी खाँदवाँ था।

बुरे मौसम में

लालटेन की रोशनी मद्धिम होने लगी। उसका तेल ख़त्म हो रहा था। शाम हुए देर हो चुकी थी। सितम्बर की उदास और बादलों से घिरी शाम, सितम्बर की हर शाम अपने पीछे गुज़री हुई तमाम बारिशों का बोझ उठाये उदास और थकी-थकी-सी भटका करती थी और सितम्बर का हर दिन आसमान पर काहिली से बुलन्द होते हुए सफ़ेद बादलों के बाझ को उस पार से इस पार पहुँचा आया करता है।

उसने आँखों का काला चश्मा हटाकर आसमान की तरफ़ नज़र उठायी। ज़्यादातर आसमान अँधेरा था बस एक टुकड़े से कटा-फटा चाँद झाँक रहा था। इस वक़्त बेहद घुटन हो गयी थी और मौसम अब्र आलूद भी था। मगर ये रुई की तरह बर्फ़ जैसे सफ़ेद बादल थे इस का अन्दाज़ा किया जा सकता था।

“सफ़ेद बादलों से बारिश नहीं हुआ करती” उसने सोचा लेकिन अगर इसी मौसम गें एक बारिश हो जाए तो फिर क़यामत ही आ जाती है। वापस जाते हुए मानसून के ये बोझिल और थके हुए बादल ज़लज़ले और सैलाब लाया करते हैं और दूर पहाड़ों पर चट्टानें अपनी जगह से खिसका करती हैं।

आज बहुत घुटन है लेकिन सितम्बर के मौसम की पहचान है कि रात में उदास हवायें ज़रूर चलना शुरू हो जायेंगी।

“बिजली नहीं आयी अभी तक।” उसने सोचा।

उसकी एक आँख से फिर पानी बहने लगा। उसने काला चश्मा लगा लिया पिछले पन्द्रह-बीस दिन से जैसे ही बारिश का सिलसिला ख़त्म हुआ था और चिलचिला कर धूप निकली थी वैसे ही अचानक शहर में आँखें आ जाने की बीमारी फैल गयी थी। तीन दिन से लगातार उसकी आँखें भी बुरी तरह दुख रही थीं। उसकी आँखें एक तो पहले ही बेहद छोटी और बेरौनक थीं और अब दुख आने पर सूज कर बिल्कुल ही सिकुड़ गयी थीं सुर्ख़ी और कीचड़ आ जाने के बाइस उनको देखने से ही कराहियत होती थी। अपने बोसीदा बक्स को खोल कर इन आँखों को छुपाने के लिए उसने जो काला चश्मा तलाश किया था वो उसके तालिब-ए-इल्मी के ज़माने की यादगार था और अब बिल्कुल सायंकाल नहीं होता था। एक ज़माने में इस अन्दाज़ का चश्मा एक मशहूर फ़िल्मी अदाकार से की पहचान और कॉलेज के हर तालिव-ए-इल्म की तरह इस अदाकार की नकल में उसने भी ये चश्मा खरीद लिया था लेकिन आज

इसे आँखों पर लगा कर वो कोई सस्ते क़िस्म का फ़िल्मी मसखरा नज़र आ रहा था।

दीवार में लगे लोहे के कुण्डे में ज़ंग आलूद और टपकती हुई लालटेन की रोशनी कुछ और मद्धिम हुई तो पलंग की पायंती से उठकर उसमें तेल डालने लगा।

"सुनो मैं लालटेन में तेल डाल रहा हूँ तुम आकर बच्ची के पास बैठ जाओ।" उसने बीवी को आवाज़ दी।

बीवी रसोई में थी, जहाँ एक मोमबत्ती रोशन थी और एक स्टोव भरभरा कर जल रहा था इस लम्बे-चौड़े मगर लगभग ख़ाली और बोसीदा से रसोई से आती हुई स्टोव की ये आवाज़ न जाने क्यों उसे बेहद वहशतनाक मालूम हुई। जलते हुए स्टोव के शोर में बीवी ने उसकी आवाज़ नहीं सुनी। बेहद जल्दी और घबराहट के साथ उसने लालटेन में तेल डाला और दोबारा बच्ची के पास पलंग की पायंती जाकर बैठ गया। उसने धीरे से बच्ची की एड़ियाँ छुईं एड़ियाँ गोया जल रही थीं। "बुख़ार तेज हो रहा है।" वो फ़िक्रमन्द हो गया।

चौड़ा-सा आँगन सूना पड़ा था। हाल ही में यहाँ लगा बेरी का एक बड़ा पेड़ कट जाने से आँगन और भी ज़्यादा बड़ा मालूम होता था। ये एक पुराना ख़स्ताहाल मकान था जिसमें बड़ा-सा आँगन और चौड़े-चौड़े दालान थे। मकान के हर हिस्से में जो चीज़ नुमायाँ थी वो ये थी कि चारों तरफ़ छोटे-बड़े ताक़ नज़र आते थे जो या तो ख़ाली थे या किसी-किसी में कोई मैला कपड़ा, कोई गली-सड़ी छतरी, कोई ज़ंग लगा टीन का डिब्बा या ऐसी ही कोई कबाड़ की-सी शै रखी नज़र आ जाती थी। दालान के हर कोने में मकड़ियों के बड़े-बड़े जाले लटक रहे थे। दीवारों और फ़र्श का प्लास्टर जगह-जगह से उधड़ रहा था। अरसे से सफ़ेदी न होने के बाइस उजाले में भी ये मकान अँधेरा-सा नज़र आता था। इस मकान में कोई ज़ीना नहीं था, लेकिन दरवाज़े के बिल्कुल सामने आँगन में दीवार लगा ईंटों का एक पुराना ढेर नज़र आता था जिसे बरसाती घास ने क़रीब-क़रीब पूरी तरह ढँक लिया था। हो सकता है कि किसी ज़माने में यहाँ ज़ीना रहा हो और ईंटों का हिलता हुआ ये पुराना ढेर इसकी निचली सीढ़ी हों। पिछले डेढ़-दो माह से लगातार बारिश होने की वजह से मकान की छतें बुरी तरह टपक रही थीं। छत की कड़ियों, शहतीरों और दरवाज़ों की चौखट में दीमक लग गयी थी और दीवारों पर छत की दरारों से बह-बह कर आने वाले मटियाले पानी की लकीरें जम गयी थीं। बारिश रुक जाने पर जब धूप निकली तो मकान के हर गोशे की सीलन बदबू, भाप बन कर हर तरफ़ बिखरने लगी। बिस्तर, चादरों, तकिये, पर्दे और कपड़े सब से सीलन की बू आती थी। इस वक़्त भी बच्ची के बिस्तर से सीलन का नागवार भभका आ रहा था।

"बिजली पता नहीं कब आयेगी" उसने फिर तश्वीश के साथ सोचा।

इस इलाक़े में सर-ए-शाम ही बिजली चले जाने का मामूल बन गया था। अक्सर तमाम रात नहीं आती थी। आस-पास कुछ पैसे वाले लोगों के घरों से जेनरेटरों का

विहंगम शोर बुलन्द रहता और उनके आलूदा धुएँ फ़िज़ा में मँडराते रहते थे। मगर आज कहीं कोई जेनरेटर नहीं चल रहा था। हर तरफ ख़ामोशी थी। सिर्फ़ स्टोव अपनी भयानक आवाज़ में जले जा रहा था।

यूँही बैठे-बैठे उसने ऊपर निगाह की तो अँधेरी होती हुई छत की काई लगी मुँडेर पर एक जंगली बिल्ली किसी शिकार की ताड़ लगाये बैठी नज़र आयी।

"हश...हश..." वो उठकर हाथ हिला कर बिल्ली को भगाने की कोशिश करने लगा। उसे डर था कि अगर बच्ची ने जाग कर बिल्ली को देख लिया तो बेतहाशा ख़ौफ़ज़दा हो जायेगी। वैसे भी कहते हैं कि इस बीमारी में बुरी चीज़ें बच्चे के आस-पास मँडराती रहती हैं।

उसके हश-हश करने पर भी जब बिल्ली अपनी जगह से नहीं हिली तो वो फ़र्श पर पड़ा ईंट का एक छोटा-सा टुकड़ा उठाने के लिए झुका। बिल्ली ने अचानक छलाँग ली और मुँडेर के दूसरी तरफ़ कूद गयी।

उसने टुकड़ा फेंक दिया और पलंग पर बैठ कर अपनी क़मीज़ के दामन से आँखें साफ़ करने लगा जिनमें बुरी तरह खटक हो रही थी और कीचड़ आ रहा था। तब ही उसे फ़र्श पर रखे अपने नंगे पैरों के पास गीलापन का एहसास हुआ। उसने झुक कर ग़ौर से देखा बच्ची ने पेशाब किया था जो पलंग के बँध से छन-छन कर फ़र्श पर बह रहा था। वो हवास बाख़्ता हो गया और तक़रीबन दौड़ता हुआ रसोई तक पहुँचा।

"अरे बच्ची ने तो पेशाब कर दिया है," जल्दी से जाँघिया बदल दो।

"आ रही हूँ तुम तो बस बातें बनाने के लिए हो" बीवी की करख़्त आवाज़ स्टोव के शोर में भी नुमायाँ थी।

उसकी ऐनक फिसल कर नाक पर आ रही थी। सारा चेहरा पसीने से भीग गया था। वो वापस बच्ची के पास आकर पायंती के पास खड़ा हो गया। इस बीमारी में गीलापन नहीं होना चाहिए। वो फ़िक्रमन्द हो रहा था।

रसोई में जलता हुआ स्टोव अचानक ख़ामोश हो गया। उसके ख़ामोश होते ही घर में एक भयानक सन्नाटा लौटने लगा।

जब उसकी बीवी बच्ची का जाँघिया बदल रही थी तो वो भाग कर लालटेन उठा लाया। बच्ची ने सोते में कुलबुला कर अचानक एक तरफ़ करवट ले ली। उसके सिरहाने रखी नीम की टहनियाँ ज़ोर-ज़ोर से सरसरायीं।

"लालटेन उसके मुँह पर से तो हटाओ। जाग जायेगी," बीवी नाख़ुशगवार लहजे में बोली। वो लालटेन ले कर थोड़ा पीछे हट गया लेकिन उसकी रोशनी में बच्ची के मुँह, हाथ, पैरों पर उभरे हुए नन्हे-नन्हे लाल दाने साफ़ देखे जा सकते थे। फ़ीकी-फ़ीकी रोशनी में फ़र्श पर नीम की टहनियों का साया पड़ रहा था।

"दाने बढ़ गये हैं।" बीवी आप ही आप बड़बड़ायी।

लालटेन की रोशनी में उन दोनों की झुकी हुई परछाइयाँ दीवार पर लरज़ रही थीं। आज से चार दिन पहले बच्ची को बुख़ार आया था। बुख़ार से पहले उस तमाम दिन वो बार-बार रोती और चिड़चिड़ाती रही थी। उस दिन उसे पूरी आस्तीन का फ्रॉक पहनाया गया था उसने ख़याल किया कि शायद इसीलिए वो घबरा रही है। उसे जब भी पूरी आस्तीन का फ्रॉक या स्वेटर पहनाया जाता वो बेहद मचलती। अपने दोनों हाथ बेचारगी के आलम में इस तरह ढीले छोड़ देती जैसे उन में जान बाक़ी न रही हो और उसकी आँखों से एक क़िस्म की तकलीफ़ का एहसास झलकता रहता था। बच्ची की माँ इस आदत पर बहुत झुँझलाया करती थी और अक्सर गुस्से में उसे ज़ोर से पलंग पर पटक दिया करती थी। मगर दरअसल बच्ची को ये आदत अपने बाप से विरासत में मिली थी। अम्मा उसे बचपन में किसी बादशाह की कहानी सुनाया करती थीं जिसके कन्धों पर दो साँप उग आये थे और जब तक उनको इंसानी गोश्त की ख़ुराक न दी जाती वो बादशाह के कन्धों को जकड़े रहते। पूरी आस्तीन की कोई भी चीज़ या जरसी पहन लेने पर उसे बचपन में ऐसा ही एहसास होता था। वो अपने बाज़ुओं को इस तरह लटकाये रखता जैसे वो लकवा मार गये हों और उसकी आँखों से लगातार आँसू जारी रहते तब अम्मा को मजबूर हो कर उसे आधी आस्तीन का स्वेटर ही पहनाना पड़ता। लेकिन ये सब उसने अपनी बीवी से नहीं कहा था।

जब भी बच्ची इस हाल में रोने और घबराने लगती वो जल्दी से बच्ची के कन्धों को आहिस्ता-आहिस्ता सहलाने लगता। मगर इस बार बच्ची को आधी आस्तीन का फ्रॉक पहना देने पर भी उसकी चिड़चिड़ाहट में कोई कमी न हुई थी मगर उम्मीद के ख़िलाफ़ उस दिन वो किसी भी खिलौने से खेले बग़ैर सर-ए-शाम ही सो गयी थी। रात को बेख़बर सोते-सोते अचानक उसका ज़िस्म जैसे जलने लगा। वो धीरे-धीरे कराह रही थी। उसके कराहने से माँ की आँख खुल गयी और वो उसे थपक-थपक कर सुलाने की कोशिश करने लगी। लेकिन बच्ची तमाम रात बुख़ार में फुँकती और कराहती रही। उसकी माँ उठ-उठकर कई बार घबराहट की कैफ़ियत में सिल के पत्थर मिर्चों और पानी से भरे लोटे से, और न जाने किन-किन जाने-जनजाने लोगों का नाम ले कर बच्ची की नज़र भी उतारी लेकिन उसकी बेचैनी और बुख़ार में कोई कमी न हुई।

जब सुबह हुई तो उसे डॉक्टर को दिखाया गया जिसने गले गदूद में सूजन का आ जाना बताया था। बच्ची अभी सिर्फ़ पन्द्रह माह की ही थी। दवा पीने में वो बेहद चिल्लाती थी मगर इस बार जो उसने रोना-चिल्लाना शुरू किया इससे उन दोनों के हाथ-पाँव फूल गये वो सोते-सोते जाग कर अचानक इस तरह चीख़ना शुरू कर देती जैसे कोई जानवर सख़्त क़िस्म की तकलीफ़ में आवाज़ें निकालता है। उसकी माँ

उसे कुछ इस तरह आँगन में ले कर टहला करती जिससे बच्ची का सर उसके सीने में बिल्कुल छुप कर रह जाता। साथ ही वो बराबर कोई न कोई लोरी भी सुनाती रहती। सिर्फ़ गोद में लेने के इस ख़ास अन्दाज़ से ही बच्ची को कुछ सुकून मिल जाता था और वो दोबारा कुछ ग़ाफ़िल-सी होने लगती, लेकिन जैसे ही उसे पालने या बिस्तर पर लिटाया जाता, वैसे ही दोबारा डरावनी आवाज़ों में चीख़ने लगती। उसकी बीवी थक कर और परेशान हो कर उसे छोड़ दिया करती। ऐसे वक़्त में वो बच्ची को इस तरह गोद में लिया करता जिस तरह उसकी बीवी लिया करती थी और घबरायी हुई आवाज़ में वही लोरी भी सुनाने की कोशिश करता। लेकिन इससे बच्ची की चीखें और भी बढ़ जातीं और वो बिन जल मछली की तरह उसकी गोद में तड़पने लगती। ये देख कर उसकी बीवी गुस्से और घबराहट की मिली-जुली कैफ़ियत में उसकी तरफ़ झपटती और बच्ची को उसकी गोद से छीनते हुए कहती कि उसकी इस फटी और भद्दी आवाज़ में लोरी गाने से तो वो और भी डर रही है।

बीमारी से पहले ऐसा नहीं था। जब भी बच्ची रोती थी वे बहुत कामयाबी के साथ उसे बहला लिया करता था हालाँकि इससे पहले उसे इस क़िस्म का कोई भी तजुर्बा नहीं था।

ये बच्ची उनकी शादी के ठीक सत्रह साल बाद पैदा हुई थी। उसके सर के तमाम बाल पक चुके थे और बदन पर चरबी की एक मोटी-सी तह चढ़ आयी थी। ज़्यादा चलने-फिरने से उसकी साँस भी फूलने लगी थी लेकिन ये वसूक़ के साथ कह पाना मुश्किल था कि ऐसा सिर्फ़ उसकी बढ़ती उम्र के बाइस ही हो सकता था कि इसकी वजह उसके तमाम उर्म के नाकारापन और ग़ैर सेहतमन्द ख़्यालात ही रहे हों।

बच्ची की पैदाइश के बाद उसकी ज़िन्दगी में सिर्फ़ एक अहम तब्दीली हुई थी कि अब उसके लिए दिन-दिन भर सो पाना मुमकिन नहीं रहता था। वो दोपहर को सोने का बड़ा शौकीन था और क़रीब-क़रीब तमाम दिन ही सोता या ऊँघता रहता था। इस क़दर सोने के बावजूद उसे रात में नींद आने में कोई दुश्वारी न आती थी लेकिन बच्ची की पैदाइश के बाद इस सिलसिले में जहाँ तक हो सका इतना चाक़-व-चौबन्द रहने लगा था कि बमुश्किल तीन-चार घण्टे ही सो पाता था।

बच्ची जब बहुत छोटी थी और मचल कर रोया करती थी तो वो उसे ज़ोर-ज़ोर से लोरी सुनाना शुरू कर देता था लेकिन दरअसल ये लोरी नहीं होती थी। वो हास्यास्पद अन्दाज़ में और फूहड़पन के साथ सिर्फ़ एक शब्द "अरे भई वाह, अरे भई वाह" की गरदान किये जाता और बच्ची के पालने को झोंके दिये जाता। बच्ची अपनी मासूम और चमकती आँखें उसकी आँखों में डाल देती और जैसे कुछ भौचक्की सी हो कर इस बेमानी और हास्यास्पद शब्द को सुने जाती जिसे वो बग़ैर साँस रोक झूम-झूम कर कहे जाता। आहिस्ता-आहिस्ता जैसे किसी मद भरे जादू के तहत बच्ची की आँखें बन्द होने लगतीं और वो सचमुच सो जाती। बच्ची के सोते ही न जाने

क्यों उसका मासूम चेहरा उसे बहुत उदास नज़र आने लगता और दीवारों में दुबका हुआ सन्नाटा बाहर की तरफ़ रेंगता हुआ महसूस होता। इस सन्नाटे से घबरा कर वो फिर भी देर तक "अरे भई वाह" की गरदान ही किये जाता।

मगर ये लोरी नहीं थी। उसकी आवाज़ में वो नर्मी धुलावट और ममता नहीं थी और वो पुरसुकून ख़्वाबनाक स्वर ग़ायब था जिससे पूरी लोरी बनती है। ये कोई ख़तरनाक और बुरी चीज़ थी इसका एहसास अकसर उसे हुआकरता था।

कभी-कभी ऐसा भी होता था जब मक़सद बच्ची को सुलाना नहीं बल्कि सिर्फ़ बहलाना हुआ करता था ऐसे वक़्त वो बच्ची को पलंग पर लिटा दिया करता और ख़ुद पलंग पर थल-थल करता फूहड़पन से थिरकता रहता। इन लमहात में वो एक इंसान से ज़्यादा एक बेडौल भद्दा तमाशा दिखाने वाला भालू नज़र आता जो सिर्फ़ उम्मीद पर फूहड़पन से उछल-कूद रहा हो ताकि अगर कोई तमाशाई उसके फ़न और सलाहियत की दाद न भी दे तब भी कम से कम हँस ज़रूर सकता था। उस की ये कोशिश कामयाब भी साबित होती और बच्ची अचानक किलकारियाँ मारने लगती थी लेकिन इस उछल-कूद में उसकी साँस फूल जाया करती थी। सीना धौंकनी की तरह चलने लगता, पाजामा खिसक कर नीचे तक आ जाता। कमरबन्द बाहर लटकने लगता और वो क़ाबिल-ए-रहम हद तक हास्यास्पद नज़र आने लगता। उसे इस हुलिये में देख कर बीवी अक्सर उसे एक थुलथुल आदमी का ताना दिया करती जिसे नाचना तो दूर सलीक़े से उछलना-कूदना भी न आता था। तब वो झेंप मिटाते हुए अक्सर एक कमज़ोर-सा जवाब पेश करता कि उछल-कूद के बहाने दरअसल उनकी वर्जिश अच्छी हो जाती है जो उसके शूगर के मर्ज़ के लिए बहुत मुफ़ीद है।

लेकिन इस बीमारी में उसकी कोई बेतुकी ऊल-जलूल और हास्यास्पद हरकत या कोशिश बार-बार न हो सकी थी। बच्ची सोते में चौंक उठती और बुरी तरह गला फाड़ना शुरू कर देती, फिर किसी तरह ख़ामोश होने का नाम न लेती, तमाम दवाओं के बावजूद उसका बुख़ार एक पल को भी कम न हुआ। उसकी पीठ और माथा इस शिद्दत से गर्म होते कि गोया उन पर चने भूने जा सकते थे लेकिन मुश्किल मसला उन दर्दनाक और डरावनी चीख़ों से था जो अचानक सोते-सोते शुरू हो जाती थीं। इस दरमियान बच्ची ने दूध मुँह में लेना बिल्कुल छोड़ दिया था। तब उसकी बीवी ने कहा था कि मैं किसी मौलवी से तावीज़ लाऊँगी क्योंकि ये चीख़ना-चिल्लाना वजह नहीं है। और न ही ये आम क़िस्म का रोना मालूम होता है ये तो कोई और ही बात लगती है जैसे बच्ची पर कोई असर हो गया हो।

उसकी बीवी एक प्राइमरी स्कूल में पढ़ाती थी और आधे दिन से ज़्यादा घर से बाहर रहती थी। वो ख़ुद आजकल कुछ नहीं करता था। दो साल पहले उसने बच्चों की कॉपियों-किताबों की एक मामूली-सी दुकान खोली थी लेकिन वो चल न सकी थी बच्ची की पैदाइश के बाद से बीवी ने स्कूल से लम्बी छुट्टी ले रखी थी।

लेकिन अब आगे छुट्टी मिलना मुश्किल था। वो इस बात से झल्लाया करती थी कि न तो वो इस क़ाबिल था कि बीवी की ग़ैरहाज़िरी में बच्ची को क़ायदे और सलीक़े से रख सके और न ही इतनी कम आमदनी में कि औरत या लड़की का इन्तज़ाम किया जा सकता था जो बच्ची की देखभाल कर सके।

बीवी शाम को कहीं से तावीज़ ले आयी थी लेकिन तावीज़ गले में डालने के बाद भी कोई तब्दीली नहीं हुई थी। वो उसे बुख़ार में जलती हुई तीसरी रात थी और उस रात बच्ची को पहले से ज़्यादा बुख़ार रहा और वो बराबर बेचैन रही। उस रात मकान की काई लगी मुँडेरों पर आवारा बिल्लियाँ रोती और लड़ती फिरीं।

वो शायद फ़जर[1] का वक़्त रहा होगा जब उन्होंने बच्ची को सुकून से सोता हुआ पाया। उसका निचला होंठ कुछ आगे उभर आया था और वो दोनों हाथों की मुट्ठियाँ बाँधे सीधी लेटी सो रही थी उसकी साँस के अन्दाज़ से मालूम होता था कि नींद निस्बतन गहरी थी। उसके ज़िस्म को छूने से बुख़ार भी कम महसूस हुआ। बीवी ने राहत की साँस ली और बच्ची के बराबर लेट गयी वो ख़ुद भी पलंग पर आड़ा-आड़ा दराज़ हो गया। हल्की सी नींद के आलम में उसे बार-बार ये महसूस होता रहा जैसे पलंग की सिम्त बदल गयी हो।

पौ फटे ज़्यादा देर नहीं हुई थी कि वो घबरा कर आँखें मलता हुआ उठ बैठा। दुखती आँखों में कीचड़ आ जाने की वजह से पलकें चिपक गयी थीं। बड़ी मुश्किल से वो आँखें खोल पाया। उसने बच्ची की तरफ़ नज़र डाली और उसका जी धक से हो गया। सुबह की सफ़ेदी में बच्ची के साँवले ज़िस्म पर नन्हे-नन्हे दानों का जाल-सा बिखरा हुआ नज़र आया। हाथ, पैर, चेहरा, भौंहें, आँखों के हलके, पपूटे, पीठ और कानों के पीछे दाने ही दाने थे। बच्ची का चेहरा सुर्ख़ होकर भभरा गया था। उसने तक़रीबन झँझोड़ते हुए बीवी को उठाया "देखो-देखो"...उसने बच्ची के ज़िस्म पर फैले हुए दानों की तरफ़ इशारा किया वो भी देख कर घबरा गयी।

मेरी बच्ची यही तकलीफ़ तो थी उसे। यही तो खोलन पड़ी थी। इसीलिए बुख़ार नहीं उतर रहा था। ख़ुदा ख़ैर करे। कैसे भरे पड़े हैं वो बच्ची के माथे पर आहिस्ता-आहिस्ता हाथ फेरते हुए फ़िक्रमन्द लहजे में कह रही थी।

"टीका तो लगवाया था", वो मुर्जिमाना अन्दाज़ में आहिस्ता से बोला।

"कुछ नहीं होता टीके-वीके से। ये सब हमारे ऊपर ख़ुदा का शाप है।"

बीवी ने एक झटके के साथ उसकी तरफ़ देखा।

"आजकल फैल भी बहुत रही है। आस-पास कई घरों में बच्चों को निकल चुकी है। दरअसल ये मौसम ही ख़राब है," वो बेख़्याली में बोला।

"ये सब तुम्हारा ही किया-धरा है।" बीवी ने उसे घूरा।

कच्ची नींद में जाग जाने की वजह से बीवी की आँख़ें सुर्ख़ हो रही थीं। लेकिन उसे ये आँखें बेहद परायी और अजनबी नज़र आयीं। उन आँखों को वो ज़्यादा

देर तक न देख सका और उसने ख़ुद को एक अजीब क़िस्म के एहसास-ए-जुर्म से जकड़ा पाया।

"मेरा किया-धरा...?"

"हाँ तुम्हारा, जब भी दोनों वक़्त मिलते हैं तुम इसे दरवाज़े के परे ले कर खड़े हो जाते थे।"

"लेकिन मैं तो इसे बहलाने के लिए खड़ा हो जाता था।" वो जबरदस्ती मुस्कुराहट चेहरे पर लाता हुआ बोला। हालाँकि उसे अच्छी तरह इल्म था ऐसे मौक़े पर ये मुस्कुराहट सिर्फ़ एक बेवकूफी का दर्जा रखती थी।

"बहला तो तुम सब को रहे हो, न जाने कब से—सिर्फ यही एक ऐसा काम है जिसे तुम महारत के साथ अंज़ाम दे सकते हो।" बीवी के लहजे में भूली-बिसरी शिकायतें भी उभर आयी थीं। लेकिन इन शिकायतों की सतह मामूली और यूँही सी नहीं थी। इसमें वजूद को पुर्ज़े-पुर्ज़े कर देने वाले किसी पूर्ति न किये जाने वाले नुक़सान का एहसास था।

उसने दुखती आँखों पर काली ऐनक लगा ली।

दिन चढ़ आया—धूप मुँडेर से सरक कर आँगन में चली आयी। धूप की चमक में बच्ची के ज़िस्म पर उभरे ये ख़शख़श जैसे सुर्ख़ दाने और भी ज़्यादा चमकीले और घने नज़र आने लगे।

"अन्दर का सारा माद्दा बाहर निकल आना चाहिए। अब कोई दवा नहीं दी जायेगी।" उसने यक़ीनी लहजे में कहा।

बीवी ने उसकी बात पर कोई तवज्जो नहीं दी। वो बच्ची के बाल सहला रही थी। उसने ज़बरदस्ती बात आगे बढ़ाना चाही "जानती हो इन दानों का असल नाम..." बस-बस नाम लेने की ज़रूरत नहीं है। वैसे ही घर में बड़ी ख़ैर व बरकत है। वो उसकी बात काटते हुए गुसीले लहजे में बोली।

उसकी बीवी दरमियाने क़द की साँवली रंगत लिये हुए भारी-भरकम सी औरत थी। उसका चेहरा यूँ तो बिल्कुल मामूली था लेकिन नाक के चौड़ी और क़दरे बैठी होने की वजह से उसकी शख़्सियत में एक क़िस्म की कामुक बेबाकी का गुमान गुज़रता था। उस चेहरे की सतह के नीचे एक सोई हुई-सी कामुकता के नक़्श अक्सर नज़र आ जाते थे जिन्हें देख कर दहशत का अहसास होता था लेकिन बहुत मुमकिन है कि इसमें देखने वाले की अपनी नज़र और ज़हनियत का दख़ल ही रहा हो। उसका दहाना चौड़ा था और होंठ मोटे थे जिन को वो इस वजह से ज़्यादातर आपस में भींचे रहती थी कि उसके दो दाँत बाहर को आये हुए थे। उसके होंठों का रंग ग़ैर मामूली तौर पर सुर्ख़ था जिसकी तह के नीचे से एक धुँधली-सी सफ़ेदी अक्सर ऊपर उभरती दिखायी देती। उसके साँवले चेहरे पर ये अजीब रंगत और आकार हुए होंठ न सिर्फ़ अजनबी और बेमेल नज़र आते थे बल्कि ये अपने अन्दर

उसके तमाम वजूद से परे किसी ऐसी चीज़ का सुराग़ देते थे जो बिल्कुल समझ में आने वाली न हो और साथ ही साथ भेदपूर्ण भी थी।

बच्ची जाग गयी थी और मुँह बिगाड़ कर रोने लगी थी। उसने हाथ बढ़ा उसे गोद में लेना चाहा मगर उसकी बीवी ने हाथ झटक दिया।

"दूर हटो...पता है इस बीमारी में कितनी एहतियात की ज़रूरत है।" बीवी ने बच्ची को अपनी गोद में ले लिया।

वो शर्मिन्दा हो कर पीछे हट गया मगर फिर फ़ौरन ही धीरे से खँखारते हुए बोला। "ये दाने फ़जर के वक़्त निकलते हैं अम्मा कहती थीं।"

"फ़जर के वक़्त" बीवी ने सवालिया नज़रों से देखा मगर वो कहीं और देख रहा था।

फ़जर के वक़्त ये दाने जिल्द और लहू की अथाह गहराइयों से निकल कर जिस्म पर नमूदार होते हैं। सारी जान खींच लेने के बाद इन नन्हे-नन्हे दानों का वजूद किसी भयानक और अशुभ तख़लीफ़ से कम नहीं होता। अम्मा कहा करती थीं कि दाने निकल आने के बाद इसलिए बुख़ार कुछ कम हो जाता है मगर ख़तरा नहीं टलता, बुरी हवायें और आसेबी ताक़तें बच्चे को घेरे रखती हैं। उसने सोचा।

"ख़ुदा का हुकुम है। टीका भी लगवाया था और मेरी अम्मी इसके पैदा होते ही सूरा ए-रहमान शरीफ़[1] का गण्डा भी डाल गयी थीं फिर भी होनी को कौन रोक सकता है" बीवी आहिस्ता-आहिस्ता बड़बड़ाने लगी।

"सूरा-ए-रहमान शरीफ़ के गण्डे से क्या होता है?"

"शैतानी ताकतें और नापाक चीज़ें दूर रहती हैं" बीवी ने कुछ इस तरह होंठ भींचे हुए जवाब दिया था कि एक पल के लिए उसके होंठों की वो धुँधली और हल्की सफ़ेदी सारे चेहरे पर रेंगती नज़र आयी। उसके इस चेहरे को ग़ौर से देख पाना मुमकिन न था। फिर एक बार उसकी संगीन मगर बेमानी एहसास-ए-जर्म का शदीद और साफ़ बोध हुआ।

"निवारण मुमकिन नहीं" कोई उसके अन्दर दुख से बड़बड़ाया।

"सुनो" उसकी बीवी कह रही थी।

"पड़ोस से जाकर नीम की टहनियाँ और पत्ते ले आओ। आज पहला ही दिन है अभी ये दाने और उभरेंगे ख़ुदा रहम करे। मेरी फूल-सी बच्ची" उसकी आवाज़ रुँध आयी थी।

बेइख़्तियार जी चाहा कि वो प्यार से बीवी का हाथ थाम ले और उसे तसल्ली दे। लेकिन तब ही उसे ख़याल आया कि ये रुँधी हुई आवाज़ देर तक बच्ची को "आ आ" करके बहलाने का नतीजा रही होगी वो मायूसी के साथ आसमान की तरफ़ देखने लगा जहाँ एक उदास और तन्हा चील धीरे-धीरे तैर रही थी। थोड़ी देर ख़ामोश रहने के बाद उसका दिल फिर कोई बात करने के लिए चाहा।

"अम्मा कहती थीं जब बीमारी का मरीज़ घर में हो तो गोश्त नहीं पकाना चाहिए और किसी भी क़िस्म का छौंक नहीं लगाना चाहिए।"

बीवी ने उसकी तरफ़ तीखी नज़रों से घूरा।

मुझे इन दक़ियानूसी बातों का कोई इल्म नहीं न मेरे घर में किसी के इस क़िस्म के जाहिलाना ख़्यालात थे।

नहीं दरअसल बुज़ुर्ग इस बीमारी को भूल से मिलती-जुलती कोई चीज़ समझते थे। उनका ख़याल था कि गोश्त वग़ैरा पकने से उसकी शैतानी ताकत बढ़ जाती है।

"तुम्हीं को रोज़ गोश्त चिचोड़ने का शौक़ है मुझे क्या समझा रहे हो" बीवी बेज़ार थी।

वो जवाब में कुछ न कह सका। देर से आसमान की तरफ़ देखते रहने के बाइस धूप की चौंध से उसकी आँखों में पानी भर आया वो चश्मा उतारकर क़मीज़ के मैले दामन से पानी साफ़ करने लगा।

अब यही कसर रह गयी है। अगर बच्ची की आँखें दुखने लग गयीं तो...

बीवी का लहजा झुँझलाहट से भर गया था।

"उससे थोड़ा दूर रहो। और कम से कम अपनी आँखों को पानी से ही धो डालो बच्ची माँ की गोद में सो गयी थी।"

वह नल पर आँखें धोने झुक गया। ठण्डे पानी से अच्छी तरह आँखें धो लेने के बाद उसे कुछ नहीं सूझा तो नल के पाइप में लगी काई को ही साफ़ करने लगा। टोंटी पर पीली भिड़ें आकर इकट्ठा होने लगीं। उसने एक चप्पल उतार कर हाथ में ले ली और आगे-पीछे दौड़-छोड़कर डरते हुए भिड़ों को कुचलने की कोशिश करने लगा। वह जानता था कि ये सब बिल्कुल बेमानी और फ़िज़ूल है लेकिन झेंप मिटाने के लिए ये बेमानी हरकत बहुत ज़रूरी थी। उस शाम बच्ची का बुख़ार काफ़ी कम रहा। उसने थोड़ा-सा दूध पिया और अपने बिस्तर पर बैठ कर बिसात भर खेलने की कोशिश की। बिस्तर पर उसके खिलौने डाल दिये गये लेकिन वह बजाय खिलौनों के वहाँ बिख़रे हुए नीम के पत्तों और टहनियों से खेलने लगी। नीम की एक टहनी हाथ में लेकर बच्ची ने उसके सर को छुआ। वह ख़ुशी से बेक़ाबू हो उठा। बच्ची कमज़ोरी के आलम में भी उसकी क़मीज़ का दामन पकड़ कर बिस्तर पर खड़ी हो गयी और चार-पाँच दिन के अरसे में शायद पहली बार तुतलाते हुए बोली।

"आ...गये।...आ...गये"

वो जब भी बाहर से घर में दाख़िल होता बच्ची उसे देखकर तुतलाते हुए कहती—"आ...गये। आ...गये" वो इसी शब्द पर निहाल हो जाया करता था लेकिन बहुत मुमकिन था कि ये शब्द उसी के बाहर से घर में दाख़िल होने की वजह से बच्ची के मुँह से अदा न होता हो बल्कि बच्ची ने उसे बाप के नाम या शख़्स के बतौर याद कर लिया हो। या फिर ख़ुद उसके कानों ने एक बेमानी आवाज़ को मानी का

जामा पहना दिया हो। उस शाम उसने बच्ची को गोद में लेकर घोड़ा दौड़ने की नकल में मुँह से "टिक टिक" की आवाज़ें निकालीं और फिर बाक़ायदा झुक कर घोड़ा बनते हुए आँगन में छोड़कर भी दिखाया जिस पर बच्ची बराबर "आ गये...आ गये" कहती रही और दरमियान में किलकारियाँ भी मारती रही। लेकिन जैसे-जैसे रात बढ़ती गयी वैसे-वैसे बच्ची का बुख़ार दोबारा बढ़ने लगा और फ़िर वो डर हो कर बुरी-बुरी आवाज़ें निकालती हुई रोने लगी।

"बीमारी ने बच्ची को थका कर रख दिया। फिर उसकी हालत बिगड़ गई। उस की बीवी अचानक डरावनी आवाज़ में चिल्लाई और बच्ची को गोद में ले कर तेज़-तेज़ कदमों से दालान और आँगन के दरमियान चक्कर लगाने लगी।"

देर तक घोड़ा बनकर बच्ची को टहलाने से वो रीढ़ की हड्डी में (दुखन) महसूस कर रहा था। वो शर्मिन्दा सा पलंग की पायंती पर बैठा तो खुद को उसने कुछ ज़्यादा झुका हुआ महसूस किया। कमर जैसे सीधी न होती थी। उसने सोचा वह ठीक ही कहती है। उसने दुख भरी नज़रों से अपने पेट को देखा तो क़मीज़ पर जगह-जगह सालन के धब्बे भी नज़र आये जो खाना खाने के सिलसिले में उसकी जल्दबाज़ी और बदतमीज़ी का सबूत थे।

लेकिन वो भी मज़बूर था। आजकल जब भी वो खाना खाने बैठता न जाने कहाँ से अम्मा आकर बैठ जातीं और डलिया में से निकाल-निकाल कर उसके हाथ में रोटियाँ देती रहतीं वो आगे झुक-झुक कर हिल-हिल कर बग़ैर रुके खाना खाता रहता। जब अम्मा का देहान्त हुआ था तब वो सिर्फ़ सत्रह बरस का था। अम्मा को हड्डी की दिक़ हो गयी थी और मरने से पहले उसकी रीढ़ की हड्डी के तमाम गरिये गल गये थे।

थोड़ी देर में बच्ची ख़ामोश हो गयी बीवी ने उसे पलंग पर लिटा दिया और खुद भी उसी से लग कर वहीं बैठ गयी। वो खुद उसी तरह पलंग की पायंती पर झुका हुआ बैठा था। कुछ देर बाद उसने सर उठा कर बीवी की तरफ़ देखा वो बच्ची के क़रीब कुछ इस अन्दाज़ से बैठ गयी थी जिससे बेचारगी का इज़हार होता था।

हल्की-सी हवा चलने लगी थी। गमले में लगा पौधा हिलने लगा जिस के साये में बीवी के होंठ और आँखें बार-बार निगाह से ओझल होते हुए महसूस हुए। बीवी का चेहरा उसे बहुत उतरा हुआ कमज़ोर और अधूरा-सा लगा, न जाने क्यों उसी एक पल में उसे अपनी सोती हुई बच्ची और बीवी के दरमियान एक अविश्वसनीय क़िस्म की मुशाबहत नज़र आयी। उसके सीने में एक अजीब न समझा जाने वाला जज़्बा मचलने लगा। शायद ये जज़्बा ममता और हमदर्दी से मिलती-जुलती कोई चीज रहा हो इस जज़्बे से मज़बूर होकर उसने अपना दायाँ हाथ बीवी के सर पर रखने के लिए बढ़ाया। वो दरअसल अपनी सोती हुई बच्ची को देख रहा था इसीलिए शायद उससे अन्दाजे की ग़लती हो गयी या ये भी हो सकता है कि उसने

इस तरफ़ कोई ख़ास-तवज्जो न दी हो। वो हाथ बीवी के सर के बजाय उसके सीने और गरदन के निचले हिस्से को हल्का-सा रगड़ता हुआ गुज़र गया। क्वार के महीने का फ़ीका-फ़ीका चाँद आते-जाते बादलों में उलझा हुआ था। एक किरन न जाने किस ज़ाविये से पड़ रही थी कि उसकी बीवी के कान का एक मामूली-सा बुन्दा हीरे की तरह दमकने लगा।

"क्या है...ये भी कोई मौक़ा है" बीवी ने पूरी ताक़त से उसका हाथ झटक दिया।

"नहीं नहीं..." वो बुरी तरह शर्मिन्दा हो गया।

"मेरा मतलब वो...नहीं था मैं तो।" उसने हकलाती हुई आवाज़ में सफ़ाई पेश करने की कोशिश की। लेकिन ठीक उसी वक़्त उसे एहसास हुआ कि इस दरमियान देर से उसका दूसरा हाथ अपने पसीने से चिपचिपाते हुए बदन को बेख़्याली में खुजाता भी रहा है। वो शर्म से गोया ज़मीन में गड़ गया। तब उसने महसूस किया कि बीवी की आँखों में उसके लिए इस वक़्त तीखी क़िस्म की नफ़रत से मिलती-जुलती कोई चीज़ उभर आयी थी।

हवा फिर बन्द हो गयी। घुटन अपनी इन्तिहा पर थी। गमले में लगे पौधे के साये के साकित हो जाने से बीवी की आँखें और होंठ फिर नुमाया हो गये। "नहीं निवारण मुमकिन ही नहीं है" फिर कोई उसी के अन्दर बहुत मायूस हो उठा। उस रात भी बच्ची बहुत तेज़ बुख़ार में जलती रही। वो सिर्फ़ दस-दस मिनट के लिए सोती, और फिर जैसे किसी शै से ख़ौफ़ज़दा हो कर उछल-उछल पड़ती और बेहद चीख़-चीख़ कर रोने लगती थी। लेकिन पिछली रात की तरह इस रात भी फ़जर के वक़्त उसे सुकून मिल गया जैसे उन डरावने ख़्वाबों का सिलसिला रुक गया हो या धीमा हो गया हो जिससे परेशान हो कर बच्ची तमाम रात दिल दहलाने वाली आवाज़ में चिल्लाती रही थी। दूसरे दिन उसका बुख़ार कम था। बदन बहुत पसीजा हुआ-सा हो रहा था। लेकिन साथ ही दानों की तादाद और उनके ग़नेपन में इज़ाफ़ा हो गया था। उनकी सुर्ख़ी और चमक खुद-ब-खुद बदल गये थे चेहरा कुछ फूला हुआ-सा और गाल लटके से नज़र आने लगे थे। अपनी पैदाइश से ले कर शायद पहली बार बच्ची का ये चेहरा अपनी माँ के मुक़ाबले बाप से ज़्यादा मिलता-जुलता महसूस हुआ वो बेइख़्तियार नीम के पत्तों से उसका दानों भरा ज़िस्म सहलाने लगा। कल रात भी फ़जर के वक़्त ही ये दाने बढ़े होंगे इसीलिए बुख़ार कम हो गया है। अम्मा कहा करती थीं कि फ़जर के फ़लक पर सारे तारों की तब्दीली आ जाती है और वो सच्चे मोती बन जाते हैं इस बीमारी में सच्चे मोती भी खिलाये जाते हैं अगरचे लोग इन्हें एक दवा ही समझते हैं मगर ये दवा नहीं हैं। फ़जर के वक़्त जब वो मादा ख़ून के कोशिकाओं से बाहर निकल आता है तो मोती दानों की हिफ़ाज़त करते हैं और फिर फ़लक पर सोये सितारों के झुरमुट में जाकर मिल जाते हैं। उसने सोचा।

मगर ख़तरा—ख़तरा नहीं टलता। अभी तो दो दिन बाक़ी हैं। वो फ़िक्रमन्द

हो गया।

उस दिन जो पहला काम उसने किया वो ये था कि मकान के ख़स्ताहाल और बदरंग सामने के दरवाज़े पर गेरुवे रंग में अपना हाथ डुबो कर पाँचों उँगलियों का निशान बनाया। उसे बीमारी से घर को महफ़ूज़ रखने की एक दुआ भी याद थी जिसे उसने सफ़ेद चाक से टूटी-फूटी लिखाई में किवाड़ पर लिख दिया ऐसा कर के उसके दिल को कुछ इतमीनान हासिल हुआ। उसे यक़ीन-सा महसूस हुआ कि अब यह बीमारी उसके माकान से ज़रूर निकल जायेगी इस वक़्त उसका सारा बदन चिपक रहा था। रात से जुकाम हो जाने की वजह से उसे रह-रह कर खाँसी का दौरा पड़ने लगता था और नाक से पानी बह रहा था। उसके दिल में नहाने की शदीद ख़्वाहिश जागी। वो कई दिन से नहीं नहाया था और उसकी खिचड़ी होती हुई दाढ़ी बेतरतीबी से बढ़ गयी थी। उसने क़मीज़ उतारी।

बीवी ने बच्ची का फ्रॉक बदलने के लिए धुला हुआ साफ़ फ्रॉक प्रेस करने के लिए मेज़ पर डाल रखा था। ये सुर्ख़ रंग का था और इस पर उभरे हुए कानों वाली दो सफ़ेद बिल्लियाँ बनी हुई थीं। न जाने क्या सोचकर उसने अपनी मैली-सी क़मीज़ पर वो फ्रॉक डाल दी। न मालूम क्यों उसे ये दुनिया का सबसे ख़ूबसूरत मंजर नज़र आया। एक बेज़बान मासूम और गन्दगी से बिलकुल पाक लिबास उसके थके हुए पुराने और तजुर्बेकार कपड़ों के गोया अन्दर से उभर रहा था। वो जैसे दोबारा पैदा हो रहा था।

बीवी तेज़ी से उस की तरफ झपटी वो फ्रॉक को उठा कर दूर खड़ी हो गयी। "ये क्या किया तुमने?" अभी मैंने इसे धोया। था।

वो कमर तक बेलिबास खड़ा हुआ सर झुकाये अपनी मैली क़मीज़ को देखे जा रहा था। बचपन में स्कूल में मास्टर साहब की डाँट सुनते ही उस की नाक बहने लगती थी। इस वक़्त भी उसकी नाक बह कर ऊपरी होंठ तक आ गयी थी। अगरचे अब उसे नज़ला भी हो रहा था।

अपने कपड़ों और ज़िस्म की हालत देखो। आँखें दुख रही हैं। नाक अलग बह रही है। न जाने नज़ले तुम्हारी बच्चों की तरह इस क़दर नाक क्यों बहा करती है। बीवी कुछ इस तरह से मुँह बनाया जैसे उसने आती हुई उबकाई को रोका हो।

अम्मा न जाने कहाँ से चपर-चपर घिसती हुई आयीं और एक सफ़ेद सूती रूमाल से उसकी नाक साफ़ करने लगीं।

"दरअसल तुम्हें कोई ढंग नहीं है और न तुम्हारे पास कुछ करने को है, दुकान तो ख़ैर लुटा ही दी मगर ख़ुदा के फ़ज़ल से पढ़े-लिखे हो, अगर चाहो मोहल्ले के एक-दो बच्चों को भी टायें-टू करा सकते हो, कुछ तो दलिद्दर दूर हों।" बीवी कहे जा रही थी। उसको अपनी हथेलियों और एड़ियों से आग निकलती हुई महसूस हुई। बुख़ार आ गया होगा। उसने सोचा और फिर नहाने का इरादा छोड़ कर के

वो मैली क़मीज़ उसने दोबारा पहन ली। एक पल को उसे महसूस हुआ जैसे बच्ची की उस बीमारी और बुख़ार का बुनियाद उसका ये गन्दा और थका हुआ जिस्म था।

लालटेन की रोशनी ने बच्ची पर झुकी हुई उन दानों की परछाइयाँ दीवार पर लरज़ रही थीं।

"नहीं दाने बढ़े तो नहीं हैं," उसने बीवी की खुदकलामी का जवाब बड़ी तवज्जह और बुलन्द लहजे में दिया था।

"ये फ़जर के वक़्त बढ़ेंगे। वही वक़्त है।" वो लालटेन को कुण्डे में लटकाता हुआ बोला।

"बिजली नहीं आयी अभी तक।" बीवी बड़बड़ायी।

आज शायद रात भर न आये। हब्स कितना हो रहा है मगर रात ज़रा भीग जाये तो हवायें जरूर चलेंगी। उसने बीवी को मुतमयीन करने के लिए जवाब देना चाहा था लेकिन ये उसने इतनी आहिस्तगी से कहा कि दूसरा शख़्स उसे सिर्फ़ एक बेमानी बड़बड़ाहट ही समझ सकता था।

"आज रात में उसे आँगन में हरगिज़ नहीं, कमरे में ही सुलाऊँगी। आँगन में ये ज़्यादा चिल्लाती है। वैसे भी आधी रात के बाद आसमान पर बलाओं का गुज़र होता है। न जाने क्या चीज़ रात भर मेरे पैरों को काटती रहती है। ओस पड़ने से तबियत और भारी हो जाती है।" मच्छर तो दिखायी नहीं देते वो बिना वजह अँधेरे में आँखे फ़ाड़ने लगा। उड़ने वाले पिस्सू होंगे कमबख़्त ये तो कभी नज़र भी नहीं आते बीवी ने बेज़ार लहजे में कहा।

"हाँ...सितम्बर का मौसम ही बुरा है। अम्मा कहती थीं कि इन दिनों से ज़्यादा ख़राब पूरे साल में और कोई दिन नहीं होते और इस मौसम में बीमारी..." वो कुछ और कहने जा रहा था लेकिन बीवी की निगाहों में अपने लिये हिक़ारत देख कर उसने जुमला पूरा करने का इरादा मुल्तवी कर दिया।

"ख़ुदा के बनाये हुए दिन, महीनों को तो बदनाम न करो। ये मौसम ख़राब नहीं दरअसल तुम्हारा ये मकान ही मनहूस और बदनीयती से भरा हुआ है। तुम ने ग़ौर नहीं किया कभी...कि ये मकान शेर जैसे मुँह का है।" आगे से तंग और पीछे फैला। ऐसे मकान नहस होते हैं और उनकी ज़मीन सब को रास नहीं आती, कितनी मन्नतों-मुरादों के बाद मैंने इस बच्ची का मुँह देखा है वरना इस मकान में जाने क्या बद्दुआ थी या क्या चीज़ थी यहाँ जो सत्रह साल तक मेरी गोद भरने से पहले ही उजाड़ती रही। इस घर में कौन-सी बला घुस गयी है कि मुफ़लिसी तंगी, बेचारगी से पिण्ड ही नहीं छूटता।

"ख़ुदा का शुक्र अदा करो कि उसने हमें औलाद का मुँह दिखाया।" वो शुक्रीय की निगाहों से आसमान की तरफ़ देखने लगा लेकिन हो सकता है कि ऐसा उसने सिर्फ़ बीवी का मिज़ाज ठण्डा करने के लिए किया हो।

"हाँ, तुमसे ज़्यादा शुक्र अदा करती हूँ। मगर ये तो बताओ तुम्हारे इस मकान में सत्रह साल तक क्या होता रहा? दुआ, तावीज़ और इलाज़ इसके अलावा क्या था इस घर में, परेशानी के सिवाय और है क्या?"

"घर का क्या क़सूर...?" वो दबी हुई आवाज़ में बोला।

"घर...तुम्हें बहुत प्यार है न इस घर से? लो मैं इस घर की ख़ूबियाँ गिना रही हूँ। मैं कहती हूँ कौन-सी बला है जो इस घर में नहीं है? दुनिया के सारे कीड़े-मकोड़े गोया इसी घर में इकट्ठा हो गये हैं। हर कोने में मकड़ियों के जाले, बेशुमार छिपकलियाँ, हर जगह दीमक सरसरा है सब चाटे जाती है। रसोई में बरतनों के पीछे जाने कितने झींगुर कूदते रहते हैं चींटियों का ये आलम कि दीवारों और फ़र्श की दरज़ो में से उमड़ी पड़ती हैं। खाने-पीने की चीज़ें तो अलग रहीं ऐसा लगता है कि इंसानों को चिमट जायेंगी और उन्हें खा जायेंगी। जहाँ देखो चूहे दौड़ते फिरते हैं अलमारियों के बक्सों के नीचे से सड़ान्ध आती रहती है। वो तो मैंने ख़ैर करके बेरी कटवा दी वरना आँगन में कूड़ा देखते बनता था। आख़िर मैं कहाँ तक सफ़ाई करती फिरूँ? घर में जरासीम न फैलेंगे तो और क्या होगा? तीन महीने से मेरी खाँसी बरक़रार है और ख़ून का तो बस बलग़म बन गया है।"

"इस बार सफ़ेदी ज़रूर कराऊँगा," वो शर्मिन्दा था।

"करा चुके तुम सफ़ेदी" बीवी की आवाज़ रुँधी हुई थी "कभी इतना होगा ही नहीं। तुम से भाड़ जैसी खुली हुई नालियाँ तो बन्द करायी न गयीं। बाहर से कीड़े-मकोड़े और जानवर मुँह उठाये इनके ज़रिये घर में घुसे आते हैं। परसों रात मोरी में से काले कुत्ते का पूरा सर झाँक रहा था।"

इनमें जाली लगवाना ही पड़ेगा। उसने मज़बूत लहजे में कहना चाहा मगर उसकी आवाज़ एक कमज़ोर-सी सरगोशी बन कर रह गयी।

वो कहे जा रही थी, अगरचे दरमियान में कई बार उसे खाँसी का दौरा पड़ा था। जाने किस क़माश के लोगों ने ये घर बनवाया था। जिधर नज़र पड़ती है ताक़ ही ताक़ नज़र आते हैं। दालान में ताक़, कोठरी में ताक़, बरामदे में ताक़ और दरवाज़े में ताक़। कैसी वहशत होती है मुझे ये ताक़ देख कर।

पहले के लोग मकानों में ताक़ ज़रूर बनवाया करते थे। वो आहिस्ता से बोला।

"तो अब किस मक़सद से तुमने इन्हें रख छोड़ा है? साँप-बिच्छू के रहने के लिए? अक्सर रात को मैंने आँगन के ऊँचे वाले ताक़ की दीवार में एक बड़ी छिपकली घुसते देखी है, न जाने छिपकली है या विषखोपड़ा है या कोई और ही बला है मेरा दिल तो दिन में भी उस तरफ़ देखने से डरता है। तुम से कितनी बार कहा कि इन ईंटों को भरवा दो मगर तुम्हारी वहम परस्ती से तो मैं वाक़िफ़ हूँ ना। तुम्हारा बस चले तो तुम घर पर फूल चढ़ा कर इनमें चिराग़ भी रोशन करने लगो।"

वो लाजवाब हो गया और मुँह मोड़ कर वहीं बैठे-बैठे अपना एक पैर हिलाने

लगा।

बारावफात[1] थी। अम्मा ने सर से तौलिया उतार कर फ़ातहा ख़त्म की और उसे गोद में ले कर उचकाते हुए आँगन वाले कुछ ऊँचाई पर बने ताक़ तक पहुँचा दिया।

"लो अपने हाथों से यहाँ मोमबत्ती लगा दो आज रात पूरे घर में रोशनी रहना चाहिए।"

मकान के तमाम ताक़ रोशन हो उठे।

बच्ची की पायंती बैठकर पैर तो न हिलाओ। बेवजह पैर हिलाना भी अशुभ है। बीवी ने ये जुमला बेहद सर्द आवाज़ में कहा था। उसने अचानक साँस रोक कर अपने पैर को कुछ इस सख़्ती और ताक़त के साथ ज़मीन से चिपका दिया जैसे वो पत्थर का बना हो। शायद काफ़ी देर तक इसी तरह साँस रोके पूरी ताक़त से पैर को ज़मीन में गड़ाये रखता अगर उसे फ़ौरन ही ये याद न आ जाता कि आँगन की कच्ची ज़मीन के नीचे कहीं बहुत गहराई में बेशुमार क़ब्रें दफ़न हैं। लोग बताते हैं कि किसी ज़माने में इस जगह सय्यदों का एक छोटा सा क़ब्रिस्तान था जहाँ अब ये मकान है वो जल्दी से पैर उठा कर पायंती पर सिकुड़ कर बैठ गया।

बीवी उसके बुज़ुर्गों के गुनाह गिना रही थी।

सुना है तुम्हारे दादा ने एक शिक्रा पाल रखा था जिसकी आँखों पर मख़मल की सिली हुई और मोतियों से आरास्ता टोपी चढ़ी रहती थी और जब वो टोपी उतारी जाती थी तो वो तीतर के बच्चों को अन्धा करके पंजों में दबा लाता था। इस मकान पर बेज़बान जानवरों का भी सब्र पड़ेगा अपनी माँ की मिसाल ले लो न जाने किस की आह थी। "बोलते-बोलते उसकी साँस फूल आयी थी।" तुमसे कोई कितना भी कहे कि इस मकान को बेच दो, और किसी दूसरी जगह कोई ढंग का मकान ले लो—मगर तुम तो अम्मा की निशानी को ऐसे ही काँधे पर लिये बैठे रहोगे। ऐसे ही घरों में तो बीमारियाँ घुस कर बैठ जाती हैं। मैं ऐसी जगह अपनी बच्ची को नहीं रख सकती। इतना याद रखना और कान खोल कर सुन लो अगर मेरी बच्ची को ख़ुदा न खास्ता कुछ हो गया तो मैं तुम्हारा दामन तक न छोडूँगी और तुम्हें कभी माफ़ न करूँगी। तुम और सिर्फ़ तुम ही जिम्मेदार हो इस सूरत-ए-हाल के।

वो अचानक सिसकियाँ ले कर रोने लगी।

वो बुत बना हुआ सिर्फ़ लालटेन को देखे जा रहा था।

जो अब हवा के चल जाने की वहज से आहिस्ता-आहिस्ता हिलने लगी थी और उसकी लौ धीरे-धीरे कँपकँपा रही थी।

अगरचे वो बीवी को दिलासा देना या अपनी सफ़ाई पेश करना चाहता था मगर अब इस अनजाने जुर्म और एहसास-ए-गुनाह की मौजूदगी का एहसास बेहद शदीद हो गया। अब कुछ भी कहना या सफ़ाई पेश करना सिर्फ़ एक बदमज़ाकी था।

बड़ी देर से पलंग के नीचे किर-किर की आवाज़ आ रही थी। "पाये में कहीं से बुरादा झड़ रहा होगा" उसने सोचा। बीवी बच्ची को लेकर कमरे में चली गयी वो यूँही आँगन में बैठा रहा। बिजली नहीं आयी। बार-बार उसे महसूस होता जैसे फ़ौरन ही इस मकान में कोई बुरी वारदात होने वाली हो। कुछ घबराहट-सी महसूस करते हुए वो पलंग से उठकर कच्चे आँगन में उकड़ूँ बैठ गया और बेवजह माचिस की तीलियाँ जला-जला कर ज़मीन पर फेंकता रहा।

रात आधी से ज़्यादा गुज़र चुकी थी जब कमरे से बच्ची के रोने की आवाज़ उभरी। वो दौड़ता हुआ अन्दर पहुँचा और जल्दी-जल्दी बच्ची की पीठ पर थपकियाँ देनी शुरू कर दीं। बच्ची को किसी तरह चैन न पड़ता था कभी वो इधर करवट लेती, कभी उधर। उसके बार-बार करवटें लेने से बिस्तर पर चारों तरफ़ पड़े नीम के पत्ते चरमराने लगे। उस वक़्त उसने बच्ची के चेहरे को ग़ौर से देखा। फ़ासले से आती हुई लालटेन की रोशनी में नन्ही-नन्ही लाल फुन्सियों से भरा हुआ चेहरा उसे ग़ैरमामूली तौर पर बिगड़ा हुआ और स्याही की तरह नज़र आया। उसका मुँह पूरा खुला हुआ था। जिस से उसके हाल ही में निकलने वाले नन्हे-नन्हे दूध के सफ़ेद दाँत झाँक रहे थे। आँखें जैसे किसी ख़ौफ़नाक़ मंज़र को देख कर फट-सी गयी थीं। बच्ची को थपकी देते वक़्त उसने महसूस किया जैसे वो किसी और से नहीं बल्कि खुद उस से डर रही थी। उसकी हर प्यार भरी थपकी पर वो और भी ज़ोर से चीख़ने लगती और उसका चेहरा पहले से ज़्यादा बिगड़ा हुआ नज़र आने लगता।

"ये तो मुझ से ही डर रही है" इस ख़याल ने उसे उदास कर दिया तब बीवी ने बच्ची को गोद में ले कर अपनी छाती उसके मुँह में दे दी। बच्ची इन दिनों गाँ के दूध को मुँह न लगाती थी मगर इस वक़्त ख़िलाफ़-ए-मामूल वो बिल्कुल ख़ामोश हो गयी और चुसुर-चुसुर आवाज़ें निकाल कर दूध पीने लगी। वो उसी तरह खड़ा रहा। सन्नाटा गहरा होता हुआ महसूस हुआ। बच्ची माँ की गोद में सो गयी थी। बीवी ने उसे बहुत एहतियात और आहिस्तगी के साथ बिस्तर पर लिटा दिया और खुद उसके सिरहाने बैठ गयी।

"सुनो, इस का बुख़ार तो कुछ काम मालूम होता है मगर आज ये सोते में बहुत डर रही है बार-बार चौंक कर रोने लगती है। पता नहीं कोई भयानक ख़्वाब तो इसे बार-बार परेशान नहीं कर रहा है? क्या करूँ...? आयत-अल-क्रुसी[1] ही पढ़ कर फूँकूँ। सुबह घर में कुरआन ख़्वानी[2] ज़रूर कराऊँगी।"

वो जानता था कि आयत-अल-क्रुसी और चारों कुल पढ़ कर फूँकने से बद रूहें दूर रहती हैं और ख़ौफ़ मिट जाता है। बीवी सँभल कर कायदे से बैठ गयी और सर से सफ़ेद दुपट्टा ओढ़ कर ख़ामोशी से आयत-अल-क्रुसी पढ़ने लगी। साथ ही वो बच्ची के जिस्म पर पढ़-पढ़ कर फूँकती भी जाती थी। आयत-अल-क्रुसी का व्रिद करती हुई अपनी बीवी का चेहरा उसे ग़ैरमामूली तौर पर पाकीज़ा और डरावनी

हद तक जलाल से भरा हुआ नज़र आया। दूर कहीं तीन का घण्टा बजा। रात के सन्नाटे में उस घण्टे की आवाज़ भी भयानक मालूम हुई। इस शहर में हमेशा तो घण्टे बजते नहीं हैं लेकिन कभी-कभी अचानक बजना शुरू हो जाते हैं। हर साल कौन से मौसम में ऐसा होता है उसे ठीक से याद नहीं।

वो पलंग की पायंती मुजरिमों की तरह सर झुकाये खड़ा था।

वो अपने अन्दर अज़ीब-सी उदास बेचैनी महसूस कर रहा था। अन्दर कहीं मितली की क़ैफियत हो रही थी। न जाने क्यों उसे महसूस हो रहा था कि आयत-अल-क्रुसी के इस व्रिद के बाद जो काम सब से पहले होना चाहिए वो दरअसल यह है कि उसे यहाँ से भाग खड़ा होना चाहिए जैसे ये आयत-अल-क्रुसी सिर्फ़ उसे दूर और मिटाने के लिए पढ़ी जा रही थी और वो ख़ुद यहाँ पलंग की पायंती एक बेशर्म भूत की तरह ढिठाई के साथ खड़ा था, उसके पैर काँपने लगे और सारा जिस्म ठण्डे-ठण्डे पसीने में भीग गया।

बीवी ने व्रिद ख़त्म किया और बग़ैर उसकी तरफ़ कोई तवज्जो दिये बच्ची से लग कर बैठ गयी फिर उसने आँखें मूँद ली।

वो बेजान अन्दाज़ में बच्ची के करीब टिक-सा गया। उसकी मैली और पसीने से भीगी पूरी आस्तीन की क़मीज़ उसके काँधों पर बिल्कुल चिपक कर रह गयी थी। मुद्दतों बाद आज फिर उसके काँधों को ज़हरीले साँपों ने जकड़ लिया। बेचारगी के साथ उसने अपने हाथों की तरफ़ देखा। नाख़ून बढ़ कर नोकीले हो गये थे उँगलियों के गट्टों के ऊपर इक्का-दुक्का बाल भद्दे अन्दाज़ में ऊपर की तरफ़ उठे हुए थे और बालों से ढँकी भालू जैसी कलाइयाँ। उसे पहली बार एहसास हुआ कि उसके जिस्म पर कितने ज़्यादा बाल हैं। उसने अपने हाथों को सूँघा। हाथों से कच्चे गोश्त की बिसाँध आती हुई महसूस हुई। बस यही लम्हा था जब उस पर इस बात खुली कि वो भी दरअसल एक नापाक आत्मा है जो अपने अन्दर की तमाम हीन भाव और शैतानियत को लिये बच्ची के आस-पास भटक रही है। ये ग़ैर-अख़लाक़ी शैतानियत नाक़ाबिल-ए-माफ़ी गुनाह थी। उसे अब यहाँ बिल्कुल नहीं ठहरना चाहिए था।

फ़जर के ये दाने और उभरेंगे उसे फ़जर से पहले ही चल देना चाहिए। अचानक उसने ये भी सोचा कि अपनी शदीद बीमार और बुख़ार में जलती बच्ची को छोड़कर चल देना एक इन्तिहाई दरजे की घटिया, ग़ैर ज़िम्मेदाराना और अख़लाक़ से गिरी हुई हरकत होगी लेकिन बच्चे को पाक साफ़ माहौल और नेक लोगों के दरमियान महफ़ूज और साफ़-सुथरा छोड़कर जाने के मुक़ाबले में उसका चला जाना ही बेहतर था। उसका ये सारा लाड़-प्यार मासूम बच्चे के साथ एक बदरूह की चहल के की तरह बेतुका और भोंडा था।

रात के सन्नाटे में पड़ोस के मकान में कोई बरतन गिरा। उसने लालटेन उठा कर बच्ची के दानों को ग़ौर से देखा। लालटेन की जगह बदलने से परछाइयाँ गड़बड़

हो कर अजनबी बन गयीं।

रोशनी के इस ताज़ा ज़ाविये में अपनी सोती हुई बीवी का चेहरा उसे बहुत सादा और आम नज़र आया। बच्ची के गले में तावीज़ और चन्द लौंगें बँधी हुई थीं और वो बेख़बर सो रही थी। सिरहाने रखे नीम के पत्ते इधर-उधर बिखर गये थे और उनके दरमियान चाबी वाला बन्दर औंधा पड़ा था। बच्ची का सारा जिस्म दानों से भरा हुआ था। उसने उन दानों को निकल-निकल कर बच्ची के बदन पर, बिस्तर पर और तमाम घर में रेंगता हुआ महसूस किया।

बाहर गली में कोई सुस्त रवी के साथ तक़रीबन घिसटता हुआ-सा गुजर रहा था लेकिन क़दमों की आवाज़ ग़ैर इंसानी थी।

वही माज़ूर कुत्ता होगा जिसकी हाल ही में एक हादसे के दौरान दोनों पिछली टाँगें कुचल गयी थीं। उसने ख़याल किया।

बच्ची को देखते-देखते अचानक उसके दिल में ये ख़्वाहिश जागुजीं हुई वो सिरहाने रखे बिस्कुटों के पैकेट में से एक बिस्कुट निकाल कर उसके होंठों पर लगाये लेकिन उसे ख़याल आया कि इस वक़्त ये एक नामुनासिब और काफ़ी हद तक बेवकूफ़ी होगी।

उसने प्यार से बच्ची की गँदली हुई फ्रॉक पर बनी बिल्लियों के कान चूम लिये पूसी माऊँ...माऊँ अचानक उसे गुमाज गुज़रा जैसे बच्ची ने अपनी दोनों बाँहें फैला कर मुस्कुराते हुए तोतली ज़बान में कहा।

"आ गये..., आ...गये"

मगर वो जा रहा था और हल वो तो अब मुमकिन भी न था।

उसने बेहद मायूस हो कर सोचा।

आस-पास कोई भी न था। वैसे तो रोज़ रात के इस पहर में चमगादड़ निकल-निकल डरे हुए अन्दाज़ में दर-व-दीवार से टकराते फिरते थे लेकिन आज कोई भी न था। सिर्फ़ लालटेन की रोशनी थी।

काली ऐनक के पीछे में आँखों से बेतहाशा पानी बह रहा था। दुखती आँख जब डबडबा आयी तो पता ही न चला कि पानी के दरमियान आँसू कहाँ थे। देखो—बिजली कब तक आयेगी शायद सुबह तक उसे ख़याल आया कि सुबह उसके मकान में कुरआन ख़्वानी भी तो होनी है।

कमरे से बाहर निकलते वक़्त लालटेन की रोशनी में उसकी परछाईं अजब बेढंगे अन्दाज़ में काँपी थी।

मटियाला आसमान बादलों के आवारा झुण्ड से घिरने लगा था। परिन्दा कोई न था। ये न उनके बसेरे का वक़्त था और न चहचहाने का। "अभी कोई परिन्दा कहाँ" उसने उदासी के साथ सोचा। मगर हो सकता है कि कोई परिन्दा तारीकी में किसी पेड़ की शाख़ में दुबका ही हो।

मौसम को देख कर उसे अन्देशा हुआ कि बारिश भी आ सकती है। अगर बारिश हुई तो इस मौसम में ज़लज़ले आते हैं और पहाड़ों पर चट्टानें अपनी जगह से खिसकती हैं।

आँगन में जहाँ कभी बेरी का पेड़ था ठीक उसी जगह घबराई अम्मा नंगे पैर खड़ी थीं। उनकी मुट्ठी में इमाम ज़ामिन दबा था। उनके बिल्कुल पीछे दीवार के नीचे लगी तारीक मोरी में से घर का गन्दा पानी बाहर बह रहा था।

"भूत जब घर से रुख़सत होता है तो उससे भला कोई इमाम ज़ामिन भी बाँधता है...?" उसने नफ़रत के साथ सोचा।

आँगन में खड़े-खड़े उसे वहम हुआ जैसे कहीं दूर बेशुमार लोग बुलन्द आवाज़ में आयत-अल-क्रुसी पढ़ रहे हैं वो बेहद डर गया। शेर जैसे मुँह वाले मकान के टूटे-फूटे सद्र दरवाज़े पर गेरुवे रंग से इंसानी हाथ का निशान बना था और कोई दुआ टूटी-फूटी अरबी तहरीर।

पेट की तरफ मुड़े हुए घुटने

(1)
(एक गैरूरी जख़्मी तमदीद और रत्ब-व-यावस)

मैं इस वक़्त जिस जगह पर खड़ा हूँ उसका भूगोल बयान करने में असमर्थ हूँ लेकिन मैं इस उदासीन भूगोल को अपने एहसास की बेचारगी के ज़रिये आप तक पहुँचाने की एक कोशिश ज़रूर करना चाहता हूँ। बस ऐसा समझ लीजिए जैसे मैं रेत के बगोले ओढ़े ऐसे रेगिस्तान में एक ऐसे मक़ाम पर रुक गया हूँ जहाँ एक दिल अफ़ज़ा और राहत कुन मरुस्थल मेरे क़दमों के पास आहिस्ता-आहिस्ता हिलकोरे ले रहा है। मगर वाकया ये है कि अब शाम हो चुकी है और मरुस्थल के चारों तरफ़ उगे हुए खजूरों के पाकीज़ा पेड़ भयानक शक्ल इख़्तियार करते जा रहे हैं। गीली रेत पर मेरे जलते हुए पैर कुछ देर बाद यक़ीनन क़ाबिल-ए-रहम हद तक ठण्डे हो जायेंगे लेकिन एक मसला इस से ज़्यादा संगीन है और वो ये कि लम्बे पाकीज़ा पेड़ों से घिरा ये पानी का टुकड़ा अब मुझे अलमनाक हद तक बेतुका नज़र आता है इसीलिए मेरी दिलचस्पी इस में तकरीबन .ख़त्म हो चुकी है।

ये दरअसल अपनी कहानी सुनाने के लिए सिर्फ भूमिका थी। मुझे ज्ञान है कि ये मुख़्तसर सी भूमिका ग़ैर ज़रूरी और किसी हद तक लिजलिजी भी थी मगर अपना भ्रम अपनी नज़रों में क़ायम रखने के लिए मेरे हक़ में बहरहाल मुफ़ीद साबित हुई, क्योंकि अपनी कहानी सुनाने के लिए थोड़े से बुलन्द मिंबर पर तो खड़ा होना ही पड़ता है मगर ठहरिये शायद मेरी ये कहानी इस मानी में हरगिज़ कहानी नहीं है जो आप फ़र्ज़ करने में सही हो सकते हैं। ये कहानी तो मेरे एहसास में अचानक एक टीले की तरह थी एक पहाड़ की तरह नमूदार हो गयी है। आप इस अम्र से ब-ख़ूबी वाक़िफ़ हैं कि ज़हन-व-एहसास कोई टीला कब नमूदार होता है। ऐसा तब ही होता है जब साबिक़ा ज़िन्दगी से सीखे गये सबक़ या उसके सीखने के तरीके में कोई गहरी ख़ामी रह गयी हो या फिर जिस्म-व-एहसास ही सतह पर कोई बड़ी तब्दीली हो गयी हो।

इसीलिए मेरी कहानी में इतिहास की चेतना बड़ी हद तक ग़ायब है।

मैं ये भी बता देना कर देना चाहता हूँ कि मैं इस कहानी के किरदारों के समाजी

हालात बयान नहीं करूँगा। ये किरदार पहली बार आपस में किस तरह मुतार्रिफ़ हुए थे वो क्या हालात थे और वो क्या मक़ामात थे और उन दिनों मौसम कौन-सा चल रहा था और इसी क़िस्म की दूसरी तफ़सीलात का इस कहानी के मरकज़ी ख़याल से कोई सीधा ताल्लुक़ नहीं है। आप इन्हें अपने मिज़ाज और सहूलियत के मुताबिक़ किसी तौर भी फ़र्ज़ कर सकते हैं।

एक और अम्र से भी मैं आपको शुरू ही में आगाह कर देना चाहता हूँ और वो ये कि मेरा लब-व-लहजा इस कहानी के दौरान जगह-जगह कुछ रूमानी हो सकता है जिसका जवाज़ मेरे अन्तरात्मा की वो बचकाना ख़्वाहिश है कि आप को मेरी शख़्सियत के छिपे हिस्सों का भी इल्म हो जाये कि मैं प्रतिकूल हालात और ज़हनी इन्तेशार के आलम में अपनी रचनात्मक सलाहियतों का इस्तेमाल किस ख़ूबी के साथ कर सकता हूँ।

(2)
(तारीख़ की हड्डियों का गलत ढंग से जुड़ जाना)

अगरचे मैं तारीख़ी चेतना से तक़रीबन अनजान हूँ लेकिन इस चेतना से मेरे इन क़दमों का कोई ताल्लुक़ नहीं है जो तारीख़ की हड्डियों पर लगातार चलते जा रहे हैं मेरे ये सूने क़दम एक भयानक आवाज़ भी बुलन्द करते हैं और मेरे नीचे तारीख़ की हड्डियाँ कड़कड़ाती हैं।

क्या इतिहास अपने आपको दोहराता है? ये एक हास्यास्प्रद कथन है। कोई किसी को नहीं दोहराता। बस कुछ हो जाता है। अस्ल बात ये है कि हम दो अलग और मुख़्तलिफ़ ऐका जैसा में चेतनात्मक तौर पर कोई एक बिन्दु तलाश करते हैं। तारीख़ अपने पीछे कभी खत्म न होने वाले पंजर और मुर्दा हड्डियों का पूरा और राख छोड़ जाती है।

मैं उन मुर्दा हड्डियों पर चल रहा हूँ और मेरी पिंडलियाँ बुरी तरह ऐंठ रही हैं। मगर सिर्फ़ इतना ही नहीं है, मेरे कदमों के दबाव से ये पुरानी और गूदे से आरी हड्डियाँ आपस में ग़लत ज़ाविये से जुड़ती जा रही हैं। हड्डियों का ग़लत ज़ाविये पर जुड़ना अपने आप में और भी ख़तरनाक है।

अफ़सोस ये सब मेरे ही क़दमों के नीचे होने को रह गया था।

सब कुछ मेरे ही मनहूस क़दमों के नीचे।

मेरे ही क़दमों के नीचे सदियों के मौसम और भूगोल छिपे थे। मेरे ही मनहूस क़दमों के नीचे हज़ारों नदियाँ रेत में पतली-सी लकीर बन कर गुम हो गयी हैं। मगर कौन जानता है कि जिन निशानात को सदियों ज़माना पहले के आदमी रास्ते समझ रहा है वो सिर्फ़ सैलाब के निशान हों।

जब हड्डियाँ ग़लत ढंग से जुड़ जाती हैं तब ऐसा ही होता है।

(3)
(ख़्वाब, अजीब घड़े हुए पल और ोबियों की मेहनत)

नहीं अब इस पल के नीचे वो दरिया नहीं बहता है अब यहाँ दूसरा दरिया बहता है। मैं अक्सर ख़्वाब में इस वीरान अजीब पुल को देखा करता हूँ। पुल की लखोरी ईंटों पर जमी काई और उस पर लगे हुए झाड़ मेरी नींद को ज़्यादा गहरा नहीं होने देते। वैसे तो नदियाँ अक्सर अपना रास्ता बदल लिया करती हैं मगर किसी पुल के नीचे बार बार एक नदी की जगह दूसरी नदी का नमूदार हो जाना यक़ीनन एक भेदपूर्ण और किसी हद तक घटिया-सी बात भी है।

और इस मनहूस उजाड़ पुल के नीचे न जाने कब से यही सब कुछ हो रहा था। पुराने मटियाले दरिया अपना रास्ता बदल लिया है और अब वो ज़रा बच कर उधर वहाँ उस मोड़ से निकल जाता है। बस रेतीली मिट्टी जो इस के बहाव ने काटी है दूर-दूर तक बिखरी हुई है। पुल के तमाम दर ख़ाली हैं सिवाय एक के जहाँ से एक पतली-सी नाली के मानिन्द अपने वीरान किनारों के साथ एक नदी गुज़रती है।

पुल के ख़ाली दरों में पानी नहीं धुआँ बहता है। ये धुआँ जलते हुए मुर्दा बोसों का है। इन माँगे हुए मुर्दा बोसों की चिंघाड़ दूर-दूर तक फैली हुई है। वो चट-चट जल रहे हैं और जलते वक़्त अजीब मज़हका कुन मगर साथ ही दहशतनाक अन्दाज़ में सिकड़ते भी जा रहे हैं कुछ इस तरह कि ये बोसे नहीं लगते। यह अपनी व्याख्या माँगते हैं।

इस ख़्वाब का ये पहला ही मंज़र मुझे इन्तेहाई ख़ौफ़ज़दा कर देने के लिए काफ़ी होता अगर इस के फ़ौरन बाद ही वहाँ वो न आ जाते। इस बेढ़ंगे पुल पर अचानक न जाने कहाँ से धोबी ही धोबी चले आते और अपनी अपनी गठरियाँ खोल कर गन्दे-मैले कपड़ों को रेत पर पटकने लगते ऐसे वक़्त मेरे तमाम गुनाह, आवारगियाँ और गलतियाँ वहाँ मैला लिबास पहने हैरत से धोबियों की मेहनत को तका करती हैं।

(4)
(वेश्या और दुख की नीली क़मीज़)

अब तो मुझे भी ये एहसास होने लगा है कि अगर मैं इस कमबख़्त पुल और इन हड्डियों का ज़िक्र ले कर न बैठता तो कहानी को कोई नुकसान न पहुँचता लेकिन इस तरह कम से कम ज़बरदस्ती ही मगर मैंने अपने इन वैराग्य एहसासात से तो आप को वाक़िफ करा ही दिया जिन से मैं अभी दो-चार हूँ और आप को अगर अभी इल्म नहीं हुआ है तो आगे हो जायेगा कि थोड़ा वक़्त गुज़र जाने के बाद मैं तक़रीबन हर चीज़ को निर्दयता की हद तक लेख का केन्द्र नुकता-ए-नज़र से बयान कर सकता हूँ। बहरहाल अब मैं बराहेरास्त सौन्दर्य बोध की तरफ़ आता हूँ।

सबसे पहले उस बुरी लड़की का ज़िक्र करना ज़रूरी है। मगर पहले वो मेरी नज़रों में बुरी हरगिज़ नहीं थी वो मेरे लिए दुनिया की सब से कीमती शै थी। मैं उस से इश्क़ करता था। अब सोचता हूँ कि मुमकिन है कि वो बुरी लड़की न हो कर सिर्फ़ एक अच्छी सूझबूझ रखने वाली औसत दर्जे की किरदार की लड़की हो। वो अचानक उस दिन मेरे लिये बुरी बन गयी जब मैंने मोहब्बत में सरशार हो कर उस से पूछ लिया था।

"अच्छा ये बताओ अगर मैं मर जाऊँ तो तुम क्या करोगी?"

उसने मेरे मुँह पर हाथ रख दिया। "नहीं ऐसा नहीं कहते।"

"नहीं बताओ न, अगर मैं मर गया तो तुम क्या करोगी?" मैं इठलाया।

"तुम ख़ामोश नहीं होगे?" उसने अपनाइयत से आँखें दिखायी। मैं अन्दर ही अन्दर उदास हो गया। मेरा ख़याल था कि वो मेरे सवाल को सुन कर वे-साख़्ता तड़प उठेगी और अपने मकान की ऊपरी मंज़िल से नीचे कूद जाने की बात कहेगी।

वो ख़ुदकुशी करने में एक लम्हा भी नहीं लगाएगी—ख़ैर—मैंने एक बार फिर कोशिश की कि शायद इस बार वो मेरे सवाल का मेरी मर्ज़ी के मुताबिक़, ममता से पुर नूर चेहरे, आँसू भरी आँखों और मेरे माथे पर सख़्त एक जलते हुए बोसे के साथ दे सके।

"मैं अक्सर ख़ुदकुशी कर लेने के बारे में सोचता हूँ।" मैंने शून्य में घूरने की अदाकारी की। "कभी सोचा है फिर मेरा क्या होगा?" वो बिगड़ गयी। और तुम ये भी नहीं जानते कि ख़ुदकुशी हराम है। ख़ुदकुशी करने वाले इंसान की बख़्शीश नहीं है। यह कहते वक़्त उसने बालों की लट चेहरे से बेरहमी के साथ झटक दी।

मेरी आँखों के सामने एक वीराना उगने लगा।

मैं उसके सामने शायद पहली बार इतना उदास हुआ था। ज़ाहिर है कि वो इस उदासी की वज़ह से ला-इल्म थी मगर इन लम्हात में ख़ुलूस के साथ मेरी उदासी को दूर करना वो अपना सब से बड़ा धर्म समझती थी। शायद इसीलिए अचानक वो मेरे बहुत क़रीब खिसक आयी वरना इससे पहले तो हमने सिर्फ़ एक दूसरे के हाथ को ही चूमा था।

और तब मुझे महसूस हुआ जैसे मैं मैला-कुचैला परेशानहाल, बाल और दाढ़ी बढ़ाये किसी हज्जाम की दुकान में बैठा था। वो नाई का माहिर हाथ था। एक गहरी मक्कारी से लबरेज़ हाथ जो आपके ज़ेहन की उस रग को सुला देते हैं जो उक़्ल के आदेश को मानती है। और इस हालत में हज्जाम से मालिश कराते वक़्त आप ख़ुद भी हवा ख़ारिज कर सकते हैं और अलमिया यह है कि इस हवा की ज़लील आवाज़ न तो आप को शर्मिन्दा करती है और न ही आप उसे एक पोच लतीफे की शक्ल में क़ुबूल करते हुए हँस पाने के क़ाबिल होते हैं अगरचे यह

अम्र मुझ पर जाहिर हुआ था कि बुरी औरत के तरबियत याफ़ता हाथों में मशूक से हज्जाम से ज़्यादा चालाकियाँ छिपी थीं उसने इस हिम्मत और बेबाकी का मुज़ाहेरा पहली बार किया था। और अफ़सोस सिर्फ़ इसलिए कि उस वक़्त शदीद उदास था।

दरअसल यह कमबख़्त मनहूस उदासी ही हर जगह मेरा बेड़ा ग़रक करती रही है। वरना मैं तो एक कामयाब शादीशुदा इंसान था और दो छोटी-छोटी बच्चियों का बाप भी। अगर मैं आवारा और उदास न होता तो ऐसी ख़ूबसूरत और वफ़ादार बीवी के होते उस सड़ी चुहिया जैसी लड़की से इन्तेहाई संजीदा क़िस्म का इश्क क्यों करने लगता? इस अफ़लातूनी इश्क़ की हिमाक़त आमेज़ संजीदगी को ज़रा देखें कि मैंने तीसरा बच्चा पैदा करने की कोशिश सिर्फ़ इसलिए नहीं की, कि इस तरह उस लड़की से मेरे इश्क पर अख़लाक़ी धब्बा लग जाता। वो और मैं उसके आगे शिद्दत से शर्मिन्दा हो सकता था। मैं भला उसे क्या जवाब देता कि जिन दिनों मैं डबडबायी आँखों से उसके चेहरे को तका करता था उन्हीं रातों मैं अपनी बीवी से संभोग करता था हालाँकि मेरी बीवी को शिद्दत से तीसरे बच्चे की ख़्वाहिश थी कि मुमकिन था कि इस बार लड़का ही पैदा हो जाता।

तो यह सारा तमाशा मेरी उदासी की वज़ह से था।

लेकिन आख़िर मैं दुखी और उदास क्यों था।

दरअसल मैं दुख को क़रीब से न देख पाने की वजह से दुखी था। 'दुख' को ठीक और साफ़ तौर पर देखने की कोशिश में इंसान फिसलता जाता है इस नाकाम कोशिश ने इंसान को गुनहगार और कमीना बना कर रख दिया है।

दुख का चेहरा मैंने कभी नहीं देखा था। वो हमेशा मेरी तरफ़ पीठ कर के बैठ जाता 'दुख' के चलते झक्कड़ों में सिर्फ़ उसकी नीली क़मीज़ उड़ती है। और फड़फड़ाती है। नहीं मैंने 'दुख' को नहीं देखा सिर्फ़ उस की नीली क़मीज़ देखी है।

(5)
(खेल और ख़ात्मा)

इस नयी क़िस्म के ताकत के नशीले लम्हात में अपनी छटी हिस से मैंने शदीद तौर पर यह महसूस किया कि इस लड़की में इन्तेहा दर्जे की पहुँची हुई एक किस्म की ख़ुदगर्जी थी। यह अपने जीवन और अपनी हिफ़ाज़त के लिए कुछ भी कर गुज़रने की कमीना ख़ुदपरस्ती थी जो आम इंसानों की आम सी ख़ुदगर्ज़ी से एकदम अलग और किसी हद तक ख़ौफ़नाक और बेरहम थी।

अब मैं उससे भविष्य में भी इस किस्म का लाड़ भरा अहमक़ाना सवाल पूछने के क़ाबिल न रह गया था। फिर यह सिलसिला चल निकला। मैं आहिस्ता-आहिस्ता

इस खेल का आदी होता जा रहा था।

मैं यह यक़ीन के साथ नहीं कह सकता कि वो कुँवारी थी या नहीं वैसे अगर औरतें यह समझती हैं (उनमें बीवियाँ भी शामिल हैं) कि मर्दों को उनके कुँवारे होने पर यक़ीन है तो ये सिर्फ़ उन की ख़ुशफ़हमी हो सकती है यह दरअसल मर्दों का उनके लिए लिहाज़ और उन्हें शर्मिन्दा होने से बचना है यही तो एक मक़ाम है जहाँ आम से आम कमीने से कमीने मर्द की मोहब्बत भी बेमानी और बुलन्द बन जाती है। तो क़ुर्बत के इन महफ़ूज़ लम्हात में हम दोनों ही पूरी सैराब हो रहे थे। हाँ इतना ज़रूर था कि उसके बेहद तजुर्बेकार होने की वजह से मैं अक्सर बेमानी से ख़ौफ़ और हीन भावना का शिकार हो जाया करता था। मैं जब अपनी बीवी से उसका मुकाबला करता हूँ तो यह कह सकता हूँ कि वो मेरी बीवी के मुक़ाबले में कमज़ोर और छोटे क़द की होते हुए भी ज़्यादा जोशीली थी और जोश के लम्हों में अक्सर उसके आगे निकले हुए दो बदनुमा दाँत कुछ ऐसे शहवानी अन्दाज़ में बाहर निकल आते थे जिससे मुझे कुछ घबराहट और कराहत का एहसास होता था लेकिन एक तो इतने नाज़ुक हालात में ब ज़ाहिर ग़ैरज़रूरी बातों पर तवजह करना ना मुनासिब था दूसरे यह ख़ुद मेरा चेहरा इतना ऊटपटाँग है कि ऐसे वक़्त में वो शायद बिल्कुल ही दीदार के क़ाबिल न रहता हो। और साफ़ बात तो यह थी कि उसके कमज़ोर हड्डियों के ढाँचे जैसे जिस्म में भी लज़्ज़त के इन्तेहाई ना क़ाबिल-ए-फ़ेहम क़िस्म के ख़ज़ाने छिपे थे।

अब इस खेल पर मेरा ईमान-व-ईक़ान पक्षका हो चुका था। मगर मुझे इस बात की तवक्कोह हरगिज़ नहीं थी कि इस खेल का ख़ात्मा इस क़दर जल्द और इतने फुसफुसे अन्दाज़ में हो जायेगा। मुझे इल्म ही नहीं हुआ कि वो कब से अपनी शादी की कोशिश में मसरूफ़ थी। मुझे तो तब पता चला जब एक दिन वो ख़िलाफ़-ए-मामूल बेहद सुर्ख़ रंग की लिपस्टिक लगा कर आयी।

उसके हाथ तकरीबन स्याह होती हुई मेहँदी से रचे हुए थे और न जाने क्यों कुछ सूजे हुए या भारी नज़र आते थे। दायें हाथ की उँगली में ख़ास उस जगह हीरे की अँगूठी जगमगा रही थी जहाँ उसकी सफ़ेद जिल्द के मसामात से तीन-चार स्याह बाल ऊपर को उग आये थे।

आज शायद पहली बार सलवार-सूट की जगह गुलाबी रंग की एक गँवार-सी साड़ी फूहड़पन से बाँध रखी थी जिसकी वजह से उसके पिचके हुए पेट पर उसकी बेतुकी सूराखदार नाफ़ साफ़ दिखायी दे रही थी। उसकी नाफ़ को देख कर मुझे कुछ लिजलिजेपन और अजनबीयत का एहसास हुआ।

उसने बताया कि कल शाम उसकी मँगनी थी और यह कि इसका ज़िक्र मुझ से इसलिए नहीं किया कि मुझे 'दुख' होता। एक लम्बे अर्से के बाद मेरी आँखों के

सामने वही ला-ताल्लुक-सा वीराना फिर से उगने लगा जो दरअसल अपनी ला-ताल्लुक़ी और बेगानगी की वजह से और भी ज़्यादा भयानक नज़र आता था।

इस बे-हिस वीराने से घबराकर मैंने बेइख़्तियार अपनी बाँहें उसे आग़ोश में लेने के लिए फैला दीं।

मगर न-सिर्फ वो मेरे सामने कुर्सी पर बैठी रही बल्कि एक भयानक और मनहूस लम्हे में मैंने वाज़ह तौर पर महसूस किया कि इस तरह बैठे-बैठे न जाने क्यों, जान बूझ कर वो अपने घुटने पेट की तरफ़ मोड़ने की नाकाम कोशिश कर रही है। क्या वो मेरे साये से डर रही थी? मैंने उसकी आँखों में झाँका वहाँ आज ख़ुद सुपुर्दगी की जगह फ़िक्र और दुनियादारी का रंग तैर रहा था। उसके वो दो बदनुमा दाँत जो क़ुर्बत और तनहाई के इन मौक़ों पर बार-बार बाहर निकल आते थे वो इस वक़्त होंठों के बुरी तरह भिंचे होने की वजह से ग़ायब थे। उसका चेहरा अफ़सोसनाक हद तक सूझबूझ और गहरे क़िस्म के एहसास-ए-जुर्म से रँगा हुआ था।

मैं उस चेहरे को देखकर इस तरह डर गया कि मेरा दिल उसे उसी वक़्त, उसी जगह क़त्ल करने को चाहा। मगर दरअसल मैं इबरतनाक हद तक एक बुज़दिल आदमी हूँ और बुज़दिल इंसान की सुर्ख़ रुई इस नुक्ते में है कि वो अपने ख़ौफ़ को किस हद तक दूसरों से छुपा सकता है।

उस शाम मैंने अपनी बीवी को ख़ालिस मोहब्बत के साथ जज़्बाती अन्दाज़ में चिमटा लिया और पसीने से भीगी गर्दन पर बेतहाशा बोसों की भरमार कर दीं। हालाँकि मेरी आँखों में काई और मछली जैसी बिसांध वाले आँसू से भरे हुए थे जो मेरे वजूद में किसी ख़राबी की वजह से था। इसीलिए तो बीवी ने, न उन आँसुओं पर ग़ौर किया और न मेरे बोसों की ताज़गी पर।

"मैं तुम से बहुत मोहब्बत करता हूँ" मैंने भर्राई हुई टूटी आवाज़ में कहा। बीवी मेरा चेहरा अलग करने लगी "हटो तो बहुत गर्मी है भई" वो चिढ़ कर बोली।

"नहीं, पहले बताओ, बताओ तुम भी मुझ से मोहब्बत करती हो ना?" मैंने अपनी गिरफ़्त और मज़बूत कर दी मेरा गला रुँध रहा था।

"आख़िर क्या हो गया है, तुम्हारा दिमाग़ तो नहीं चल गया। रात को जब बच्चे सो जायेंगे तब मैं आ जाऊँगी" बीवी का लहजा इन्तेहाई सर्द और उकताया हुआ था।

वो इस वक़्त घर के काम में बेतहाशा मसरूफ़ थी और फ़ौरन ही मुझसे पीछा छुड़ाकर रसोई में चली गयी थी।

वो बे-हिस वीराना अब एक उजाड़ टीला बन चुका था जिसे पार करना मुमकिन न था।

आज सोचता हूँ अगर उस शाम बीवी ने मुझसे सर्द घरेलू और उकताये हुए लहजे में बात न की होती तो शायद यह कहानी आज मैं आपको यहाँ बैठा न सुना रहा होता (शायद, शायद नहीं)।

अपनी दानिस्त में वो वेश्या आज भी मुझे बेवक़ूफ़ बना रही है। जब भी मिलती है मेरे आगे-पीछे चुड़ैल की तरह नाचती रहती है। वो समझती है कि मैं आज भी उसके इश्क़ में गिरफ़्तार हूँ। अफ़सोस कि वो नहीं जानती कि उस मनहूस दिन उसके घुटने मोड़ लेने के साथ ही सब कुछ ख़त्म हो गया था और ये भी कि अब मैं अच्छी तरह समझ चुका हूँ कि भरोसा, विश्वास भी एक क़िस्म की कल्पना है। अब यह बताने की ज़रूरत नहीं कि उसकी शादी हुए एक अर्सा बीत चुका है और उस की गोद में एक बच्चा भी है। मैं ख़ुद आज तक उसके घर नहीं गया हूँ लेकिन न जाने कब से सोच रहा हूँ कि कभी उसके घर पहुँच कर उसके बच्चे के हाथ में कोई नज़राना थमाऊँ एक रस्मी-सी चाय पियूँ और उसके बेवक़ूफ़ किस्म के शौहर से हाथ मिला कर रख़्स्त हो जाऊँ इस क़िस्म के रिश्तों के अंजाम इतने ही ख़ौफ़नाक हद तक रस्मी हुआ करते हैं इसमें ऐसी कोई नयी बात नहीं।

(6)
(नेक चरित्र लड़कियां और भूतों के साये)

कुछ चीज़ें यूँही भटकती फिरती हैं। सिर्फ इसलिए कि वो हैं। अपने वजूद को अपने वजूद पर ही आधारित पाती हुई यह एक आवारगी है और आवारगी की ही ख़ातिर है। मैंने अक्सर सोचा है कि मेरी आवारगियों और गुनाहों का ज़िम्मेदार कौन है? मगर क्या यह ज़रूरी है कि हर चीज़ का कोई ज़िम्मेदार हो जैसे ज़िम्मेदारी कोई ठोस चीज़ है जिसे हाथ बढ़ा छू या कम से कम निशान लगाया जा सकता था। मगर ज़िन्दगी इस आवारगी को बेवजह संजीदा हो कर कबूल कर लेती है और महज़ इतना ही नहीं, यह अहमक ज़िन्दगी, मकर-व-फरेब इल्ज़ाम तराशी, बहाने तराशी, और बदमजाक़ी की पोटलियाँ बना-बना कर गधे की तरह लादे-लादे फिरती है। हाँ, यकीनन एक गधे की तरह।

मगर मेरे लिए इन दिनों अपने हुलिये के एतबार से ज़िन्दगी डरावनी भी नज़र आने लगी थी। मज़का ख़ेज़ियों के ख़ुद-ब-ख़ुद कभी-कभी भयानक भी नज़र आने लगते हैं जैसे गेरुवे रंग को जिस्म पर पोत कर या उस पर खड़िया के सफ़ेद निशान लगाये आपके सामने कोई बेतुकी-सी उछल-कूद करता फिरे।

यही ज़माना था जब मेरी उसनेक सीरत लड़की से मुलाक़ात हो गयी। लेकिन उसे मुलाक़ात भी नहीं कहा जा सकता जिस तरह बाढ़ के दिनों में पानी पर बहते हुए न जाने किन-किन बदनसीब घरों के जेवरात और क़ीमती बर्तन टुच्चे क़िस्म के लोगों के हाथ लग जाते हैं, इसी तरह वो नेक सीरत मेरे हाथ लग गयी। वो उम्र में मेरी बीवी और उस बद क़भाश लड़की दोनों ही से छोटी थी। मगर उसकी शख़्सियत का एक ख़ास पहलू यह था कि इतनी कम उम्र में भी वह जुनून की हद तक मज़हबी थी और पाकीज़गी और जिस्मानी पवित्रता पर ख़ास तवज्जह देती थी।

मगर यह तमाम ख़ुसूस्यात उस में हमेशा से नहीं थी यह तो असल में एक हादसे के बाद हैरतनाक तौर पर अचानक ही उस में पैदा हो गयी थी। उस हादसे के बारे में जैसा कि मैंने लोगों से सुना है वो कुछ इस तरह का था।

जुमेरात की एक उदास शाम को तीसरा पहर और शाम गले मिल रहे थे। वो उस पुरानी, वीरान आधी तामीर शुदा मस्ज़िद के अन्दर से गुज़र रही थी जिस में अक्सर आधी रात अज़ान की सदा सुनी जाती थी। मस्ज़िद के अन्दर से हो कर गुज़रने वाला यह सुनसान रास्ता दरअसल उस की मंजिल को छोटा करता था। उसके साथ दो उम्र रसीदा बुर्क़ा पोश औरतें भी थीं। सारी अश्या ख़ामोश थी या शायद ख़ामोशी की तरफ़ झुक रही थीं कि अचानक कहीं से हवा उड़ती-उड़ती आयी और मस्ज़िद में गँदले पानी के लम्बे चौड़े हौज़ के किनारे लगे पुराने अनार के उदास पेड़ों पर झूमते हुए जिन उसकी बड़ी-बड़ी आँखों में आकर ठहर गये। बातें करते-करते उसका लहजा बदल गया उसकी लम्बी और मोटी चोटी आप ही आप खुल गयी लम्बे-लम्बे बाल पिंडलियों तक लहराने लगे। उसका दिल बेहद अजीब अन्दाज़ घबरायो। वो अपने घुटने पेट की तरफ़ मोड़ते हुए वीरान ज़मीन पर बैठ गयी उसे किसी बात का होश नहीं रहा। उस का पिंडा गर्म था जब एक मुद्दत के बाद उस का लम्बा और पुरइसरार बुख़ार उतरा तो लोगों ने पाया कि वो अब पहले जैसी नहीं रही उसमें नमाज़ और इबादत के तयीं हैरतअंगेज़ तौर पर लगाव पैदा हो गया था। गोश्त के नाम से ही उसे मतली आने लगी थी। जिस्मानी पवित्रता के बारे में उसमें शिद्दत पसन्दी पैदा हो गयी थी। चेहरे पर एक क़िस्म का जलाल आ गया था। आँखें पहले से ज़्यादा बड़ी और चमकीली हो गयी थीं। लोगों ने इस बात पर भी ग़ौर किया था कि जुमेरात की सपहर से उसकी आवाज़ तब्दील होना शुरू हो जाती है। और रात होते-होते तक़रीबन मर्दाना लहजे में बदल जाती है। उसकी आँखें हल्की-सी सुर्ख़ी माइल और जलाल से पुर मालूम होती हैं और चेहरे और तमाम जिस्म पर हैरतअंगेज़ तौर पर अचानक सूजन आ जाती है। ऐसे वक़्त में किसी का मजाल नहीं कि उससे बात करने का भी हौसला कर सके।

दरअसल उस शरीफ़ लड़की पर किसी जिन का साया है और साया तब तक उसके जिस्म में क़याम करेगा जब तक उसकी शादी की रस्म के सिलसिले में उसे उबटन लगाते वक़्त उसे पहले हल्दीनुमा रंग के कपड़े पहनाकर मीरासनों के गाये हुए हरोर न दे दिये जायें। अगर ख़ुदा-नख़्वास्ता ऐसा न किया जा सका तो यह जिन के साये उसके निकाह साथ उसके लम्बे स्याह बालों में बँध कर उसके साथ ही चले आयेंगे तो हयात उसके साथ रहने के लिए लेकिन अव्वल तो वो शादी के नाम पर ही ग़ैर मामूली गैज़-व-ग़ज़ब से भर जाती थी और दूसरे अभी उस की शादी का वक़्त ही नहीं आया था।

(7)
(मगरमच्छ की पीठ पर सफ र करता है कलेजा बन्दर)

मगर मेरे साथ मसला यह है कि वो पुराना खेल मैं दोबारा खेलना चाहता हूँ। किसी के भी साथ अगरचे इसके लिए मुझे वजूद में एक नया मक्काराना खेल भी खेलना है। मुझे आप जैसे बहुत से तमाशाइयों के सामने एक ऊँची और पतली-सी सीढ़ी पर रुक-रुक कर भाव बना कर चढ़ते ही चले जाना है बीच में रुक दम लेने और बीड़ी सुलगाने के बहाने सीढ़ी के डण्डों पर आराम से बैठ जाना है। फिर हवा का रुख देखने के लिए काग़ज़ की छोटी-छोटी कतरनें उछालना है और तब आख़िरी डण्डे पर पहुँच कर अपने ऊपर मिट्टी का तेल छिड़क कर दियासलाई दिखाना है एक लहराते-डोलते आदमी के कद के शोले की मस्जिद नीचे गिरना है। पानी से उपर तक भरे कुएँ में रोज़ ही मैं यह मौत की छलाँग लगाता हूँ और बेशर्मी से उठ खड़ा होता हूँ। यह एक क़िस्म की जिस्म-फ़रोशी है। इस तरह कि इस बार मेरे जिस्मफ़रोशी के इस ख़तरनाक करतब की नुमाइश उसनेक और माक़ूल लड़की के बदन में लगी थी मगर इससे पहले कि मैं आप को इस दिलचस्प और ख़तरनाक करतब की दास्तान सुनाऊँ मुझे कुछ और भी कहना है।

मिसाल के तौर पर वो जब भी मुझ से बात करती है तो मैं नये अन्दाज़ से उदास होने की कोशिश करने लगता हूँ उस की भर्राई हुई आवाज़ के किनारे अक्सर बेहद अपनाइय में डूबे रहते हैं वो बहुत पुरानी बातें याद करती हैं। ऐसी बातें जो मैंने बचपन में ही देखी और सुनी थीं उसकी बड़ी-बड़ी उदासी आँखों में अनार के उदास पेड़ उगते हैं। यह आँखें दरअसल भूरी नहीं हैं यह कोई और ही रंग है। एक भेदपूर्ण और बेकरार रंग जो हर रंग के किनारों को छू-छू कर बहता रहता है लेकिन बारहा मैंने उन बेचैन आँखों की तह में छुपे हुए गहरे दबीज़ सन्नाटे को महसूस किया है जिसने अनार के उदास पेड़ों से उतरे हुए जिन चहलकदमी करते रहते हैं। मैं उसके पास बैठ कर न जाने क्यों एक बेतुके से ऐतमाद और एहसास-ए-बरतरी से भरा रहता हूँ। अब पता नहीं कि उसके खुरदरे पुर खुलूस हाथ का सहारा है या खुद मेरा कमीना और बेशर्म हौसला। जहाँ तक मेरा सवाल है, इतना कह सकता हूँ कि कभी जहाँ प्यार का एक शब्द जगमग-जगमग चमकता था वहाँ गुस्से की एक पीली तपती हुई लकीर खिंच गयी है लेकिन यह तपन गर्म नहीं है। यह एक ठण्डा और मुर्दा बुख़ार की मानिन्द है। उस शरीफ़ लड़की के दिल में मेरे लिए मोहब्बत के सूते फूटने की आखिर क्या वजह थी? मेरे पास वजह नहीं है सिर्फ़ वजह की तलाश है और चन्द सम्भावना है। हर चीज अपना असल चेहरा सम्भावना में ही छुपा कर रखती है।

अगरचे मैं यकीन से नहीं कह सकता। मगर पूरी सम्भावना है कि शायद किसी इत्तेफ़ाक़ी लम्हे में मैंने उसके अन्दर की दलदल और दहशत को देख लिया था। क्या

दलदल और दहशत के अन्दर कुछ इतना ख़ूबसूरत है? क्या हर किस्म की मोहब्बत के बीच इसी दलदल और दहशत के सोते फूटते हैं?

मगर मैं तो अपने सर पर ग़लाज़त का टोकरा ख़ुशदिली से क़ुबूल किये खड़ा था, और इसलिए मुझे उसी मोहब्बत से ज़्यादा उसके आकर्षक जिस्म की ज़बरदस्त नसवानियत की फ़िक्र थी, मुझे तो सिर्फ़ उसका जामनी रंग का सूती जम्फ़र याद रह गया था जिस में उस की छाती का उभार ख़ूबसूरत दिखायी देता था मगर ठीक उसी मक़ाम पर सुनहरे रेशम की चिकनी कढ़ाई होने की वजह से मेरा हाथ बेमज़ा हो कर फिसल जाता था लेकिन यह बहुत बाद का पड़ाव था। शुरुआत में तो उसके खून की कमी के मारे पीले और सफ़ेद पाँव को भी जी भर कर उसी वक़्त देख पाता जब वो इशा की नमाज़ पढ़ रही होती। अगरचे नमाज़ के रोब और जलाल के कारण इन पैरों की वो तोजीह नहीं दी जा सकती थी जो कम से कम उस वक़्त मेरे पास ज़रूर थी।

मैं बहुत होशियारी से काम ले रहा था। मैं चाहता कि इस बार आदरता का ख़याल रखा जाये। नाम निहाद पाकीज़गी के हालों के पवित्रता को आहिस्ता-आहिस्ता मिटाया जाये यह और बात कि पाकीज़गी का यह पड़ाव फतह करने के बाद जिस किस्म शान्ति का एहसास होता है वो घटिया और कमीना ही है।

उसे भी कमबख़्त उन्हीं दिनों मेरी उदासी दूर करने का जुनून पैदा हो गया था। उदासी अपने में उलझी शै है। ख़ास तौर पर चेहरे की उदासी तो अक्सर कुछ अतिरिक्त चीज़ों पर निर्भर होती है। इसलिए वो अक्सर उस वक्त भी बेचैन हो उठती जब मैं सिर्फ़ अपने मूसढ़ों की सूजन को मुँह के अन्दर ही अन्दर ज़बान से चाट रहा था और बारहा ऐसा भी हुआ कि उसने तड़प कर अपने दुपट्टे से उस वक़्त भी मेरे आँसू साफ़ करने चाहे जब आँख आँसुओं से खाली थी। यह मेरी आँख की बनावट की पुरानी तैयारी थी जिस से वो हमेशा लाइल्म रही।

मैं उन दिनों भला उदास क्यों होता। यह भी बहरहाल एक विपदा थी। बन्दर अपना कलेजा पेड़ पर ही लटका आया था और जब मगरमच्छ की पीठ पर बैठा आराम से अनन्त पानियों का सफ़र कर रहा है।

(8)
(सलामती की दुआयें और दो कारण)

यूँ तो हमेशा से ही नज़ले और ज़ुकाम का पुराना मरीज रहा हूँ। लेकिन उन दिनों मुझे हल्का-सा बुख़ार भी रहने लगा था। मामूली-सी बात थी मगर वो बेचारी मेरे लिए बेहद फ़िक्रमन्द हो गयी थी। वो रोज़ाना इशा[1] की नमाज़ से फ़ारिग़ हो कर सफ़ेद दुप्पटा सर से ओढ़ कर निहायत एहतराम और श्रद्धा के साथ मेरे चेहरे पर न जाने कौन-कौन-सी दुआयें पढ़ कर फूँकने लगी। उसे मज़हब की अच्छी-ख़ासी

मालुमात थी जो कम से कम उसकी उम्र रखने वाली लड़की के लिए मेरी दानिस्त में ख़ासा हैरान करने वाला था। रोज़ ही किसी न किसी बच्चे के ज़रिये वो पढ़ा हुआ पानी, ख़जूर भिजवाया करती थी। जब कई दिन तक मेरा बुख़ार नहीं गया तो वो तक़रीबन तमाम रात जाग कर मेरी सेहत के वास्ते कोई वज़ीफ़ा भी पढ़ने लगती थी। उसके बाद मेरा बुख़ार उतर गया था लेकिन उसने पाबन्दी के साथ वज़ीफ़े की मुद्दत को पूरा किया। सच-सच कहूँ तो मेरा चेहरा इन्तेहाई मुकरूह था मगर उसे यह चेहरा कभी-कभी इतना अच्छा लगता था कि वह मेरे सामने बैठ कर नज़र की सूरह पढ़ने लगती थी और फिर मेरे चेहरे पर दम कर देती। ऐसे हालात में वहाँ सब कुछ तकलीफ़देह हद तक पाक और साफ़ दिखायी देता और मुश्किल यह थी कि ख़ुद मेरे पास वजूद में भी पाकीज़गी के जरासीन पैदा हो जाने का ध ोखा होने लगता था।

इन एक-दो तफ़सीलात से अब तो आप बख़ूबी समझ गये होंगे कि मेरे लिए सब से बड़ा मसला यह आन पड़ा था कि इस पाकीज़गी के घेरे को कैसे तोड़ा जाये।

मजबूरन मुझे भी वही पुरानी चालें इस्तेमाल करनी थीं जो ऐसे हालात में अक्सर मामूली-सी अक़्ल-व-फ़हम रखने वाले लोग भी काम में ले आते हैं। इस क़िस्म की बहुत-सी चालें हैं और उनके कारण दो तरह से पेश किये जा सकते हैं। एक वजह तो नफ़सियाती है जिसके मुताबिक़ किसी भी औरत के दिल में थोड़ी-सी जिन्सी दिलचस्पी जगाने का बेहतरीन तरीक़ा यह है कि यौन अंगी और उनकी काम या फायदों पर कुछ इस क़िस्म की ग़ैर यूँही सी गुफ़्तगू या तक़रीर की जा सकती है जिसका इस्तेमाल फुटपाथ पर घटिया किस्म की इश्तेहारी दवायें बेचने वाले इन्तेहाई सपाट लहजे में फ्राहम करते हैं "अक्सर हमारी माता-बहन को सफ़ेद पानी की शिकायत रहती है" (अगर आप को मेरे इस जुमले पर वो मज़हबी रिसाला याद आ गया हो जिस की पिछले पन्ने पर ऐसे इश्तेहारात की भरमार रहती थी तो इस में मेरा कोई क़ुसूर नहीं है)।

फ़लसफ्याना वजह यह है कि वास्तव में हमारे ग़ैर अख़लाक़ी काम, गुनाह और गलतियों के पीछे ऐन अख़लाक़ी और इन्तेहाई ख़ुलूस-ब-मुरव्वत से मालामाल नज़रयात कारफ़रमा होते हैं। हर गुनाह के पीछे में एक ख़ास बात पोशीदा है किसी भी शरीफ़ लड़की के ज़हन-ब-एहसास में किसी मर्द को पहला बोसा देते वक़्त या अपने जिस्म को छेड़ने की इज़ाज़त देते वक़्त मोहब्बत, वादा, वफ़ा और लिहाज़-ब-मुरव्वत के हामिल अख़लाक़ी तसव्वुरात ज़रूर क़ायम रहते हैं और इस सूरत में उसके लिए कोई भी फ़ैसला पूरे तौर पर करना मुश्किल बल्कि नामुमकिन हो जाता है और मैंने इन सब चालों का फ़ायदा उठाना शुरू कर दिया था।

(9)
(एक बोसे की ख़ातिर)

बिल आख़िर वो दिन आ गया जब मैंने ख़ुद को उसका चुम्बन लेने के लिए निडर और ऐतमाद से भरा पाया। लेकिन कमबख़्त उसी दिन मेरे साथ एक ज़बरदस्त ज़ुल्म हुआ जिसका ज़िक्र दिलचस्पी से खाली न होगा।

हुआ यह कि उसके पास जाने से कुछ देर पहले मैंने बेहद ख़ुशबूदार तम्बाकू वाला पान खाया था क्योंकि मैं उसका एक भरपूर और देरपा बोसा लेना चाहता था और अपनी साँस की बू पर मुझे इसलिए ज़्यादा ऐतमाद न था कि अक्सर मेरे दाँतों में गोश्त के रेशे फँसे रह जाते हैं। मैं पान में तम्बाकू का इस्तेमाल नहीं करता हूँ।

मगर उस दिन लाख कोशिश के बावजूद भी थोड़ी तम्बाकू मेरे हलक़ के नीचे उतर ही गयी। मेरा सारा जिस्म ठण्डे पसीने में भीग गया। दिल ज़ोर-ज़ोर से धड़कने लगा और चक्कर की वजह से सारी दुनिया घूमती हुई नज़र आने लगी। उस शाम मैं उस घर के क़रीब एक अँधेरी सुनसान गली में उलटियाँ करता फिरा।

बहरहाल उसके दूसरे रोज़ मैंने उसके होंठों का बोसा ले लिया था लेकिन इस से पहले मैंने इन्तेहाई सूझबूझ से काम लिया जैसे उस कमरे का मुकम्मल जायज़ा मैंने पहले ही ले रखा था कि अगर कमरे के इधर कोई खड़ा हो तो उस की परछाई किस रुख और किस अन्दाज़ में नज़र आयेगी बेहतरीन मौक़ा बोसा लेने का उस वक़्त था जब कमरे में कोई दूसरा आकर वापस चला गया हो यहाँ तक कि मैंने बाक़ायदा गणित के उसूल की मदद से उस कमरे से हर गोशे के दरमियान फ़ासले के क़दम गिने और तक़रीबन हर रफ़्तार में वहाँ से कमरे तक पहुँचने का वक़्त मालूम किया और इस हिसाब से बोसे की ज़्यादा से ज़्यादा मुद्दत को ज़हन नशीन कर लिया। लड़की का निचला होंठ बहुत पतला था और जब कभी वह ग़ौर से कोई बात सुनने की कोशिश करती थी तब तो यह होंठ तक़रीबन ग़ायब हो जाता था उस वक़्त उन होंठों के बोसे के बारे में सोचना भी मुश्किल था।

मुझे अपने होंठों के दरमियान उसका यह होंठ महसूस ही नहीं हुआ उसकी साँसों से पुराने कपड़ों की-सी बू आ रही थी ऐसे कपड़े पाक-व-साफ़ तो हों मगर अरसे से किसी सन्दूक़ में बन्द हो रखे हों। आज सोचता हूँ कि शायद वो घुटन और दबाव की बू थी जो अपने ही मुँह और गले के बिख़रे ख़्वाबों और उजाड़ मुक़द्दर के आपसी टकराव से पैदा होती है। तक़रीबन उकताये हुए मैंने जब अपने होंठ अलग किये तो मुझे एहसास हुआ कि मैं तो दरअसल अपने ही मुँह के फीके सीठे ज़ायक़े में अकेला खड़ा हुआ था। इस लम्बे बोसे के ऐसे मायूस कुन ज़ायक़े से बेहतर तो भुने हुए सस्ते चनों का मज़ा ही रहता।

उस दिन नाकाम होने के बावजूद अब मेरे दिल में न जाने क्यों शिद्दत से यह

ख़्वाहिश पैदा होने लगी थी कि कभी वह ख़ुद बढ़कर मेरे होंठों का बोसा ले लेती तो शायद ज़ायक़ा थोड़ा चटपटा हो जाता। इतने शुरुआती दिनों में यह अस्तित्व के ख़िलाफ़ था मगर मैंने जल्द ही अपनी कसम देकर और बेहद उदास होने की धमकी देकर उसे इस बात पर भी राज़ी कर लिया।

जब मुझे अपने लबों पर उस मादूम से होंठ का दबाव महसूस हुआ तो मुझे हैरत हुई कि यह होंठ इतना ताकतवर और जोशीला कैसे हो गया। मेरा दहाना उस दिखायी न देने वाले पुरइसरार होंठ के नज़र न आने वाला बोझ तले दबता चला गया। तब मुझे एक न समझे जाने वाले किस्म की हीन भावना ने अपनी जकड़ में ले लिया जिसे दूर करने के वास्ते मैंने अपने हाथ उसके कूल्हों के उभारों पर रख दिये मगर तब ही अचानक वो तड़प कर अलग हो गयी उसकी आँखों में आँसू भरे थे और वो होंठ ग़ायब हो चुका था। अब वहाँ सिर्फ एक ठोढ़ी थी जैसे यह होंठ मुँह के अन्दर ज़बान के साथ कहीं रहता था और जिस तरह कौवे की गरदन शदीद तकलीफ़ और दबाव के आलम में बाहर निकल पड़ती है उसी तरह यह होंठ सख़्त क़िस्म के कम्पन की वजह से बाहर आ गया था और कछुए की गदरन की तरह ही दोबारा अन्दर चला गया था।

यक़ीनन यह दहशत ख़ेज था और वक़्ती तौर पर तमाम ख़्वाहिश को बरबाद करने वाला भी।

(10)
(करामाती पीर साहब और पवित्रता का घेरा)

कहानी आगे बयान करने से पहले मैं यह बात साफ़ करता चलूँ कि जिनों पर मुझे यक़ीन नहीं है और न ही मैं उन से डरा हुआ हूँ। मेरे सामूहिक अवधेतन में मुमकिन है कि ख़ौफ़-व-वहम की कोई रमक बाक़ी हो मगर उस नेक सीरत लड़की से शारीरिक सम्बन्ध बनाने की ख़्वाहिश मेरे अन्दर इस हद तक तीव्र थी कि उसके आगे इस क़िस्म के ग़ैर ज़रूरी ख़ौफ़ की कोई गुंजाइश ही बाकी नहीं रह सकती थी वरना यह बातें तो मेरी भी सुनी हुई थीं कि जिस लड़की पर किसी शै का साया होता है उस से शारीरिक सम्बन्ध बनाने वाला शख़्स या तो मर जाता है या फिर अपना मानसिक सन्तुलन खो बैठता है।

इस सिलसिले में मेरी शौक और सनक का अन्दाज़ा इस बात से लगाइये कि मैं तो उन पीर साहब से भी मिलने नहीं गया। वो जो ठाठें मारते हुए नदी को पैरों पर चल कर पार करते हैं? वो बड़े करामाती पीर हैं। उनसे मिल कर लोगों की सालहा साल पुरानी बीमारियाँ, परेशानियाँ और ग़रीबी दूर हो जाती हैं वो ख़ुदा के बन्दों के दुख दूर कर देते हैं। अगरचे उनसे मिलना एक मुश्किल काम है मगर मुझे एक दफ़ा ऐसा मौक़ा नसीब हुआ है जब मैं उनके हुजरे में उसी तरह दाखिल हो

सकता था जैसे अपने घर में घुसता हूँ। मैं हुजरे के दरवाज़े तक पहुँचा भी मगर अचानक एक अन्देशे ने मुझे अन्दर दाख़िल होने से रोक दिया।

मैंने सोचा कि मुमकिन है कि पीर साहब से मुलाक़ात के बाद मेरी फ़ितरत ही बदल जाये और उस लड़की से सम्बन्ध की ख़्वाहिश मेरे अन्दर ख़त्म हो जाये। आख़िर अल्लाह वालों से मिल कर इंसानों में इस क़िस्म की तब्दीलियाँ तो आम तौर सुनी ही जाती हैं।

मगर नहीं हरगिज़ नहीं गरीबी बीमारी और ज़हनी परेशानियों की इस नेक सीरत के भरपूर जिस्म के आगे अहमियत या हक़ीक़त ही क्या थी। मैं जिस हाल में था उस में ख़ुश था। मैंने उधर से रुख़ मोड़ लिया जहाँ पीर साहब ठहरे हुए थे लेकिन असल मसला अब यह था कि पाकीज़गी के घेरे को कैसे तोड़ा जाये। इन बेतुक-बेमज़ा बोसों से तो वो टूट नहीं पाया था। आख़िर सोच-विचार के बाद मैं इस नतीजे पर पहुँचा कि इस शरीफ़ लड़की की ख़्वाहिश से बेक़ाबू करने के लिए चन्द पाकीजा अलफ़ाज ज़रूरी थे क्योंकि महज़ अलफ़ाज़ की पाकीज़गी और उन का सूझबूझ और सलीक़े से इस्तेमाल करने की ख़ूबी में ही यह राज़ पोशीदा है कि किसी भी हैवानी जज़्बे क्योंकर नेकी फ़लाह व बहबूदी का इलतेबास पैदा कराया जा सकता है। यह सिर्फ़ मैं नहीं कह रहा हूँ इंसानों की सारी तहज़ीब इस बात की गवाह है।

इसलिए एक दिन मैंने उसकी गर्दन के तिल को प्यासी नज़रों से देखते हुए कहा।

"इधर आओ ज़रा चिमट कर मेरे कलेजे से तो लग जाओ अजीब-सी हूक उठ रही है।"

कलेजे और हूक जैसे अलफ़ाज़ की पाकीज़गी शुक से ऊपर है। वो सहमी-सहमी उठी। उस की नज़रें बुझी हुई थीं। मैंने उसे अपनी बाँहों में कस कर भींच लिया।

अब मैंने उसके ज़िस्म पर इस तरह हाथ फेरना शुरू किया जैसे या तो यह सिर्फ बेख़्याली में हो रहा है या इसके पीछे कोई महान मोहब्बत का जज़्बा कारफ़रमा है। हालाँकि यह कहा जा सकता है कि क़ुरबत के इन लमहात में किसी का इस दर्जा होशियार और चौकन्ना रहना अपने आप में क़ुरबत को नकारता है तभी मेरा हाथ उसके जामनी रंग के जम्फर के गरीबान पर कशीदा रेशमी कढ़ाई तक पहुँचा और वहाँ से बेलज़्ज़त हो कर फिसल गया। वो इस तरह मुझ से अलग हो गयी जैसे उसे साँप ने डस लिया हो और दुपट्टे से अपने सीने को अच्छी तरह ढाँपने लगी। मैं कमबख़्त चिकनी कशीदाकारी को दिल में कोसता हुआ उसकी तरफ़ बढ़ा और इस बार उसे पूरी ताक़त से अपनी गिरफ़्त में लेते हुए अपना हाथ उसके गरीबान में डाल ही दिया।

"यह क्या कर रहे हैं आप?" वो घबराकर तक़रीबन चीख़ पड़ी।

उसने अन्दर घरेलू क़िस्म की शमीज पहन रखी थी इस बात से बदमज़ा होते हुए भी मैंने हाँफती हुई साँसों में पाकीज़ा अलफ़ाज़ इस्तेमाल किये।

देखो यह तुम्हारे ज़िस्म का सब से मुक़द्दस मकाम है तुम्हारा नेक और पाक दिल यहीं धड़कता है मुझे उसे एक बार छूने तो दो यहीं से तो ममता के सोते फूटते हैं।

"नहीं, नहीं, छोड़ दीजिए, अरे भैया छोड़ दीजिए आपको खुदा का वास्ता" खुशामद करते हुए उस की आवाज़ बेहद रुआँसी हो गयी और उसका गला बैठने लगा।

दरअसल उसे दौरान-ए-गुफ़्तगू 'भैया' इस्तेमाल करने की वही फूहड़ आदत थी जो कि अक्सर लोगों में किसी बात पर ज़ोर देने के लिए या नकारने के अनजाने ही पैदा हो जाती है। मगर आज से पहले मेरे लिए उसने इस शब्द का इस्तेमाल कभी नहीं किया था लेकिन ज़रा ग़ौर तो करें क्या इन नाजुक लम्हात में इस शब्द का ऊँचे स्वरे में इस्तेमाल इस तमाम कोशिश को ही हास्यास्पद बना देने के लिए काफ़ी न था, मगर अचानक मेरी उँगलियों में उसके गरीबान के अन्दर झूलता हुआ एक स्याह धागे से बँधा तावीज़ न फँस गया होता। वो इन्तेहाई बेचारगी से बोली।

"देखिये, खुदा नाराज़ हो जायेगा।"

मैंने चाहा कि उस को बता दूँ कि खुदा इस हद तक खुद आत्मनिर्भर है कि किसी काम से नाराज़ हो जाने या खुश हो जाने के ख़याल से ही उसके वजूद पर सवालिया निशान लग सकता है। मगर एक तो मेरा हाथ इस तावीज़ में फँसा था दूसरे मुझे ख़याल आया कि आज जुमेरात है। उसकी बेचारगी से फटी-फटी डरी हुई आँखें मेरे चेहरे पर जमी थीं। मुझे अचानक उन आँखों में अनार के उदास पेड़ हिलते हुए नज़र आये। मेरा हाथ मुर्दा-सा हो कर बाहर निकल आया। मेरे नाक और कनपटी पर उसके सर के एक-दो बाल टूट कर चिपक गये थे। इस पाकीज़गी के घेरे को तोड़ना तो दूर मैं खुद अपने वजूद में पहली बार उस हद तक डरावनी पाकीज़गी का अनजाना सा एहसास घुलता जा रहा था।

उस रात अचानक मेरी बीवी आकर मेरे सीने से लग गयी और उसने अपना चेहरा मेरी तरफ़ बढ़ा दिया मज़बूरन मुझे उसका बोसा लेना ही पड़ा हालाँकि उस वक़्त मेरा इरादा फ़क़त उसके माथे को चूम कर छोड़ देना था। मुझे उसकी खुद को सौंप देने का भरम रखना ही पड़ा। जल्द ही मेरे अन्दर का आरज़ी बैराग भाप बन कर उड़ गया। लेकिन इन्हीं लम्हात में एक ख़याल बिजली की तरह मेरे ज़ेहन में कौंधा।

(11)
(एक लाभदायक और कारआमद डिप्लोमा)

और यह ख़याल पाकीज़गी के इस परेशान कुन घेरे को तोड़ने के सिलसिले में तक़रीबन एक डिप्लोमे या ट्रेनिंग की-सी कारआमद और अमली हैसियत का हामिल था और मेरी बीवी इस में बेहद मददगार साबित हो सकती थी।

वो इस वक़्त मदहोश और मग़लूब हो कर टूटी-फूटी फ़ैशनज़दा अंग्रेजी में

आहिस्ता-आहिस्ता कुछ बड़बड़ा रही थी और इस बड़बड़ाहट को अपनी ज़बान में आसानी से अभद्र क़रार दिया जा सकता था मगर मैं इन लम्हात में भी उसका इंटरव्यू लेने को तैयार था। मैंने उसके सर से लेकर पैर तक तमाम जिस्मानी शारीरिक अंगों के बारे में सवालात करने शुरू कर दिये। मेरे जिस्मानी क़ुरबत के लम्हात में उसके जिस्म के किस हिस्से की कुदरती माँग क्या है और इससे हासिल होने वाले मज़ा की शिद्दत किस क़िस्म की है और इस किस्म के बहुत से सवाल और उनकी बारीक से बारीक तफ़सीलात भी मैंने पूछना चाही जिन का अगरचे शर्म की वजह से बीवी ने खुल कर जवाब नहीं दिया मगर बहुत-सी बातें तो आप की अपनी अक़्ल पर निर्भर होती है। मैं यह तमाम कार आम नक्तों एक बेहतरीन शिष्य या गणना के माहिर की तरह ज़हन नशीन करता रहा। हालाँकि इस मौक़े पर मेरे लिए यह कितना मुश्किल और आज़माइशी काम था इसका अन्दाज़ा आपको बखूबी होगा। मगर मेरी तसल्ली अभी नहीं हुई थी। उस रात बीवी के सो जाने के बाद अपनी तहक़ीक को और भी ज़्यादा प्रमाणित बनाने के लिए मैंने यौन सम्बन्ध पर लिखने वाले एक मशहूर और क़ाबिल-ए-ऐतमाद मुसन्निफ़ की पुरानी किताब निकाली जिसमें माह के हर दिन औरत के जिस्म पर पड़ने वाले चाँद के प्रभाव की तफ़सीलात बयान की गयी थी और यह बताया गया था जिस अंग में चाँद का क़याम होता है वही अंग सब से ज़्यादा तवज्जो का पात्र होता है। मैंने रात में बड़ी देर तक जाग कर यह सारी बारीकियाँ निकात और तफ़सीलात भी अपने दिमाग़ में महफ़ूज कर ली।

(12)
(शून्य में झूलती गाली)

दूसरे दिन शाम को मैं इस मुकम्मल ज़ेहनी तैयारी के साथ उससे मिलने गया जिस तरह पढ़ाकू क़िस्म के फ़िक्रमन्द तालिब-ए-इल्म इम्तेहान देने जाया करते हैं, वो उस वक़्त मुसल्ला बिछाये नमाज़ पढ़ रही थी। नमाज़ से फ़ारिग हो कर उसने जल्दी-जल्दी मुसल्ला तह किया और इस से पहले कि मैं कुछ समझ सकता फ़र्श पर घुटनों के बल झुक कर मेरे पैर पकड़ लिये।

"माफ़ कर दो, ख़ुदा के लिए मुझे माफ़ कर दो। कल मेरी वजह से तुम्हारा दिल बहुत दुखा है।" उसकी आँखों से आँसू बह निकले उसके हाथ मेरे पैरों को छू रहे थे। एक पल को मुझे यह हाथ बुख़ार ज़दा महसूस हुए।

"क्या इसे बुख़ार चढ़ आया है?" मैंने सोचा। मगर ठीक उसी वक़्त मुझे यह एहसास हुआ कि इन बुख़ारज़दा हाथों की गर्मी तो दरअसल मेरी पिंडलियों को न सिर्फ़ मजा दे रही हैं बल्कि मुझे एक अनजानी क़िस्म के एहसास-ए-गुरूर से भी मालामाल कर रही है। मेरी साँसें गर्म होना शुरू हो गयीं। हालात सहसा तौर पर मरे हक़ में हो गये थे।

मैंने नर्मी से अपने दोनों हाथों में उसका चेहरा थाम लिया और उसे अपने चेहरे के बेहद क़रीब ले आया। अक्सर मैंने ग़ौर किया कि जब भी उसका यह चेहरा मेरे बहुत ही क़रीब आ जाता है तो उस वक़्त न जाने क्यों किसी ऐसे मज़बूर-व-बेबस जंगली जानवर से मिलता-जुलता नज़र आता है जिसके पास इंसानों के लिए फ़िलहाल अजनबीयत और उजड्डपन के अलावा कोई दूसरा जज़्बा पाया ही न जाता हो। आज मुझे उस चेहरे पर बेहद गुस्सा आने लगा मगर बस यही वक़्त था गोया सदियों से क़ायम इस पाकीज़गी के घेरे को पार करने का। मैंने कल रात का सारा सबक एक बार दिल ही दिल में दोहराया और बेहद सभ्य और नर्म व मीठे लहजे में बोला।

"उठो तुम्हारा मक़ाम मेरे क़दमों में नहीं है क्यों मुझे गुनहगार बनाती हो?"

वो इस वक़्त ज़र्द कपड़ों में मलबूस थी जिन पर उसके खून की कमी के मारे बदन की छूट पड़ रही थी। ऐसे कपड़े लड़कियों को तब पहनाये जाते हैं जब उन की शादी से पहले उबटन लगाने की रस्म अदा की जाती है। मुझे इस वक़्त उस का यह पीला जिस्म निसवानी ऐतबार से बेहद उत्तेजना पूर्ण महसूस हुआ।

मैंने अपने दोनों हाथों से उसे सहारा देकर उठाया और फिर सीने से लगाया "मुझे माफ़ कर दो" उसने सरगोशी की।

माफ़ी तो मुझे माँगना चाहिए ग़लती मेरी थी मैंने अपनी उखड़ी-उखड़ी साँसो पर काबू पाते हुए कहा। उस का सारा जिस्म बुख़ार में जल रहा था। वह वाकई बीमार थी मगर बातों से शायद उसे बहुत तसल्ली मिली थी क्यों कि प्यार और अपनाइत के जज़्बे के साथ उसने मेरी क़मीज़ का कॉलर पकड़ लिया। आज चाँद का क़याम उसके जिस्म के बायें हिस्से में है। मुझे याद आया।

वो अचानक खिलखिला कर हँसने लगी।

"क्या हुआ?" मैंने पूछा।

"गुदगुदी हो रही है", वो इसी तरह हँसते हुए बोली।

मुझे हल्की-सी मायूसी हुई क्योंकि मेरी बीवी के मुँह से ऐसे मौक़े पर बड़ी लज़्ज़त आमेज सिसकारी निकलती थी अब मैंने अपने नाख़ून पूरी ताक़त से उसके बायें रान में गाड़ दिये। उसके मुँह से एक तकलीफ़देह चीख निकली।

"क्या हुआ?" मैंने पूछा।

"बड़े ज़ोर का दर्द हुआ," वो बिसूरती हुई बोली।

मुझे फिर मायूसी का सामना करना पड़ा क्योंकि मेरी बीवी इसके जवाब में अभद्र अंग्रेजी बोलने लगती थी।

मैंने उसका चेहरा ग़ौर से देखा नहीं वहाँ दर्द के सिवा और कुछ न था। मैंने थोड़ा रुका और फिर उसकी गर्दन के बायें जानिब अपने होंठ रखते हुए उसे पूरी ताक़त से भींच लिया। यह वो लम्हा था जब मेरी बीवी मुझे पागलों की तरह चूमने

लगती थी। मगर वो तो बिल्कुल ख़ामोश थी। बस उसने इस पर एतराज़ नहीं किया था। मैंने एक बार फिर उसे पूरी ताक़त से भींचा।

'जान' मेरे मुँह से जज़्बाती और किसी हद तक अभद्र अन्दाज़ में निकला। ठीक उसी वक़्त मुझ पर इस अनोखी बात खुली। यौन सम्बन्ध जितनी पुरानी हो जाती हैं तो जिस्मानी और ज़हनी सतह पर अपने साथ से बहुत-सी अवचेतनिक हरकात और अन्दाज़-ए-गुफ़्तगू तक की शिरकत कर लेती हैं। उस वक़्त जो मेरे मुँह से यह जान का शब्द निकला था तो किस्सा दरअसल यह था। यह शब्द इसी अन्दाज़ में मेरी बीवी के ज़रिये उस वक़्त अदा होता था जब मैं उसे पूरी ताक़त से चिमटाता था और वो उस का गर्मजोशी से जवाब देती थी। प्यार में कितना कुछ माँगा हुआ, सीखा हुआ और बासी हुआकरता है। हम किसी को यक़ीन के साथ एक बोसा तक भी नहीं दे सकते जो कि सिर्फ़ उस की ज़ात के लिए होंठों ने रचा हो।

लेकिन यहाँ इस अनोखी बात का एक ख़ौफ़नाक पहलू भी मेरे सामने था। और वो यह कि अचानक मुझे यह अहसास हुआ कि इस वक़्त यहाँ इस लड़की के साथ मैं अकेला नहीं हूँ बल्कि शायद मेरी बीवी भी मेरे साथ शामिल है। शायद मैं और मेरी बीवी दोनों मिलकर इस बेज़बान लड़की को रौंद रहे थे। यह एक क़िस्म की बर्बरता थी और इस बेचारी के लिए ज़िल्लत आमेज़ भी।

मगर नहीं। यह ऐसे हालात हरगिज़ नहीं थे जिनमें ज़्यादा देर तक यह अनोखा और ख़ौफ़नाक एहसास मुझे मजबूर रख पाता। मुझे अपना काम मुकम्मल करना था।

जब मैंने देखा कि वो खासी देर से मोहब्बत आमेज़ आत्म समर्पण के साथ मेरे सीने से लगी खड़ी है तो मैंने एक हाथ उसकी छाती के बायें तरफ़ और दूसरा हाथ दायें तरफ़ के कूल्हे के उभार के नीचे रख दिया। मुझे पूरा यक़ीन था कि कम से कम इस बिन्दु पर रात का सीखा हुआ सबक़ बेकार न जायेगा।

उसने मुझे इतने ज़ोर से दूर झटका कि मैं तो गिरते-गिरते बचा ही वो ख़ुद भी पैर फिसल जाने के बाद फ़र्श पर लुढ़क गयी।

"अगर तुम्हें यही सब चाहिए तो मुझे अपना क्यों नहीं लेते" वो ज़ोर-ज़ोर से सिसकने लगी। मैं अब वहाँ सन्नाटे में खड़ा अपनी ही हवा में झूल रहा था।

तो यह सब बेकार था और हास्यास्पद हद तक घिनौना भी? बिल आख़िरकार मैंने सोचा, नहीं, जिस्मानी सतह पर भी सब कुछ एक सा नहीं हुआ करता। मेरी बीवी किसी दूसरी दुनिया की चीज़ थी। वो फ़ाहशा भी किसी दूसरी दुनिया से ताल्लुक़ रखती थी। महज़ जिस्म में बनने वाले रासायनिक पदार्थ से कुछ नहीं होता। दो इंसानों के दरमियान कुछ भी मुश्तरिक नहीं है। उनके बीच आपस में न प्यार बाँटा जा सकता है, न नफ़रत और न हवस, हर इंसान ही तन्हा है अन्नत काल से ही तन्हा। दो इंसानों की रूहों के दरमियान कोई खिड़की नहीं खुलती। उस वक़्त

पहली बार मुझे अलमनाक हद तक ज़िन्दगी के बेतुके होने का एहसास हुआ। मैंने फ़र्श पर बैठी उस कमज़ोर लड़की की तरफ़ देखा। उस पल एक नज़र में मुझे वो निहायत आम सी लड़की नज़र आयी। शायद आज उसके जिस्म पर वो सूजन नहीं था जो लोगों के कहने के मुताबिक़ किसी शै नारी आकर्षण आ जाया करती थी मुमकिन है कि उसकी वो नारी आकर्षण इस सूजन की वजह से ही हो। मैंने ख़याल किया "तुम सुन रहे हो?" अगर तुम ने मुझे नहीं अपनाया तो मैं अपनी जान दे दूँगी। उसने फ़र्श पर बैठे-बैठे मेरे घुटने पकड़ लिये। वो पीले कपड़े पहने हुए थी, ऐसे कपड़े शादी से पहले उबटन लगाते वक़्त और लड़की को मांझे बिठाते वक़्त पहनाये जाते हैं।

आज उसकी पुर जलाल आँखें सूनी पड़ी थीं। जिन आँखों से उतर कर उदास दिल के साथ अलविदा कहते हुए वापस पुरानी वीरान मस्जिद की तरफ़ जा रहे थे।

वो फ़र्श पर अपने घुटने पेट की तरफ़ उकड़ूँ मोड़े हुए बैठी थी। उसने मेरे घुटने ज़ोर से हिलाये।

तुम्हें पता नहीं सबको इस ताल्लुक़ का इल्म हो गया है। अब मैं उनकी नज़रों में एक आवारा लड़की हूँ। खुदा के लिए मुझे इस बदनामी से बचा लो। मैं तुम्हारी बीवी की लौंडी बन कर ज़िन्दगी गुज़ारूँगी। वो दर्दनाक लहजे में अपने सुरक्षा की भीख माँग रही थी। एक तुच्छ और आम लड़की की तरह जिससे बात करने का हौसला कल तमाम लोगों में इसलिए हो जायेगा कि उस की आँखों में ख़रामा-ख़रामा टहलते हुए जिन्न अब रुख़सत हो चुके थे।

"तुम अगर चाहो तो हमेशा-हमेशा के लिए मुझे अपने पास रख सकते हो। तुम्हें कौन रोकेगा?"

उसने एक बार फिर मेरे घुटने ज़ोर से दबाये और इस के साथ ही मैंने महसूस किया कि मैं खुद अपने घुटने अनजाने ही मोड़ने की कोशिश कर रहा हूँ।

अज़ल से इंसान अपनी अन्नत तनहाई में अपने घुटने पेट की तरफ़ मोड़े हुए सिकड़ा हुआ लेटा है अपनी सुरक्षा के लिए किये गये इस जुर्म के लिए उसे माफ़ कर देना चाहिए।

मुझे गुमान गुज़रा कि कहीं दूर ढोलक की बेढंगे और बेसुर ताल पर मीरासने हरारे गा रही थीं। मुझे बुख़ार-सा चढ़ने लगा। वो इसी तरह मेरे क़दमों में पड़ी हुई थी। और तब वो तमाम दुआयें जो उसने मेरी सलामती के लिए पढ़ कर फूँकी थी, भटकती हवायें बन कर अन्दर आ गयी और उनके झक्कड़ों में मेरा सारा चेहरा गर्द से ढँक गया। अब मैं वहाँ घृणापूर्ण तौर पर अकेला था। अपने आप को दी गयी एक उदास और नंगी गाली की तरह, जिसके कोई मानी नहीं होते जो बस ख़ला में डोलती-झूलती रह जाती है।

(13)
(अपनों के दरमियान)

मुझे कौन रोकता?

मैं अगर चाहता तो हमेशा के लिए उसे अपने पास रख सकता था।

मैं मगर उस शाम के बाद से कभी नहीं मिला।

मुझे इसका कोई रंज है या पछतावा, यह बताने से भला कहानी पर क्या फ़र्क़ पड़ेगा?

उसका अंजाम क्या हुआ, उसके ज़र्द पैर उसे कहाँ ले गये?

अब मैं यह बयान करना नहीं चाहता हालाँकि यह भी मैं जानता हूँ और आप भी कि कल्पना शक्ति बहरहाल एक तरल बहती हुई चीज़ है और इसे किसी भी तरह विश्वसनीय और ठोस हक़ीक़त में नहीं बदला जा सकता और अक्सर हक़ीक़त इस से दूर खड़ी बड़े ही फुसफुसे अन्दाज़ में सर खुजाया करती है इसलिए अभी इतना ही बताना ज़रूरी समझता हूँ कि मैं इस वक़्त अपनों के दरमियान हूँ। मैं अपने घर में हूँ। बाहर नवम्बर की धुन्ध भरी सर्द रात बिखरी पड़ी है मगर मैंने अपने घर के तमाम खिड़की-दरवाज़े बन्द कर रखे हैं यहाँ बहुत सुकून है। यह अपनों के साथ रहने का सुख या सुरक्षा का एहसास है और जिस पर हर चीज़ को कुरबान किया जा सकता है मैं इस माहौल में खुद को मुकम्मल और महफ़ूज़ गरदानता हूँ। मेरे बीवी और बच्चे अपने-अपने कामों से फ़राग़त पा कर चैन से पड़े खर्राटे ले रहे हैं और ख़ुद मैं भी बेहद आराम के साथ करवट से लेटा हुआ कॉमिक्स पढ़ रहा हूँ अगरचे थोड़ी सी ख़ुनकी की वजह से मैंने अपने घुटने पेट की तरफ़ मोड़ रखे हैं।

हर इंसान को एक न एक दिन घुटने मोड़ ही लेने पड़ते हैं और जैसा कि मैंने पहले भी सोचा था कि इस के लिए इंसान को माफ़ कर देना चाहिए। जहाँ तक मेरा सवाल है, आप मुझे माफ़ करें या नहीं मगर मैं यह ऐतराफ़-ए-जुर्म करना ज़रूरी समझता हूँ कि मैंने 'दुख' नहीं देखा 'दुख' तो अपना चेहरा छुपाये ख़ाक में लोट रहा था। मैंने सिर्फ़ आसमान में लहराती-फड़फड़ाती 'दुख' की नीली क़मीज़ ही देखी है।

(14)

(भूमिका की तरफ़ सफ़र करता एक रस्मी और बचकाना अन्त)

मेरी कहानी उसी जगह ख़त्म हो जाती है मगर भयानक हक़ाइक़ के रूपक के

अयाशाना इस्तेमाल का शौक़ पूरी तरह अभी भी मेरे दिल से मिट नहीं पाया है और अगर आप इसे मेरी जहालत न समझें तो रूपक के इसी अयाशाना और सफ़्फ़ाकाना इस्तेमाल ही को तो सुन्दर इशारा कहते हैं।

लिहाज़ा मैं दोबारा उसी ऊँचे मिंबर पर खड़ा हो जाता हूँ और आप सब को तुच्छ नज़र से देखते हुए छिछोरेपन के साथ दोहराना चाहता हूँ कि मैं जिस मकाम पर हूँ उसका भूगोल और जगह बताने से क़ासिर हूँ। रेगिस्तान के इस तरी वाले टुकड़े के किनारे खड़े-खड़े काफ़ी देर हो चुकी है। कुछ ही देर की बात है। गुमनाम इसके बाद गीली रेत पर मेरे जलते हुए पैर क़ाबिल-ए-रहम हद तक ठण्डे पड़ेंगे और अकड़ जायेंगे।

❖❖❖